国家社科基金重大项目
"中国史诗研究百年学术史"（18ZDA267）阶段性成果

内蒙古大学一流学科建设经费资助

内蒙古自治区高等学校创新团队发展计划
"史诗学与口头传统研究"高校创新团队资助（NMGIRT2209）

第十二批"草原英才"工程
"多民族文学交融与中华民族认同研究"创新团队资助

内蒙古大学口头传统 丛书主编 Series of Cooperative Innovational
研究协同创新中心丛书 冯文开 Center for Studies of Oral Tradition
in Inner Mongolia University

中国史诗研究学术档案

（1949~1999）

ACADEMIC ARCHIVES OF
EPIC STUDIES IN CHINA (1949–1999)

冯文开 云 韬

编著

社会科学文献出版社
SOCIAL SCIENCES ACADEMIC PRESS (CHINA)

总　序

　　"口头传统"译自英文 oral tradition，有广义和狭义之分，广义的口头传统指口头交流的一切形式，狭义的口头传统则特指传统社会的沟通模式和口头艺术（verbal art）。活形态的口头传统在中国蕴藏之宏富、形态之多样、传承之悠久，在当今世界上都是不多见的。基于国内当时对于口头传统的学术研究，以及对于相关资料的数字化与信息化的处理较为落后的状况，中国社会科学院民族文学研究所经充分酝酿，于 2003 年 9 月 16 日成立了"口头传统研究中心"。此后，该口头传统研究中心一直致力于口头传统的搜集整理与研究，在形成自身学术集群效应和研究论域的同时，也为从事各民族口头传统研究的学者提供了一个更为广阔的学术空间和一个更有活力的学术平台。总之，这一学术共同体有志于引领国内口头传统研究的发展，推进国内口头传统研究朝向学科化进阶，将中国口头传统研究推向国际学术的舞台。

　　自中国社会科学院民族文学研究所口头传统研究中心成立以来，内蒙古大学文学与新闻传播学院便与该中心在学术研究、项目合作、人才培养等诸多方面有着密切的学术联系。内蒙古大学文学与新闻传播学院拥有中国语言文学一级学科博士学位授权点和一级学科硕士学位授权点，形成了本科、硕士、博士三个层次的学科体系。经过多年的努力，内蒙古大学文学与新闻传播学院在中国民族文学研究、史诗学与口头传统研究方面具备了较好的学术积累，民族文学、史诗学与口头传统成为该学院最具特色和优势的专业方向。

2019 年 8 月 13 日，内蒙古大学文学与新闻传播学院联合中国社会科学院民族文学研究所口头传统研究中心成立了内蒙古大学口头传统研究协同创新中心。这个协同创新中心大体可以说是中国社会科学院民族文学研究所口头传统研究中心和内蒙古大学文学与新闻传播学院在多年合作基础上建立起来的研究机构，立足"服务内蒙、创新机制、汇聚队伍、整合资源、培养人才"的原则，通过跨机构横向合作，助推学术资源共享和思想生产。

经过充分的讨论，本着推精品、推优品的学术宗旨，口头传统研究协同创新中心向内蒙古大学申请"内蒙古大学一流学科建设"经费，以资助出版一批质量较高的学术著作。我们将这批著作命名为"内蒙古大学口头传统研究协同创新中心丛书"，第一期拟推出《中国史诗研究学术批评（1949~2019）》《中国史诗研究学术档案（1840~1949）》《草原文化中的马母题意象研究》三部著作。

我们后续将着手启动第二期的出版规划，期待将该丛书做成一个长线的项目，以提升内蒙古大学口头传统研究协同创新中心的科研实力和影响力。"内蒙古大学口头传统研究协同创新中心丛书"的作者主要是该中心的中青年学者们。

在此，我代表内蒙古大学口头传统研究协同创新中心的各位同仁，感谢内蒙古大学文学与新闻传播学院对这个项目的支持，感谢内蒙古大学一流学科建设经费的资助。

由于能力和条件所限，丛书难免会有种种瑕疵，切望各位读者方家批评指正。我们深知，<u>丛书</u>的出版并不意味着工作的终结。内蒙古大学口头传统研究协同创新中心的工作将在已有的基础上稳步展开，也期待各位读者今后给予持续关注。

朝戈金

2020 年 6 月 8 日

前　言

1949~1999 年，以中国少数民族史诗为研究主体的中国史诗学术格局奠定，中国史诗研究有了它特有的研究对象、基本问题、理论结构、不断演进的方法体系以及其他学科难以取代的功能，而且 20 世纪在史诗研究领域具有深远影响的诸多中国学者，如仁钦道尔吉、郎樱、杨恩洪、刘亚虎等也已悉数登场。1949~1989 年，中国学者以马克思主义文艺观和美学观为主要理论支撑探讨中国少数民族史诗的特征、价值以及思想性和艺术性，取得了不少可喜的成绩。

20 世纪 80 年代之后，各种与史诗有关的外国理论开始陆续被介绍到国内，几十年里被搁置的学术观点也被重新提出。一时间，满园花开，中国的史诗研究变得热闹非凡，中国少数民族史诗、荷马史诗、印度两大史诗和其他世界史诗都得到了热烈的讨论，其中又以中国三大史诗的研究最为突出。柏拉图、亚里士多德、黑格尔、伏尔泰和维柯等对史诗的论述开始被频频引用，形成了马克思主义文艺观和国外其他各种与史诗相关的论述并存的研究局面。

另一个值得注意的学术事件是 20 世纪 90 年代海西希对蒙古史诗母题、类型的研究和弗莱的原型批评理论传到中国，国内史诗研究者开始把它们运用到对中国少数民族史诗的主题、类型、母题的结构特征及其文化历史意蕴的研究中。当然，除了理论译介，还有一些重要的国际史诗研究著作被介绍到中国，如涅克留多夫的《蒙古人民的英雄史诗》①、石泰安的《西藏史诗和说唱艺人》② 等。这些国际史诗研究理论和国外学者的研究成果给中国学者认识和研究中国少数民族史诗提供了理论利器和研究范式。更为重要的是，中国学者开始突破西方的古典文艺理论及经典作家史诗概念的框架，从"英雄史诗"的范畴中拓展出"创世史诗"和"迁徙史诗"两种史诗类型，丰富了世界史诗宝库，使得史诗在文类的界定上具有了一种新的维度。

为了在 21 世纪能够更好地砥砺前行，回顾和总结 1949~1999 年中国史诗研究的历程是史诗研究的题中之义。这也是我们编著《中国史诗研究学术档案（1949~1999）》的学术初衷。这里仅择其荦荦大者，对1949~1999 年的中国史诗研究进行粗线条的梳理和述评，并总结与反思其间得失。

一 发现与搜集：1949~1966 年的史诗研究

1950 年，中国民间文艺研究会在北京成立，将民间文学的搜集和整理作为工作宗旨："搜集、整理和研究中国民间的文学、艺术，增进对人民的文学艺术遗产的尊重和了解，并吸取和发扬它的优秀部分，批判和抛弃它的落后部分，使有助于新民主主义文化的建设。"③ 自此，中国学人开始对全国的民间文学展开搜集，中国各民族史诗作为中国民间文学

---

① 谢·尤·涅克留多夫：《蒙古人民的英雄史诗》，徐昌汉、高文风、张积智译，内蒙古大学出版社，1991。
② 石泰安：《西藏史诗和说唱艺人》，耿昇译，西藏人民出版社，1993。
③ 中国民间文艺研究会编《民间文艺集刊》，新华书店，1950，第 104 页。

的重要组成部分，也被纳入了搜集的范畴。1956 年，老舍作为中国民间文艺研究会副理事长在中国作家协会第二次理事会扩大会议上作了《关于兄弟民族文学工作的报告》，高度评价《格斯尔的故事》是"优美的富有神奇性的人民文学著作，应当列入世界文化宝库"，并对民族文学的搜集、整理和翻译等提出了应该遵循的原则、方法以及其他应该注意的相关事项。① 1958 年，中国民间文艺研究会制订了编选"中国歌谣丛书"和"中国民间故事丛书"的计划，由中共中央宣传部下发给各省、区、市党委宣传部，其中划入民间故事范畴的史诗有《格萨尔》《苗族古歌》《梅葛》等，内蒙古自治区、青海省、贵州省和云南省分别负责《格斯尔》《格萨尔》《苗族古歌》《梅葛》的定稿及写序工作。② 由此，中国学人开始对国内各民族史诗展开有目的、有计划的搜集，《格萨尔》《江格尔》《玛纳斯》《苗族古歌》《阿细的先基》《梅葛》等诸多史诗被相继发现，对它们的搜集、整理以及出版等工作有了一定的规模。

至 20 世纪 60 年代，青海地区已经搜集《格萨尔》19 部 74 个异文本③，由藏文汉译过来的《格萨尔》有 29 部 53 个异文本④。华甲收藏的《格萨尔王传》（贵德分章本）由王沂暖、华甲汉译出来，发表在《青海湖》杂志上。1962 年，青海省民间文学研究会翻译整理的《格萨尔 4·霍岭大战上部》由上海文艺出版社出版，这是当时唯一公开出版的汉译本《格萨尔》。

蒙古族英雄史诗的搜集整理成果较多。琶杰演唱的近 80 小时的《格斯尔》被记录下来，而且誊写成了文字。1959 年，其木德道尔吉将琶杰

---

① 赵秉理主编《格萨尔学集成》（第一卷），甘肃民族出版社，1990，第 3~6 页。

② 赵秉理主编《格萨尔学集成》（第一卷），甘肃民族出版社，1990，第 6~8 页。

③ 李连荣：《中国〈格萨尔〉史诗学的形成与发展（1959~1996）》，中国社会科学院研究生院博士学位论文，2000。

④ 李连荣：《中国〈格萨尔〉史诗学的形成与发展（1959~1996）》，中国社会科学院研究生院博士学位论文，2000。

演唱的《英雄格斯尔可汗》整理出来，交由内蒙古人民出版社出版。同年，安柯钦夫将琶杰演唱的《英雄格斯尔可汗》汉译出来，由作家出版社出版，这是当时公开出版的第一部《格斯尔》汉译本。1960年，桑杰扎布将北京木刻本《格斯尔传》汉译，交由人民文学出版社出版。1950年，边垣编写的《洪古尔》由商务印书馆出版，又于1958年由作家出版社再版。1958年，内蒙古人民出版社出版了13部回鹘式蒙古文《江格尔》。1964年，13部《江格尔》以托忒蒙古文在新疆人民出版社出版。1960年，内蒙古人民出版社出版了《英雄史诗集》，收入《镇压蟒古思的故事》《巴图乌力吉巴托尔》《忠毕力格图巴托尔》等5部小型蒙古族英雄史诗。随后几年，内蒙古蒙古语言文学研究所编印了内部资料《英雄史诗（一）》和《英雄史诗（二）》。①

《玛纳斯》的搜集整理成果也不少。1955~1957年，中国科学院少数民族语言调查组和中央民族学院的工作组先后两次深入柯尔克孜族地区进行语言调查，搜集了《玛纳斯》的许多片段。1961年，《赛麦台依》中的"赛麦台依与阿依曲莱克"一章由中国作家协会新疆分会民间文学组和中央民族学院柯尔克孜语实习组合作翻译，在《天山》杂志的第1、2期上刊发出来。1961年春，新疆《玛纳斯》工作组成立，集合了中国科学院新疆分院语言文学研究所、中央民族学院等诸多单位的学人。至1961年底前，他们对克孜勒苏柯尔克孜自治州的史诗进行了较为全面的搜集，记录了《玛纳斯》的各种变体，约有25万行。1961年，新疆文联将居素普·玛玛依第一次演唱的《玛纳斯》口头文本译成汉文，作为内部资料使用。1961年12月14日、15日的汉文版《新疆日报》发表了居素普·玛玛依演唱的片段《阔阔托依的祭奠》。1962年，新疆《玛纳斯》工作组搜集翻译整理了居素普·玛玛依演唱的《凯耐尼木》中的一节，

① 仁钦道尔吉：《蒙古英雄史诗源流》，内蒙古大学出版社，2001，第17页。

刊发在《民间文学》第 5 期上。

南方各民族史诗的搜集整理成果也被陆续出版。1955 年，仰星将在贵州清水江一带搜集到的《蝴蝶歌》整理出来，发表在《民间文学》第 8 期上。1958 年，中国作家协会贵州分会内部编印了《民间文学资料（第四集）·黔东南苗族古歌（一）》，包括了《开天辟地》《铸撑天柱》《造日月》《种树》《砍枫木树》《十二个蛋》《兄妹开亲》等 13 首古歌。以潘正兴演唱的材料为主，综合其他歌手的演唱材料，云南省民族民间文学红河调查队整理翻译了《阿细的先基》，于 1959 年将它交给云南人民出版社出版。1959 年 9 月，云南人民出版社出版了由云南省民族民间文学楚雄调查队搜集整理翻译的《梅葛》。1960 年 3 月，云南省民族民间文学丽江调查队将翻译整理的《创世纪》交由云南人民出版社出版。贵州省民间文学工作组将杨芝、马学明等歌手演唱的《洪水滔天歌》整理出来，刊发在《民间文学》1960 年第 10 期上。1964 年 5 月，以蓝海祥唱译的《密洛陀》为基础，以后来搜集到的材料为辅，莎红整理出了《密洛陀》，于 1965 年将它刊发在《民间文学》第 1 期上。

20 世纪 50~60 年代中国各民族史诗的搜集整理存在不关注史诗歌手的相关情况以及演唱语境等现象，对中国各民族史诗做出了增添、删除、改动等诸多不科学、不规范的格式化行为。① 第一，按照取其精华、弃其糟粕的原则对各民族史诗的内容进行改编。如云南省民族民间文学丽江调查队在整理纳西族《创世纪》时删掉了宣扬东巴"消灾禳祸"威力的诗行②，云南省民族民间文学红河调查队删掉了《阿细的先基》中祭神拜

---

① 巴莫曲布嫫：《"民间叙事传统格式化"之批评——以彝族史诗〈勒俄特依〉的"文本迻录"为例》，《民族艺术》2004 年第 1 期。
② 云南省民族民间文学丽江调查队搜集整理翻译《创世纪》，云南人民出版社，1978，第 96~97 页。

佛等一些混杂着迷信色彩的内容①。第二，剔除重复的诗行和内容，认为它们是不必要的重复，有损史诗的艺术性。在整理流传在贵州清水江一带苗族地区的古歌《蝴蝶歌》时，仰星删除了他认为不必要的重复的诗行，使诗歌前后衔接更为紧凑。② 云南省民族民间文学红河调查队认为重复的诗行妨碍突出作品的主线，延缓了情节的发展和推进，因此在整理过程中对许多重复的诗行进行了删节。③ 第三，对同一首史诗展开多次搜集记录，然后将这些材料进行综合整理，汇编出整理者认为完整的一首史诗，如云南省民族民间文学丽江调查队搜集整理的纳西族《创世纪》。有时，一些中国学人以某一次搜集记录的史诗演唱材料为底本，综合与这首史诗相关的其他材料，整理出一首史诗，如云南省民族民间文学红河调查队搜集整理的《阿细的先基》。

　　虽然在搜集整理等诸多工作环节上存在不少问题，但是不可否认，20世纪50~60年代中国各民族史诗搜集整理的成果是显著的。钟敬文曾说："建国后，我们这方面的工作，是有成绩的。但是，不可讳言，它也存在着明显的缺点或不足之处。在搜集、整理方面我们有较大的成就，特别是发现和刊行了许多兄弟民族的民族史诗。这是世界文学史上的一宗收获。但是，在记录、整理的忠实性方面始终存在着一些问题。"④ 也就是说，这一时期中国各民族史诗搜集整理的学术实践值得我们借鉴和总结。而且中国各民族史诗的发现与搜集打破了以前言必称希腊史诗和印度史诗的囿限，有力地反驳了黑格尔提出的关于中国没有民族史诗的论断。

---

① 云南省民族民间文学红河调查队搜集整理翻译《阿细的先基》，云南人民出版社，1978，第228页。

② 仰星整理《蝴蝶歌》，《民间文学》1955年第8期，第43页。

③ 云南省民族民间文学红河调查队搜集整理翻译《阿细的先基》，云南人民出版社，1978，第228页。

④ 钟敬文：《钟敬文民间文学论集》（上），上海文艺出版社，1982，第406页。

20世纪50~60年代是中国史诗研究的资料建设时期，学术性的论文较少，大多是搜集者在"文艺从属于政治，文艺为政治服务"的文艺政策下对搜集工作的感想和为出版的史诗撰写的序言，较为重要的学术论文有徐国琼的《藏族史诗〈格萨尔王传〉》、黄静涛的《〈格萨尔〉序言》、刘俊发等的《柯尔克孜族民间英雄史诗〈玛纳斯〉》、云南省民族民间文学楚雄调查队的《论彝族史诗〈梅葛〉》等。

二　史诗的起源研究：20世纪80年代的史诗研究

"文革"期间，中国各民族史诗的搜集工作停滞了。"文革"结束后，党和国家高举"解放思想，实事求是"的旗帜，提出了"文艺为人民服务，为社会主义服务"的文艺工作方向。在这种文艺政策和思想潮流的推动下，中国少数民族史诗的搜集工作很快得到了恢复和重视，中国各民族史诗的搜集整理迎来了新的契机，呈现良好的发展势头，取得了许多可喜成绩。① 与此相应，在马克思主义文艺观和美学观的理论框架下，中国各民族史诗的研究也逐步展开，其中对史诗起源的讨论较为热烈。

20世纪50年代以来，《格萨尔》的产生年代问题一直是《格萨尔》研究的主要话题之一，但是因为缺乏足够翔实而可靠的文字证据，要确切地说出《格萨尔》究竟产生在什么年代是一个非常困难的问题。虽然如此，许多学者还是从史诗《格萨尔》的内容入手，对这个问题进行了多方面的探讨。不过因为解读的角度和出发点不同，对这个问题的答案也是众说纷纭。徐国琼在《藏族史诗〈格萨尔王传〉》中推测最初的格萨尔故事最有可能产生于11世纪末。② 毛星主编的《中国少数民族文学》

---

① 冯文开：《20世纪中国少数民族史诗的搜集整理与出版》，《中国出版》2015年第22期。

② 徐国琼：《藏族史诗〈格萨尔王传〉》，《文学评论》1959年第6期。

认为《格萨尔王传》约产生于11世纪前后。① 许多学者根据史诗所反映的历史内容，将其产生时间推定为13世纪。② 由此，"宋元时期说"成为20世纪80年代讨论《格萨尔》产生年代的一种主要观点。黄文焕的《关于〈格萨尔〉历史内涵的若干探讨》提出"吐蕃时期说"，认为"《格萨尔》基本上是吐蕃人按照吐蕃时期的基本史实创作来的长篇诗体作品"③。"吐蕃时期说"忽视了《格萨尔》作为民间文学自身所特有的生成规律，赞同者不多。王沂暖的《藏族史诗〈格萨尔王传〉》提出"明清时期说"，指出要动态地考察《格萨尔》的形成过程。④

《格萨尔》的产生、流传、演变是一个复杂的过程，有着自身特有的内在规律。"吐蕃时期说""宋元时期说""明清时期说"对《格萨尔》产生年代给出了各自的解答，但都有着一定的局限性和片面性，都很难说一劳永逸地解决了这个有争议的学术话题。随后几年，学界对《格萨尔》在漫长的不断积累过程中逐步发展的观点达成了共识，有意识地将《格萨尔》放在其自身的历史、地理以及口头传统的语域里讨论其形成过程。

对于《江格尔》的产生年代，国内学人的见解各异。阿尔丁夫提出《江格尔》产生于13世纪以前的观点。《江格尔》没有反映成吉思汗统一蒙古各部的历史事实，没有反映成吉思汗及其继承者西征的历史事实，也没有提及蒙古汗国建立的万、千、百、十户制度。据此，阿尔丁夫推定《江格尔》的产生和基本形成年代不可能晚于13世纪初，即不晚于

---

① 毛星主编《中国少数民族文学》，湖南人民出版社，1983，第425页。

② 健白平措、何天慧：《关于〈格萨尔王传〉的几个问题》，《西北民族学院学报》1982年第4期。

③ 黄文焕：《关于〈格萨尔〉历史内涵问题的若干探讨》，《西藏研究》1981年创刊号，第96页。

④ 王沂暖：《藏族史诗〈格萨尔王传〉》，《中央民族学院学报》1981年第3期，第30页。

1206 年。① 齐木道吉等编著的《蒙古族文学简史》采纳了这种观点。② 色道尔吉也推测《江格尔》产生于四部卫拉特中的土尔扈特部，然后流传于国内外蒙古族民众聚居地。③

　　还有一种观点认为《江格尔》产生于 13 世纪以后。宝音和西格在《关于史诗〈江格尔〉创作于何时何地的问题》里提出《江格尔》产生于卫拉特蒙古部落迁徙到新疆阿尔泰山建立四卫拉特联盟时期，即脱欢和也先统治的 15 世纪。④ 仁钦道尔吉主张《江格尔》产生于 13 世纪以后。他从文化渊源、社会原型、词汇和地名、卫拉特人的迁徙史、宗教形态、流传情况等方面综合阐发，指出《江格尔》成为长篇英雄史诗的上限是 15 世纪 30 年代早期四卫拉特联盟建立以后，下限是 17 世纪 20 年代土尔扈特部首领和鄂尔勒克率部众西迁以前，在这 200 年内《江格尔》的主要部分业已形成。⑤ 仁钦道尔吉还否定了《江格尔》的"乌孙起源说"，批评了刘岚山在没有掌握任何材料的情况下，仅根据色道尔吉《江格尔》汉译本中的"昆莫"便推断《江格尔》有乌孙历史的影子的做法，驳斥了格日勒扎布通过字形、字音、字义把《江格尔》与乌孙历史联系起来的假设，认为刘岚山的观点"忽视蒙古族本身的历史和文化发展，忽视中央亚细亚地区整个蒙古和突厥英雄史诗的发展规律，企图把《江格尔》同现有卫拉特人和蒙古民族分开"⑥。同时，仁钦道尔吉反对

① 阿尔丁夫：《〈江格尔〉产生和基本形成的时代初探——兼谈〈江格尔〉创作权归属问题》，《内蒙古师范大学学报》（汉文哲学社会科学版）1986 年第 1 期。

② 齐木道吉、梁一孺、赵永铣编著《蒙古族文学简史》，内蒙古人民出版社，1981，第 59 页。

③ 中国民间文艺家协会新疆维吾尔自治区分会编《〈江格尔〉论文集》，新疆人民出版社，1988，第 258 页。

④ 宝音和西格：《关于史诗〈江格尔〉创作于何时何地的问题》，《内蒙古大学学报》（蒙文版）1981 年第 3 期。

⑤ 仁钦道尔吉：《关于〈江格尔〉的产生时代》，《内蒙古大学学报》（蒙文版）1988 年第 2 期，后来作者在《〈江格尔〉论》（内蒙古大学出版社，1999）中对这个观点进行了补充。

⑥ 仁钦道尔吉：《〈江格尔〉论》，内蒙古大学出版社，1999，第 198 页。

那种把四卫拉特人和蒙古民族分开而否认新疆卫拉特人对《江格尔》的创作权的观点，进而否定了《江格尔》产生于13世纪以前的观点。

对《玛纳斯》产生年代的讨论也是众说纷纭。陶阳的"成吉思汗时代形成说"阐述了《玛纳斯》消化和吸收了成吉思汗时代前后柯尔克孜族的历史事实。① 胡振华认为《玛纳斯》于10~12世纪形成。② 张宏超的"10~16世纪形成说"认为《玛纳斯》产生于柯尔克孜人迁徙到天山地区以后，下限是柯尔克孜人伊斯兰化之前，即形成年代不会超过16世纪。③这个学术论争一直持续到20世纪90年代，白多明和张永海的"辽代形成说"指出《玛纳斯》大约产生于11世纪，史诗中的"北京"即契丹首都临潢。④ 郎樱依据居素普·玛玛依和艾什玛特的《玛纳斯》唱本内容，结合柯尔克孜族的历史发展情况，推断《玛纳斯》第一部基本形成于13~16世纪，而《玛纳斯》的其他七部基本形成于16~18世纪。⑤

这些对史诗生成年代的讨论大多从各民族的历史、史诗的基本内容等方面出发推断史诗的产生年代。孰是孰非，一时之间难以给出一个定论，而在接下来的20世纪90年代乃至21世纪初期，对史诗生成年代的讨论逐渐转向对史诗生成过程的讨论，侧重考察史诗形成、发展与演变的内在规律，如巴·布林贝赫的《蒙古英雄史诗的诗学》、仁钦道尔吉的《蒙古英雄史诗源流》和陈岗龙的《蟒古思故事论》。

在20世纪80年代的史诗研究过程中，格萨尔其人也成为当时学术论争的焦点。较早对格萨尔其人展开历史研究的中国学人应该是任乃强。

---

① 陶阳：《史诗〈玛纳斯〉的调查采录方法》，载《中芬民间文学搜集保管学术研讨会文集》，中国民间文艺出版社，1987。

② 胡振华：《关于〈玛纳斯〉产生年代的问题》，《民间文学论坛》1987年第1期。

③ 张宏超：《〈玛纳斯〉产生的时代和玛纳斯形象》，《民族文学研究》1986年第3期，第53~58页。

④ 白多明、张永海：《〈玛纳斯〉变体中的契丹首都》，《文艺理论与批评》1996年第5期。

⑤ 郎樱：《〈玛纳斯〉论》，内蒙古大学出版社，1999，第92~100页。

参证《宋史·吐蕃传》、西夏史等典籍的记载，任乃强推定格萨尔是林葱土司的先祖，即唃厮啰。① 1979 年，王沂暖肯定了格萨尔是一个历史人物，批评了格萨尔的关羽说和外借说，对任乃强提出的格萨尔是唃厮啰的观点进行了论证和阐发。② 1982 年，开斗山和丹珠昂奔对格萨尔其人的"历史人物说"、"外族说"和"先有模特儿，后成文学形象说"进行了述评，将《格萨尔》内容与史料互相参证，倾向于支持格萨尔是唃厮啰的观点，但没有对唃厮啰是否为林葱土司的祖先给予学术论证。③ 上官剑璧提出了格萨尔是林葱土司祖先的观点，根据《格萨尔》的内容和流传区域以及藏文典籍等多方面的资料论证了格萨尔与林国的关系。④ 随后，王沂暖支持上官剑璧的说法，认为格萨尔应该是林国的首领。⑤ 1984 年，吴均否定岭·格萨尔是唃厮啰的观点，提出了格萨尔是以林葱地方的首领为模特儿发展而来的观点。⑥

格萨尔是藏族民众创作出来的艺术形象，将他与藏族历史上的人物过分比附是不科学的，不能将他与藏族历史上的英雄人物等同起来，他应该是一个综合了藏族历史上诸多英雄人物特征的典型人物。⑦ 对格萨尔其人的探讨，应该将历史研究与文学艺术形象的创作规律结合起来。

另外，20 世纪 80 年代，以马克思的历史唯物主义为指导，从内容与形式的对立统一出发，结合人类社会历史发展规律，依据文学具体形象地反映社会生活的观念，宝音和西格的《谈史诗〈江格尔〉中的〈洪格尔娶亲〉》、色道尔吉的《蒙古族英雄史诗〈江格尔〉》、王沂暖的《藏族史诗

① 任乃强：《任乃强民族研究文集》，民族出版社，1990，第 187~189 页。
② 王沂暖：《〈格萨尔王传〉中的格萨尔》，《西北民族学院学报》1979 年第 1 期。
③ 开斗山、丹珠昂奔：《试论格萨尔其人》，《西藏研究》1982 年第 3 期。
④ 上官剑璧：《林国与林·格萨尔》，《民族文学研究》1981 年第 1、2 期合刊。
⑤ 王沂暖：《藏族史诗〈格萨尔王传〉》，《中央民族学院学报》1981 年第 3 期。
⑥ 吴均：《岭·格萨尔论》，《民族文学研究》1984 年第 1 期。
⑦ 佟锦华：《藏族文学研究》，中国藏学出版社，1992，第 254~281 页。

〈格萨尔王传〉》、索代的《试谈〈格萨尔王传〉的社会内容》、刘发俊的《论史诗〈玛纳斯〉》、周作秋的《论壮族的创世史诗〈布洛陀〉》等许多研究成果对中国各民族史诗展开了美学分析，阐释其思想性和艺术性，挖掘其社会文化内涵。这一时期，中国学人还拓宽了国际学界的史诗概念，提出了"创世史诗"的史诗类型①，丰富了世界史诗的宝库。

三　情节类型研究与比较研究：20 世纪 90 年代的史诗研究

在"弘扬主旋律，提倡多样化"的文艺政策下，国外的各种诗学理论陆续被引入国内。一时间，中国的史诗研究变得热闹非凡，巴·布林贝赫、仁钦道尔吉、郎樱、杨恩洪、刘亚虎等中国学人悉数登场，挑起了 20 世纪 90 年代史诗研究的大梁，开创了 90 年代中国史诗研究的新局面。

在尼·波佩、海西希的蒙古英雄史诗母题研究的影响下，情节结构类型的研究成为 20 世纪 90 年代中国史诗研究的一个重要学术话题。以海西希的母题分类法为指导，仁钦道尔吉创造了"英雄史诗母题系列"的概念。"英雄史诗母题系列"是蒙古英雄史诗中共有的基本情节，它们"各有着自己的结构模式，都有一批固定的基本母题，而且那些母题有着有机的联系和排列顺序"②。仁钦道尔吉从众多的蒙古英雄史诗中抽绎归纳出婚姻型母题系列和征战型母题系列两种基本的英雄史诗母题系列。他观察到所有蒙古英雄史诗都是使用不同数量的母题在这两种母题系列的统驭下以不同的组合方式构成的，并根据母题系列的内容、数量和组合方式的不同把蒙古英雄史诗分为单篇史诗、串连复合型史诗和并列复合型史诗三大类型。在确立婚姻型母题系列和征战型母题系列是蒙古英

---

① 钟敬文主编《民间文学概论》，上海文艺出版社，1980，第 286~294 页。

② 仁钦道尔吉：《蒙古口头文学论集》，社会科学文献出版社，2011，第 14 页。

雄史诗核心情节单元的基础上，仁钦道尔吉探讨了整个蒙古英雄史诗情节结构的发展规律和人物形象的发展规律。他对在中国境内记录的全部中小型英雄史诗及其异文共 113 种文本进行了研究，阐释这些史诗文本的共性和特性以及它们之间的关系及其形成过程。在充分占有材料的前提下，仁钦道尔吉把这些材料作为一个整体来探寻它们的内在联系，从中抽绎出两种带有普遍意义和规律性的母题系列，以它们为核心分析研究蒙古英雄史诗的各种发展形式，由此使蒙古英雄史诗情节结构的发展规律在空间性和时间性上得到了一种整体性的解释。

英雄再生母题的一种特殊类型——英雄入地母题不仅广泛存在于突厥语族的民间叙事文学中，还存在于许多民族的民间文学作品中。郎樱的《英雄的再生——突厥语族叙事文学中英雄入地母题研究》推定这个母题的原型是"英雄追赶妖魔入地，鹰驮英雄返回地面"，并对它的文化内涵和象征意义进行了较为科学的阐述。① 她分析了"英雄入地是由于朋友或兄长的背叛"和"英雄斩蟒救鹰雏，大鹰报恩将驮英雄归返地面"两个英雄入地母题的亚母题类型，指出它们是英雄入地这一古老母题不断扩充、发展和派生的结果。郎樱的《玛纳斯形象的古老文化内涵——英雄嗜血、好色、酣睡、死而复生母题研究》揭示了英雄嗜血母题、英雄好色母题、英雄酣睡母题、英雄死而复生母题的文化内涵与象征意义，以及初民崇信顺势巫术与交感巫术的原始思维方式和思维逻辑，阐述了以柯尔克孜族民间文化为根基的《玛纳斯》文化源流的悠久性与古老性。② 这些母题的研究对于正确分析玛纳斯形象，深入研究《玛纳斯》的历史文化内涵具有重要的学术意义。

---

① 郎樱：《英雄的再生——突厥语族叙事文学中英雄入地母题研究》，《民间文学论坛》1994 年第 3 期。

② 郎樱：《玛纳斯形象的古老文化内涵——英雄嗜血、好色、酣睡、死而复生母题研究》，《民族文学研究》1993 年第 2 期。

此外，却日勒扎布的《书面〈格斯尔〉的故事情节与结构类型》利用世界各地收藏的《格斯尔》手稿或抄本，特别是近年来中国搜集到的藏文、蒙文《格萨（斯）尔》的丰富资料，对书面《格斯尔》的故事情节与结构类型做了深入的探讨。① 斯钦巴图的《蒙古英雄史诗抢马母题的产生与发展》阐述了蒙古族游牧社会的历史、经济、政治、军事、信仰等与抢马母题的联系，指出抢马母题是蒙古族古代氏族部落间经济掠夺及经济军事双重性掠夺的反映，同时分析了抢马母题的符号化及其象征意蕴。② 乌日古木勒的《蒙古史诗英雄死而复生母题与萨满入巫仪式》指出蒙古族史诗中英雄死而复生母题起源于萨满入巫仪式或成年礼。③

史诗母题的研究虽然已经取得了显著的成绩，但是主要集中在蒙古族英雄史诗、柯尔克孜族史诗以及其他突厥语族的史诗上，南方各民族史诗的母题研究尚未得到充分的重视，不同史诗传统的母题索引尚待编制，史诗母题蕴藏的社会、历史、文化的深层含义有待进一步挖掘。

20 世纪 90 年代中期以后，学界专注于从比较研究的角度对藏族《格萨尔》和蒙古族《格斯尔》的产生时代、流传过程、情节内容、艺术特点等进行综合研究。实际上，对这一话题的研究可以回溯到 20 世纪 50~60 年代。1959 年，徐国琼就简要地指出了《格萨尔》与《格斯尔》的异同点，但没有明确两者的源流问题。④ 1960 年，桑杰扎布明确提出了先有藏族《格萨尔》，后有蒙古族《格斯尔》的观点。⑤ 而后，王沂暖认为，蒙文本《格斯尔》既有从藏文本《格萨尔》翻译过去的东西，也有根据

---

① 却日勒扎布：《书面〈格斯尔〉的故事情节与结构类型》，《民族文学研究》1996 年第 1 期。
② 斯钦巴图：《蒙古英雄史诗抢马母题的产生与发展》，《民族文学研究》1996 年第 3 期。
③ 乌日古木勒：《蒙古史诗英雄死而复生母题与萨满入巫仪式》，《民族文学研究》2005 年第 1 期。
④ 徐国琼：《藏族史诗〈格萨尔王传〉》，《文学评论》1959 年第 6 期，第 45 页。
⑤ 桑杰扎布：《格斯尔传·译者前言》，人民文学出版社，1960，第 4~7 页。

藏文本《格萨尔》部分情节发展创作的内容。[①] 对这一话题的讨论一直延续到 20 世纪 90 年代，徐国琼、乌力吉、降边嘉措、王兴先、斯钦孟和、却日勒扎布、赵秉理等许多学人都对《格萨尔》和《格斯尔》的关系问题发表了自己的见解。经过一系列的讨论，学界基本形成了一个共识，即《格萨尔》最早在藏族民众中流传，后来在流传过程中逐渐形成了《格斯尔》等诸多其他文本。《格萨尔》和《格斯尔》比较研究为《格萨（斯）尔》的传承与发展做出了可贵的探索，论述了藏族《格萨尔》和蒙古族《格斯尔》的文化内涵及其承载的独立价值、民族精神与审美理想，进而揭示了藏族和蒙古族文化的相互关系及其内在规律，这些对于正确理解中华民族多元一体格局下蒙藏文化的互动具有重要的学术价值和现实意义。

还需要提及的是"中国史诗研究"丛书，它包括《〈格萨尔〉论》《〈江格尔〉论》《〈玛纳斯〉论》《南方史诗论》《〈江格尔〉与蒙古族宗教文化》等。这套丛书对中国史诗的总体面貌、重要文本以及重要的史诗歌手等进行了较为系统的阐述，对许多较为重要的史诗理论问题展开了深入的探讨，提出了许多新的见解，反映了 20 世纪 90 年代中国各民族史诗研究的成就和水平。[②] 此外，却日勒扎布的《蒙古〈格斯尔〉研究》（1992）、扎格尔的《史诗〈江格尔〉研究》（1993）、杨恩洪的《民间诗神——格萨尔艺人研究》（1995）、贾木查的《史诗〈江格尔〉探渊》（1996）等许多学术价值较高的研究成果相继问世，它们对中国史诗研究的某些专题进行了较为深入系统的探讨。

简而言之，1949~1999 年的史诗研究奠定了中国史诗学的基本格局，为中国史诗研究理论体系的创建打下了扎实的基础，标志着中国史诗研

---

① 王沂暖：《藏族史诗〈格萨尔王传〉》，《中央民族学院学报》1981 年第 3 期，第 30 页。
② 仁钦道尔吉、郎樱：《〈江格尔〉论·前言》，内蒙古大学出版社，1999，第 3~5 页。

究逐步走向成熟。

本书择选了撰写于 1949~1999 年的 11 篇具有代表性的、产生过较大影响的关于史诗讨论的文章，不仅涉及中国三大史诗《格萨（斯）尔》《玛纳斯》《江格尔》，还涉及南方各民族史诗以及域外史诗。其中，有的专论史诗的人物形象，有的专论史诗的说唱艺人，有的专论史诗的母题和类型，有的着力于史诗的比较研究，等等。对于这些文章，本书或以全文转载的形式，或以节录的形式，将原作忠实地呈现，并附有"评介"。出于种种考虑，本书对佟锦华的《格萨尔王与历史人物的关系——格萨尔王艺术形象的形成》和季羡林的《〈罗摩衍那〉在中国》做存目处理。在整理学者们文章的过程中，为了方便检索，本书在每一篇学者原作的结尾都注明了文章的出处。其中，饶宗颐、季羡林、陶阳和钟秀的文章节选自其著作，其余学者的文章均依据其首发期刊版本整理。为了充分尊重原作，也为了让读者更好地了解原作的原貌，本书除了对个别讹错明显又影响文意的地方稍作改动外，原作中人名、地名、书名、译名、注释，彝文、藏文、希腊文等单词，以及部分脱、衍、讹、倒之处，皆一仍其旧。原文有拿捏不准的地方，因编者学识有限，一律保持原文。原作中双引号和书名号之间的顿号亦保持原状。凡排印漏误、容易引起歧义的文字，在不影响原意的基础上均径改，不出校记。同时，为方便当代读者阅读，本书对原作中的个别标点符号、异体字等进行了规范处理。当然，受各种主观条件和客观条件的限制，本书仍不可避免地存在一定的不完善之处，还请众方家不吝指正！

最后，需要特别感谢的是社会科学文献出版社的编辑工作者们！赵娜女士作为责编，在本书的编校出版过程中贡献了专业的学术智慧和大量的辛勤劳动，她的爱岗敬业令人敬佩！同时还要感谢内蒙古大学口头传统研究协同创新中心的各位同仁和领导的支持和帮助！

预祝各位读者有愉快的阅读体验！

目　录

蒙古英雄史诗中马文化及马形象的整一性[①]

巴·布林贝赫

黑格尔在其著名的《美学》中谈论史诗时，曾说过这样的话：战争是史诗的最合适的场所。从总体上看情况正是如此。正如没有残酷的征战、英雄的业绩和勇敢的冒险便很难产生各民族的原始史诗一样，如果没有骏马形象，也很难有蒙古民族真正的史诗产生。蒙古史诗中的征战和婚姻两大主题，都离不开骏马形象。

从艺术形象的审美特征上讲，蒙古英雄史诗的正面人物是人性和神性的统一体，反面形象是人性和兽性的统一体，而只有骏马形象是集兽性、人性和神性三性于一体的艺术形象（见拙著《蒙古诗歌美学论纲》）。可以看出，与史诗中出现的其他动物形象比较，骏马形象更具有独立性和完整性。在某些场合和某些方面，它的地位和作用甚至超过了它的主人。这种情形从史诗英雄对自己坐骑的深情的表白中可见一斑。江格尔对其坐骑枣红马阿兰扎尔说：

> 你比我怀抱中的娇妻还亲密

[①] 本文原以蒙文撰写，1992 年在《民族文学研究》上发表时由乔津译为汉文。

你比我珍爱的儿子还亲近①

旋风塔布嘎对他心爱的坐骑说道：

> 从日出方向过来的
> 以草为食的你
> 血肉之躯的我
> 我撇开你怎能行动
> 你离开我如何生存②

蒙古英雄史诗中的骏马形象，是在人和马的和谐中，在美与丑的对比中，在主体和环境的统一中，体现了其独立性和整一性的。

一 人和马同生

在不少史诗中，骏马是同其主人一同降生于人间的，甚至有的还生于主人诞生之前。这种同生现象在史诗中俯拾即是。例如格斯尔可汗诞生的时候，家里的一匹枣红骒马生下了一匹神驹。再如珠拉阿拉德尔可汗的夫人阿拜吉如嘎产下双胞胎——未来举世无双的英雄——的时候

> 在杭盖山上
> 黑色马群之首的
> 黑色骒马怀驹三年
> 积乳三年

---

① 《江格尔》（蒙文），内蒙古人民出版社，1958，第292页。

② 陶·巴德玛、宝音和西格搜集整理《江格尔》（蒙文），内蒙古人民出版社，1982，第473~474页。

　　野外游荡三年

　　三三九年之后

　　生下了黑色的马驹

　　在阿尔泰山上

　　灰花色马群之首的

　　灰花骒马怀驹三年

　　蕴乳三年

　　游荡三年

　　三三九年之后

　　生下了白鼻梁的马驹①

在另一部史诗《三岁的红色古诺干》中，一匹弓背的红骒马，生下了

　　有灵敏的耳朵

　　有锐利的眼睛

　　有天蓝的毛色

　　有快捷的四蹄的

　　宝贵的黄骠驹②

并以这匹马驹的出生象征其主人的降生。尤其值得人们格外注意的，是有时当史诗主人公从天界降生到人间时，其坐骑也同时自天而降，这一母题暗示了骏马的某种神性。如在史诗《阿拉坦嘎拉巴可汗》中，可汗从天界下凡时，随同降下了宝贵的洪古尔马驹。不少史诗中天神像佑护英雄一样地佑护他的坐骑。如在《宝迪嘎力巴可汗》中，主人公的坐骑黄骠马被蟒

---

　　① 《祖乐-阿拉达尔汗传》（蒙文），民族出版社，1982，第18~19页。

　　② 《蒙古族文学资料汇编》（蒙文），内蒙古语言文学研究所，1965，第90~91页。

古斯施魔法迷惑而骑走时，是苍天刮起了风，解除了蟒古斯的魔法。

还有这样的情况，例如在《阿拉坦嘎鲁胡》中，英雄在前往镇压恶魔的途中，拾到一睡在摇篮中的金胸银臀的婴孩和一匹铁青色的马驹。这孩子后来在其征战中立了大功。与这种情形相似的，还有这样的情节：一孤儿从无数的马群中捡来遭遗弃的马驹，后来这孤儿成了英雄，马驹也变为骏马，他们一道完成了崇高的事业。这类孤儿与马驹的母题，可以认为是主人与其骏马同时诞生的某种变体。就其实质来看，它同样或隐或显地揭示出了人与马之间的某种"神合"关系。

如果说这些例子在表现人与马共同诞生时还多少有点显得间接的话，那么喀尔喀史诗《可爱的哈拉》中的诗句则无疑是最为直接的，英雄连同骏马从进裂开的山岩中一同诞生——

> 四十四庹长
> 四四方方的红色山岩中
> 同坐骑一同诞生的
> 是骑在花色骏马背上的
> 胡伦乌兰巴特尔[①]

上述例子充分说明，在蒙古史诗中对马降生的尊重甚至是神化，与对其主人的尊重和神化是相同的。主人公若是天之骄子，其坐骑便是天马之驹；主人公的诞生是奇异的，其坐骑的降生便也是奇异的。当然，在不同时期的史诗中，骏马的神奇降生也经历了一个演变过程。在古老的史诗中，马之降生常常与天界有某种神秘联系，而这可能与萨满教信仰有关。而在后来的史诗中，则可看到佛教的明显影响，出来了坐禅的喇嘛以佛法为英雄造就了骏马。例如在《有八只天鹅的那木吉拉查干可

---

① 哲·曹劳整理《蒙古人民英雄史诗》（蒙文），内蒙古教育出版社，1989，第6页。

汗》中，英雄阿拉坦在山顶上点燃了喇嘛给的头发，这时就见：

> 有鞍子嚼子的
> 带着弓和箭的
> 一匹云青马
> 以鬃毛拂动日月
> 以四蹄叩响大地
> 冲破云层降临大地
> 说，主人啊请乘骑我①

如果说从马与其主人一同诞生之类叙述中，我们更多地感受到的是对马的来源的奇异性的描绘的话，那么诗中对马本身超凡本领的津津乐道，则更多地是在渲染马的神奇性。

二 马的超自然属性

史诗中骏马的神奇色彩，不仅在于其驮走大山的力量、丈量大地的速度，还在于其超凡的智慧和魔力。它以其原身与化身相结合、力量与智慧相结合、自然形态与超自然形态相结合的艺术形象，在史诗所构筑的世界里纵横驰骋，使正面英雄充满喜悦，令反面形象闻风丧胆。每当主人公遇到困难、碰上灾祸、处于生死关头时，总是他的坐骑给了他各种帮助，终于使他化险为夷，摆脱了困境。这种超越其主人的智慧和神力，常使人们惊叹不已。那些不听从坐骑劝告的，结果则往往是吃尽苦头。如在《格斯尔》中，当格斯尔听从了阿拉坦热格尼的话，要去朝拜

---

① 巴·布林贝赫等编《蒙古族英雄史诗选》（蒙文，上册），内蒙古人民出版社，1988，第 766~767 页。

蟒古斯的化身罗布萨嘎大喇嘛时，他的坐骑自天而降力劝其勿去，他没有听，结果被蟒古斯施魔法变为驴子，受尽折磨。又如在《道喜巴拉图》中，蟒古斯女儿变一美女引诱英雄，坐骑暗示英雄拒绝，可他没有听从，结果中了她的计谋。除了给主人以警告，使其避免灾祸外，坐骑还是主人的出色战友和帮手。史诗《可汗青格勒》中的描述十分动人：可汗那匹大象般巨大的黄骠马在征战途中，以其不可思议的预见力和智慧前后六次帮助其主人脱险，直至最后精疲力尽——

> 胸脯着地
> 口鼻触在沙土上
> 那有四十四条血丝的
> 巨大黑眼睛里
> 滚动下羔羊般的泪水①

哀伤地向主人表示它已无力助其再战。

　　在预示吉凶、暗示好坏时，这些超凡的坐骑所用的方法也多种多样：或嘶鸣，或做人语，或咬镫，或尥蹶子，等等。在史诗《大丈夫阿里亚夫》中，主人公正沉溺于新婚欢乐时，蟒古斯趁机袭击了他的故乡，是坐骑以嘶鸣来示警的。在《希力图莫日根》中，当一只凶残的魔狗尾随窥探时，又是坐骑尥蹶子提醒了主人。尤其令人惊讶的，是英雄有时更愿意相信马的话。史诗《武士的查干可汗》里有这样的细节：主人正在欢宴，夫人传递了敌人袭来的消息，没人理睬。主人的云青马再次发出警报时，他立即相信并付诸了行动。

　　还不只是提醒和暗示，骏马常常直接帮助它的主人。洪古尔准备饮

---

① 哲·曹劳整理《蒙古人民英雄史诗》（蒙文），内蒙古教育出版社，1989，第230~231页。

下敌人妻子的毒酒，其坐骑以尾击翻酒杯，使其免遭毒杀。① 格斯尔的坐骑将主人母亲的灵魂从地狱中衔出来，从而使其复活。②

还不止这些，在许多地方，坐骑所起的作用是决定性的，而非辅助性的。史诗英雄走投无路时，要恳求坐骑指点迷津。宝木额尔德尼与对手反复较量不分胜负，于是就拉下衣襟，向坐骑三次躬身、三次乞求，骏马便赐给了他制胜的妙法。③ 希林嘎拉珠英雄与蟒古斯生下的三十个铜孩儿大战三年未果，最后主人按坐骑的指点，了结了他们的生命。④

坐骑的巨大作用不仅是在征战中，而几乎是表现在英雄生涯的每一个场合。例如娶亲、结盟等重大事情上也常常少不了坐骑的协助和参与。大丈夫阿里亚夫是遵从了坐骑的指点，在好汉的三项比赛中获了胜，才实现了娶妻愿望的。胡达尔阿拉泰汗的儿子青格勒胡战胜了米勒乌兰，正欲杀死他时，双方的坐骑一同上前劝阻，并建议他俩结为伴当。后来他俩果然共同建立了丰功伟业。⑤

这些神奇的坐骑在帮助主人时，不仅以本来面貌出现，必要时还以其化身来配合主人行动。例如变作蚊子、蜜蜂、火石等有生命或无生命的东西，从而巧妙地迷惑和制服敌人，给主人以有力的支援。至于良骏化作癞马模样出现，则是最为常见的手段：

　　肚腹像鼓

　　脊背像弯刀

　　人欲抓无鬃毛

---

① 《新疆江格尔　六十部》（蒙文，甲），内蒙古人民出版社，1982，第948页。

② 齐木道吉整理《格斯尔可汗传》（蒙文，上下册），内蒙古人民出版社，1985，第477页。

③ 《宝木额尔德尼》（蒙文），内蒙古人民出版社，1956，第89页。

④ 巴·布林贝赫等编《蒙古族英雄史诗选》（蒙文，上册），内蒙古人民出版社，1988，第37~40页。

⑤ 仁钦道尔吉搜集整理《希林嘎拉珠》（蒙文），黑龙江人民出版社，1978，第352~356页。

　　蚊要咬无尾巴驱赶

　　浑身癣疥①

以这种模样迷惑对手，助其主人实现大业。

　　总而言之，这些叙述表现出了原始游牧人适应、同化、支配自然的欲望和幻想，表现出了他们对马匹的极为复杂的认识和心态——对其神化和夸张达到了极限。经济生活和文化传统的特殊性，使这种审美心理形成定式，并在代代相传过程中得到强化，成为具有鲜明民族特色的审美意象。

三　蒙古民族审美体验的程式化表现——调驯马的系列化描述

　　史诗中马形象整一性的重要内容之一，是调教马的系列化描绘。唤马、抓马、吊马、备马、骑马、撒群，都有极为细腻的描绘。这种按照生活本身的自然程序再现出来的描写，深深包孕着游牧民族的审美情趣，是将生活艺术化的突出范例。

　　一个唤马的举动里，就有丰富的文化蕴含。在早期史诗中，常见英雄用马具来召唤乘骑。例如用马鞍召唤三次，嚼子召唤三次，笼头召唤三次，等等。也有用箭召唤的，这可能与某些原始仪式有关。后来的史诗中就出现了用笛子、哈达、烟祭等方式召唤马的描写了。时势嬗替，风俗信仰的改变不能不在日常生活的几乎一切方面打上烙印。所以看到史诗中出现手持哈达、"煨桑"乞求菩萨（"煨桑"源于藏语，意为烟祭），站在山上呼唤坐骑时，你无法不立即想到佛教的影响。

　　抓马的叙述，则又常常成为交待马的脾气秉性和能耐，以及表现人

---

　　① 巴·布林贝赫等编《蒙古族英雄史诗选》（蒙文，上册），内蒙古人民出版社，1988，第534~535页。

的勇武机智，表现人与马的缘分的极好场合。《江格尔》中的洪古尔抓他的铁青马时，"人腰粗的蓝丝套绳被拽成细线，差点挣断"。[①] 抓马又常常是交待马与主人亲昵关系的时机，当主人去抓马时马会说"山上的草还没吃够，胯上的膘还没长足"，以试探主人对它是否有慈爱心肠。[②]

吊驯马的叙述，通常是既充满生活情趣，又传达出了游牧民的审美体验。其描绘之细腻，夸张之奇丽，韵味之悠长，常常令欣赏者赞叹不已：

> 粗粗的树
>
> 都晃动了
>
> 要粗粗细细的马绊
>
> 来层层绊牢；
>
> 细细的树
>
> 都弯曲了
>
> 细细粗粗的马绊
>
> 要重重绊紧。

这样吊了两年后，

> 放牧一天
>
> 隆起一块肉
>
> 放牧两天
>
> 隆起三块肉
>
> 放牧三天
>
> 后腿肉凸出
>
> 放牧四天

---

① 《江格尔》（蒙文），内蒙古人民出版社，1958，第199页。

② 《蒙古族文学资料汇编》（蒙文），内蒙古语言文学研究所，1965，第352页。

前腿肉涨大

放牧五天

胯肉强劲

放牧六天

肌肉发达

放牧七天

筋骨强健

放牧八天

增长了气力

放牧九天

全身坚硬……①

备鞍作为史诗中常有的叙述程式之一，也很可以作为特定文化现象来加以考察。它们已决不是日常生活场景的简单再现，而成为蒙古人审美追求的一个方面。骏马已被想象为"从远处看如山峰般巨大，走到跟前才知道是一匹马"的程度。给这样的马备鞍，马鞍自然是：

有平川的尺寸的

是洁白的鞍屉

有山梁的尺寸的

是黄木的鞍子

用三十头牛的皮革

编织成的

三十六条肚带

紧紧勒入肚皮

---

① 《蒙古族文学资料汇编》（蒙文），内蒙古语言文学研究所，1965，第141~144页。

用二十头牛的皮革

精心编就的

带银饰的后鞧

将两胯压紧①

越到史诗发展的晚期阶段，对备鞍的叙述便越见细腻和铺排。请看下面的诗句：

值一万两的鞍

备在马背上

藏氆氇的鞍垫

放在鞍上

金黄的铜镫

压在两旁

八条熟牛皮梢绳

像流苏飘扬

尼玛达瓦（藏语：日月）鞍鞒

前后闪光

丝绒的前鞧

搭在前胸

各色穗子

随胸抖动

黄羊皮的前肚带

紧扣胸肋

麂皮的后肚带

---

① 《新疆江格尔 六十部》（蒙文，甲），内蒙古人民出版社，1982，第899~900页。

勒入肚腹①

其间已可明显看出"胡尔"故事和"本子"故事的某些叙述特色，也能体察到佛教文化的影响。

游牧的生产方式造成游牧民对于运动着的、动态的事物的审美体验有其独到之处。说到乘骑者的感觉，那是一种"收起前衣襟的工夫，跨过了九座山岭。掀上后衣襟的瞬间，腾过了十道山梁"的速度。至于旁观者眼中的奔马，是"犹如草丛中跳出的，快腿的兔子般飞奔，蹄下扬起的土块，似射出的箭般鸣响"②。谈起骏马步态的稳健，那是"端着盛了奶的碗，奶汁漾不出来。腰带上悬着的挎包，纹丝不动。攀着装满酒的杯，一滴也不洒"③。

经过一定仪式后将坐骑撒群放牧，主人从此再不能乘骑——祀奉马，这是在史诗英雄战胜敌手、弘扬威名时才有的举动。有时也因做了噩梦或见到凶兆，为求得上苍保佑而这样许愿。这一习俗在蒙古地区历史极为悠久，推测与古老的民间信仰有关。作为一种重要的民俗事象，作为一种与马相关的文化现象，它将蒙古人尊奉马、神化马的心理具体化了：

> 功高的俊美黄骠马
>
> 奉作火的神马
>
> 再不负鞍戴笼头
>
> 永远放群成神马④

---

① 色楞演唱，瓦尔特·海西希、法依特、尼玛记录整理《阿拉坦嘎拉巴汗》（蒙文），内蒙古文化出版社，1988，第 301 页。

② 《江格尔》（蒙文），内蒙古人民出版社，1958，第 116 页。

③ 道荣尕等整理《阿拉坦舒胡尔图汗》（蒙文），民族出版社，1984，第 35~36 页。

④ 巴·布林贝赫等编《蒙古族英雄史诗选》（蒙文，上册），内蒙古人民出版社，1988，第 61 页。

四 具有"反审美价值"的形象——驴子

骏马形象的整一性，还表现在它的对立物——驴子形象上。正如史诗中恒常出现英雄与恶魔的极端对立一样，史诗中，尤其在晚期史诗中，也常常出现作为骏马对立面的驴子。这一现象在巴尔虎和科尔沁史诗中更为突出。驴子总是成为反面人物的坐骑，总是具有一副丑陋、卑琐、滑稽的形态：

> 背上生鞍疮的
> 丑陋的灰毛驴
> 吆喝一声转一圈
> 打了脑袋颠起来①

作为恶魔蟒古斯的坐骑，对其叙述也是程式化的，也有相同的召唤、备鞍、乘骑等程序。这种描绘也属于审美范畴，具有反审美价值。它的形象越是同其主人和谐，就越是与正面英雄的坐骑形成巨大的反差。以召唤马为例，正面英雄常用绸缎、哈达、"煨桑"来召唤马，而蟒古斯召唤其驴子是"燃起狼粪，呼唤自己的驴，点着猪屎，召来乘骑的驴"②。在科尔沁史诗中，驴子更是时时与马"相反"。英雄若是用乌珠木果汁饮马，蟒古斯便用人血饮驴；马佩戴的是镶嵌宝石的笼头，驴则套着毒蛇盘结的笼头；马鞍镶金嵌银，驴鞍饰以铜铁。骏马飞奔起来似龙腾空，大地都震颤；蟒古斯将驴打了一鞭，跑出五个粪蛋儿，抽了一鞭，掉下七个屎蛋儿。这里美与丑、正与反的对立，极大地强化了史诗中黑白形

---

① 道荣尕等整理《阿拉坦舒胡尔图汗》（蒙文），民族出版社，1984，第29页。
② 色楞演唱，瓦尔特·海西希、法依特、尼玛记录整理《阿拉坦嘎拉巴汗》（蒙文），内蒙古文化出版社，1988，第280页。

象体系的矛盾和对立。

五　史诗中的马文化氛围

蒙古民族的马文化异常发达，并浸透到物质文明和精神文明的许多方面。从日常生活到深层的审美体验，从轻松的娱乐游艺到庄严的宗教仪式，可谓无处不在。因此蒙古民族常常被称为"马背上的民族"。从口传到书面，从感情到理性的各式各样的《马经》《马赞》，是这一文化的一个突出表现和忠实记录。需要特别指出，即使像《马经》这类基本属于生产生活知识和经验范畴的东西，其间也不乏审美体验的因素。马赞则无疑是蒙古诗歌的重要样式之一。

史诗中除了马形象的直接描绘之外，还存在大量与马文化有关的叙述。例如史诗英雄长大成人时对父母说的第一句话是：

> 我该骑的骏马在哪里？
>
> 我该娶的姑娘在哪里？

这个问题自然是与史诗的征战婚姻两大母题有关。

史诗中对美好事物的评价也常常同马联系在一起。羡慕和赞叹男子汉的体态和气度时会这么说：

> 什么人养了这样的好汉？
>
> 什么马生了这样的好驹？

即使形容美女，也不能没有马！说在她后背的光芒之下，可以照看夜晚的马群；在她前胸的光亮之下，可以放牧白昼的马驹。结交伴当、发誓立盟之时会说：虽不是接踵而生的兄弟，但是马缰相联的伴当。史诗中某些马文化现象不只同思维方式有关，而且同宗教信仰有关。格斯尔在同阿伦高娃定亲时说："我用马驹尾巴和你定亲"，并将其挂在姑娘脖子上，这充分体现出马在蒙古人生活中的神圣性。

人生中的兴衰、生死、对错等，也都用马来作譬。例如倒了霉时说"衰败之马跑将起来"，做错了事叫"马蹄踏错了地方"，做对了便是"马缰拉顺了方向"，令敌人受伤是"让他抱住马鬃"，战胜敌人欲杀之时先问"要七个匠人锻造的枪尖？还是要七十匹马的尾巴？"（意谓愿让兵器杀死还是绳索绞死）向对方投降时说："我甘愿作你老实马的缰绳，烈性马的羁索"，占有别的部落民时叫作使之"拜倒在自己的马镫下"……如此等等，不一而足。

只有在游牧文化背景下，在严酷的自然环境和长期的征战活动、艰苦的放牧生活中，才能产生这种思维模式和审美意象。如果从历史发展的角度看，马文化现象，特别是艺术创造中的骏马形象，同早期蒙古人的物质生产活动有着直接的关系。对于他们来说，马是人类战胜自然的结果，又是继续战胜自然的有力工具。在原始的游牧狩猎经济活动和残酷的民族部落间的战争中，马匹非但不可或缺，有时甚至起到决定性的作用。在放牧、娶亲和征战等重大活动中，马匹张扬了他们的威风，增强了他们的力量，极大地拓展了他们的活动范围，从而既使他们愉悦，又引起他们的惊讶。于是他们不仅把马视为家畜，而且视为战友、视为谋士，甚至视为神灵和保护神。在这样的心理前提下，史诗中的马形象便具有了三个特质——兽性、人性和神性。也是从这时开始，马的实用价值在文学中升华为审美价值，并在蒙古人心中深深积淀下来，成为稳固的心理定式。于是从口头文学到书面文学，从古至今，骏马形象作为蒙古民族审美体验的永恒象征，不断地得到赞颂。

（《民族文学研究》1992 年 4 期）

———— 评 介 ————

巴·布林贝赫是著名诗学理论家，又是一位优秀的诗人，这样的多重身份使得他的创作和研究别具特色。他对蒙古族英雄史诗乃至蒙古族诗歌的研究迥拔孤秀，见解和论说方式与一般学者不同。① 他是鲜有的几位运用本土诗学的传统资源从广义诗学的角度对蒙古族英雄史诗加以宏观把握和驾驭的学者之一。他的《蒙古诗歌美学论纲》② 和《蒙古英雄史诗的诗学》③ 从蒙古族英雄史诗的自身特质出发，系统地构建了蒙古英雄史诗诗学体系，是中国蒙古族英雄史诗宏观研究具有代表性的学术力作。

一般而言，诗人对诗歌持有的批评话语多带有直观和鉴赏性质，较少有那种逻辑精密的论析，不过他们的批评却常常能与诗歌的情境高度契合，能够准确地把握诗歌的情境和特点。诗人兼学者的诗歌研究者往往能够运用诗人那种最敏感的艺术嗅觉阐发诗歌艺术的精微之处，又能

---

① 20世纪80年代以后，蒙古族英雄史诗的搜集、记录、整理和出版真正进入了新的历史时期，中国学者对蒙古族英雄史诗的研究进入了新的发展阶段，巴·布林贝赫、仁钦道尔吉、宝音和希格、陶·巴德玛、贾木查、那木吉勒舍旺、赵永铣、纳·赛西雅拉图、波·特古斯、拉西敖斯尔等一批老学者和唐吉斯、丹碧普力吉德、加·巴图纳生、扎格尔、朝戈金、斯钦孟和、斯钦巴图、德·塔亚、巴雅尔图、格日勒扎布、金海、芒莱、特·那木吉勒、萨仁格日勒、陈岗龙、乌仁其木格、九月、乌日古木勒等诸多中青年学者都加入了这一研究的行列，一批具有理论深度的论文和专著纷纷问世。不过，这些研究大多侧重对史诗的某一个方面进行微观研究，或结合蒙古族的历史文化背景考证史诗的产生年代和地域，或研究史诗的母题结构，或分析史诗的基本内容、主题思想、人物形象，或探讨史诗的艺术形式、语言特色，或阐述史诗的口承和活态特征，等等。相对而言，运用本土诗学的传统资源从广义诗学的角度对蒙古族英雄史诗加以宏观把握和驾驭的并不多，巴·布林贝赫是这一方面做得非常突出的学者，他有着强烈的蒙古族本土学者的文化自觉和自我意识。因此，他的研究可以被视为20世纪末到21世纪初期中国史诗研究由"他观"转向"自观"的学术范例。

② 巴·布林贝赫：《蒙古诗歌美学论纲》（蒙文），内蒙古人民出版社，1991。

③ 巴·布林贝赫：《蒙古英雄史诗的诗学》（蒙文），内蒙古教育出版社，1997。

凭借那种直探根源的悟力把握和抉发诗歌的诗境与本质，从而完成对诗歌的诗性感悟和探索。巴·布林贝赫便属于这一类型的学者，他从蒙古族英雄史诗和其他民间文学中汲取丰富的养料创作了许多名篇佳作便是有力的证明。正是因为他是一位优秀的诗人，因此他对诗歌的感受、把握和论述能够与所要批评的诗歌的境界和形象相吻合，不会简单地把诗歌作品当作历史文献对待，不会运用自然科学的研究方式和手段对它进行研究，而是用心灵和情感去体味诗、发现诗，站在诗学本位的立场上考察诗歌作品，从而避免了评论与诗学的文艺本质出现某种疏离。巴·布林贝赫具有深厚而精湛的理论素养。在长期的诗歌创作过程中，巴·布林贝赫不断地积累和总结经验，把对诗歌的感性认识上升为理论认识，形成了自己特有的审美情趣和美学原则，并把它们与长期获得的理论积累相结合，对蒙古族诗歌艺术进行了深入而执着的研究。因此，他的蒙古族诗学研究既能在宏观上准确地把握蒙古族诗歌，又能对蒙古族诗歌展开微观分析，避免论述失之空泛；他既能对蒙古族诗歌发展的基本轨迹、整体面貌及其所体现出来的审美意识和形式美学做出综合而客观的考察，又能对蒙古族诗歌每个发展阶段的具体诗歌作品做出切中肯綮的价值评判，且新见迭出。这是巴·布林贝赫研究蒙古族诗学的优势，也是他能够成为蒙古英雄史诗诗学乃至蒙古诗学的学术领军人物的原因之一。

蒙古族英雄史诗是蒙古族文学的高峰和不朽的经典，是巴·布林贝赫诗学理论的一个重要组成部分。他在《蒙古诗歌美学论纲》和《蒙古英雄史诗的诗学》中对蒙古族英雄史诗的研究具有非常高的学术价值、方法论价值及拓荒性的开创意义。巴·布林贝赫涉入蒙古族英雄史诗研究领域始于他用诗歌美学理论考察和分析蒙古族英雄史诗，《蒙古诗歌美学论纲》是他在这一领域的标志性成果之一。在充分观照蒙古族的审美追求与诗歌艺术结合的基础上，这部著作将蒙古族诗歌美学发展的基本轨迹放在历史与逻辑里进行系统的探讨，对在蒙古族诗歌发展史上产生过重大影响的代表性诗作、诗潮、诗风和诗体做了重点研究。对蒙古族诗歌的美学研究不同于对诗歌的艺术研究，美学研究是在艺术研究基础上的哲学升华，即将蒙古族诗歌审美感受与审美经验上升到美学理论高度。巴·布林贝赫把蒙古族英雄史诗作为英雄主义诗歌的范例，通过对蒙古族英雄史诗的语言、思维、艺术形象、艺术风格的分析，阐述古代蒙古人的生活方式、审美意识、宇宙观、世界观和人生观。在这些考察、揭示和分析过程中，蒙古族英雄史诗美学与蒙古族的古代哲学、古代美学、古代文艺的关系得到了具体的阐述，蒙古族英雄史诗美学的价值取向和意趣得到了深刻的论述。

需要提到的是，巴·布林贝赫从文学史的角度出发，将蒙古族英雄史诗置于整个蒙古族诗歌艺术发展的历史大背景下加以把握，论述了蒙古族英雄史诗产生的社会历史条件，解释蒙古族英雄史诗怎样递变为禅诗和训谕诗。万象永动，诗歌的类型和体裁随着时代的变化而变化着，而且它的变化呈现的情形千头万绪。但是，递变的原因不外乎文学发展的内在要求和社会政治文化的变化。顾炎武说："诗文之所以代变，有不得不变者。一代之文，沿袭已久，不容人人皆道此语。今且千数百年矣，而犹取古人之陈言一一而摹仿之，以是为诗，可乎？故不似则失其所以为诗，似则失其所以为我。"① 在首肯焦循的"一代有一代之所胜"为"具眼"的基础上，王国维在《宋元戏曲考》里重新审定了"一代之胜"的文体谱系："凡一代有一代之文学，楚之骚，汉之赋，六代之骈语，唐之诗，宋之词，元之曲，皆所谓一代之文学，而后世莫能继焉者也。"② 可见，变是文学的内在本质，文学要发展进步便不得不变。因此，以蒙古族英雄史诗为范例的英雄主义诗歌转向以禅诗和训谕诗为范例的厌世

① 顾炎武：《日知录集释》，黄汝成集释，栾保群、吕宗力校点，上海古籍出版社，2006，第1194页。
② 王国维：《宋元戏曲考》，载《王国维文学论著三种》，商务印书馆，2001，第57页。

主义诗歌是诗歌演进的自然趋势。当然这种趋势不是由内在的文学本质决定的，而是由外在的社会政治文化需求决定的，正所谓"文变染乎世情"。巴·布林贝赫考察了这种递变的原因，指出黄教在蒙古人精神文化生活中占据的突出位置使得蒙古族人民的审美意识发生了根本性的变化是这一递变的主因，又指出社会的转捩、政治的倡导对这一递变的助推作用。① 他从这一历史背景入手，以蒙古族英雄史诗为参照系，运用比较的方法总结出英雄主义诗歌递变为厌世主义诗歌呈现的三个特征：审美情趣由原始游牧民族的英雄主义外在现实世界转向厌弃现实、超脱尘世、寄托来世的内心世界；由对英雄的人间世界的动态描写转向对远离现实生活的禅境和思辨性的追求；由形象、意象和象征贴近现实生活的风格转向与现实生活拉开了距离的玄奥典庄的风格。② 同时，巴·布林贝赫阐述了厌世主义诗歌如何通过寓语、象征性、修饰性建构出庄严玄奥的艺术风格和表现哲理化、神秘化的内容。此外，巴·布林贝赫对蒙古族诗歌中的另外两个发展阶段，即"民主主义诗歌""社会主义诗歌"也做出了具体的论述，从而完成了对各个历史阶段的蒙古族诗歌面貌的描绘，勾勒出蒙古族诗歌审美情趣嬗变的历史规律，揭示了英雄主义的传统诗歌美学转向社会主义诗歌美学的不可逆转的大趋势。

如果说《蒙古诗歌美学论纲》是对蒙古族英雄史诗的提纲挈领式的论述，那么《蒙古英雄史诗的诗学》则是前者的扩充与深化，是对蒙古英雄史诗诗学的系统研究。《蒙古英雄史诗的诗学》由序、正文八章、跋及文献目录组成，正文八章分别为"导论""宇宙结构""黑、白方英雄的形象体系（一）""黑、白英雄的形象体系（二）""骏马的形象""人与自然的深层关系""文化变迁中的史诗发展""意象、韵律、风

---

① 巴·布林贝赫：《论蒙古族厌世主义诗歌》，《民族文学研究》1990 年第 4 期。
② 巴·布林贝赫：《论蒙古族厌世主义诗歌》，《民族文学研究》1990 年第 4 期。

格"。该著作最显著的特点之一是灵活地运用了文艺学、社会学、文化人类学、宗教学、民俗学、文艺美学和诗性地理学等多学科方法，对蒙古族英雄史诗进行了立体的综合研究，傅中丁的《巴·布林贝赫史诗诗学的研究方法》对此有专门的论述。① 20世纪50年代至80年代中期，对蒙古族英雄史诗进行搜集、记录、整理、翻译的学者大多是文学艺术领域的工作者，故而对蒙古族英雄史诗的研究基本集中在文学艺术领域，但是文学艺术研究中的某些传统思维模式具有的局限性阻碍了蒙古族英雄史诗研究向多学科视角开拓。20世纪80年代中期至20世纪90年代中期，随着西方各种学说的著作被大量译介到国内，中国学者的眼界比以前任何时候都开阔了，许多学者开始尝试用西方的诗学理论与方法研究蒙古族英雄史诗，其中又以运用类型学和母题理论进行蒙古族英雄史诗研究的学者居多，其研究的成果大多得到了学界的肯定，响应者非常多。但是，系统地对蒙古族英雄史诗展开多学科研究的学者不是很多，巴·布林贝赫便是其中杰出的代表。他既没有把自己局限在前人的研究范式中，又没有生搬硬套西方的新方法，而是立足于蒙古族英雄史诗传统，吸收能够与蒙古族英雄史诗互相发明与印证的西方诗学理论与方法，结合自身丰富的创作体会和深切的审美体验，对蒙古族英雄史诗进行了多学科、多角度的整合研究。

如果说，蒙古族英雄史诗研究由单学科研究转向多学科研究需要一个过程，那么《蒙古英雄史诗的诗学》则是这一过程完成的标志性著作。在分析骏马形象时，巴·布林贝赫从文化人类学的视角将它与蒙古族人民的生活、命运、思维、审美等结合起来进行阐述。在论述蒙古族英雄史诗中关于原始崇拜、婚丧嫁娶、祭祀庆典等生活习俗的描写时，他往往能够用民俗学的理论方法挖掘它们深厚的传统文化内蕴。在探讨蒙古

---

① 傅中丁：《巴·布林贝赫史诗诗学的研究方法》，《民族文学研究》2000年第1期。

族英雄史诗的"宇宙结构"时，他从"诗性地理"、"史诗学"和佛教宇宙模式入手，对蒙古族英雄史诗中反复出现的"三界"、"时空"、"方位"和"数目"进行对比和三维结构的分析，勾勒出蒙古族英雄史诗的"宇宙结构"。在分析蒙古族英雄史诗的意象、诗律、风格时，他从文艺学的视角分析蒙古族英雄史诗的形式特点和基本风格，以"原始意象""诗律"为切入点阐述蒙古族英雄史诗崇高的艺术风格。可以说，巴·布林贝赫已经突破了单学科研究蒙古族英雄史诗的樊篱，开拓性地综合运用多学科的理论和方法对蒙古族英雄史诗进行多角度、多层次的研究，从而把蒙古族英雄史诗的研究推向了一个新的高度。

就人物形象的分析而言，自20世纪50年代起，关于蒙古族英雄史诗人物的讨论就已经开始了，出现了不少佳篇，也有一些平庸和简单化的论作。但无论好与坏，它们都单一地把英雄人物放在某一部蒙古族英雄史诗里，由内到外地分析他的所作所为的心理基础与事后结果以及他与其他英雄人物的关系。巴·布林贝赫抛弃了这种研究英雄人物形象的范式，在更广阔的学术视野下对英雄人物的内涵做出更深的挖掘。他不但研究英雄人物的具体表现，而且把它们提高到哲学的高度，在美、丑、崇高等审美范畴里分析英雄人物的创造、发展及其规律。他从诸多的英雄人物形象中抽绎出恒久不变的本质，构建出一个能够容纳和阐释所有英雄人物形象的黑白形象体系。这种分析方法既吸取了原来从思想性和艺术性的角度评价英雄人物的做法，又创造性地从蒙古民族的文化心理、审美情趣、生活习俗和生活理想等方面综合考察英雄人物的美学本质，从而使得巴·布林贝赫对英雄人物的论述成为对英雄人物的一种再创造，不但论析得精妙而深刻，而且具有理论化和系统化的高度。

巴·布林贝赫对蒙古族英雄史诗中的骏马尤其关注，他认为蒙古族史诗中的正面人物是人性和神性的统一体，蟒古思是人性和兽性的统一体，英雄的骏马是集兽性、人性和神性于一体的艺术形象，并专列一章对史诗中的骏马形象做了专题研究。他从"人和马同生""马的超自然属性""蒙古民族审美体验的程式化表现——调驯马的系列化描绘""具有'反审美价值'的形象——驴子""史诗中的马文化氛围"等多个命题阐发骏马形象是集兽性、人性和神性于一体的艺术形象，强调骏马是在人与马的和谐中，在美与丑的对比中，在主体与环境的统一中，体现了其独立性和整一性的。他阐述了蒙古族英雄史诗中为何出现崇拜骏马和把骏马神圣化，为何骏马形象在口头文学和书面文学中都被作为蒙古民族审美体验的永恒象征不断地得到赞颂。巴·布林贝赫紧紧抓住了草原游牧文化的本质特点，把骏马与蒙古族人民的生活、命运、思维、心理、审美等多个方面紧密联系起来勾勒出骏马形象的美学历程和归宿。①

对蒙古英雄史诗的起源、形成、发展规律的探讨一直是中国乃至国际蒙古英雄史诗诗学的一个重要组成部分。许多国外学者加入了这个讨论行列，涅克留多夫是其中比较突出的一个。涅克留多夫通过对不同时代、不同内容、不同类型的蒙古英雄史诗的分析和归纳，推断蒙古英雄史诗共同体的核心地带是南西伯利亚森林的某地，即可能是阿尔泰地区，同时结合蒙古民族的历史经济制度的发展把蒙古英雄史诗的发展分为狩猎史诗（西布里亚特的史诗）、卫拉特史诗、游牧史诗三个阶段。② 在考察英雄史诗题材构成的基础上，他又总结出蒙古英雄史诗经历了从森林人的氏族部落史诗走向歌颂草原游牧民族理想王国的战争史诗集群这样一个形成和发展过程，指出这个流变过程的特点是史诗情节缺少变化，叙事中心仍然是勇士的求婚，勇士同恶魔或异族的战斗。③ 仁钦道尔吉也承认蒙

---

① 巴·布林贝赫：《蒙古英雄史诗中马文化及马形象的整一性》，《民族文学研究》1992 年第 4 期。

② 谢·尤·涅克留多夫：《蒙古人民的英雄史诗》，徐昌汉、高文风、张积智译，内蒙古大学出版社，1991，第 89 页。

③ 谢·尤·涅克留多夫：《蒙古人民的英雄史诗》，徐昌汉、高文风、张积智译，内蒙古大学出版社，1991，第 105 页。

古英雄史诗是在同一时期共同地域产生和得到发展的，且将这一共同渊源命名为"史诗带"，推断它处于南西伯利亚和中亚细亚地区。根据母题系列的内容、数量和组合方式的不同，他把蒙古族英雄史诗分为单篇史诗、串连复合型史诗和并列复合型史诗三大类型。通过对三种类型的区分和比较，他揭示了蒙古族英雄史诗发展的三个阶段，指出《江格尔》的成熟标志着第三个发展阶段的结束，此后蒙古族英雄史诗再也没有进一步发展。[①] 与涅克留多夫和仁钦道尔吉不同，巴·布林贝赫将蒙古族英雄史诗放在整个蒙古族文学流变的过程中进行了动态观照，兼及农业文化和佛教文学对蒙古族英雄史诗的影响，得出蒙古族英雄史诗的发展经历了"原始史诗"、"发达史诗"和"变异史诗"三个阶段的结论。在他对这三个阶段的科学阐述中，尤以对"变异史诗"的美学特征和异文化对其影响的阐述最为独到。[②] 他以科尔沁史诗为变异史诗的范例，指出科尔沁史诗一方面继承和保留了蒙古族英雄史诗婚姻征战母题、黑白形象对立、善恶争斗等史诗基本精神和基本母题，另一方面由于历史的发展、佛教文化和农业文化的强烈影响，科尔沁史诗的人物形象、故事情节、作品结构、语言韵律等均发生了很大的变化。[③] 也就是说，科尔沁史诗在蒙古族英雄史诗传统的基础上，接受了汉族农耕文化和藏传佛教文化的影响，尤其是"本子故事""蒙古族说书"（均来源于汉族古典章回小说）艺术的直接影响，使得自身的基本母题更加故事化，人物形象更加现实化，蟒古思形象则更加魔幻化、符号化，情节更加复杂化。巴·布林贝赫将变异史诗置于蒙古族游牧文化、汉族农耕文化和藏传佛教文化

---

① 仁钦道尔吉：《〈江格尔〉论》，内蒙古大学出版社，1999，第130页。
② 苏尤格：《著名诗人巴·布林贝赫及他的诗学理论》，《内蒙古民族大学学报》（社会科学版）2008年第6期。
③ 苏尤格：《著名诗人巴·布林贝赫及他的诗学理论》，《内蒙古民族大学学报》（社会科学版）2008年第6期。

相交融的社会文化大变迁的历史背景下，指出科尔沁史诗是在游牧经济向农业经济过渡、信仰萨满教向信仰佛教过渡中繁荣起来的，认为如果卫拉特史诗标志着蒙古族英雄史诗的黄金时代和高峰，那么科尔沁史诗则标志着它的衰落和尾声。对变异史诗的这一阐述不仅展现了巴·布林贝赫对蒙古族英雄史诗起源、形成和发展规律的探讨具有独特视野、理论思考和原创性，而且对其后蒙古族英雄史诗晚期形态与变异状态中的蟒古思故事关系的研究起到了重要的推动作用。

概言之，巴·布林贝赫拥有极其广阔的研究视野，运用文艺学、社会学、文化人类学、宗教学、民俗学、美学和诗性地理学等多学科的理论方法对蒙古族英雄史诗进行交叉整合研究，在个人的写作经验与学理思考、传统的继承与现代的借鉴、民族文学实践与世界文学资源的知识谱系上建构了独特的蒙古族诗学体系，其研究涵盖了以蒙古族书面韵文为基础的诗学理论、蒙古英雄史诗诗学、蒙古族诗歌美学等三方面的内容，对蒙古族英雄史诗乃至蒙古族诗歌的研究产生了现实而深远的影响。这一诗学体系把诗性、历史性、哲学性和综合性四个特色融于一体，它的建立不仅仅具有填补蒙古族诗学研究一大空白的意义，更以积极严肃的开创精神把蒙古族诗歌研究推上了一个新的高度。

格萨尔王与历史人物的关系

——格萨尔王艺术形象的形成

佟锦华

（存目）

（《民间文学论坛》1985 年第 1 期）

—————— 评 介 ——————

佟锦华的《格萨尔王与历史人物的关系——格萨尔王艺术形象的形成》以地理位置和历史时间为导引，探索了有关历史人物和他们活动的时代，考察了有关历史事件及其发生的时期与演变过程，就人物、事件、时间和地点四个方面对格萨尔与唃厮啰、松赞干布、赤松德赞等历史人物的关系做出了考证，肯定了林葱土司祖先与格萨尔的关系，指出不应该把格萨尔与他们中的某一个历史人物联系在一起，更不能等同起来，而应该把格萨尔看成一个综合了这些英雄和其他藏族历史英雄的典型人物。[①] 20 世纪末至今，对这个话题的讨论还在继续。但是，它们大多是 20 世纪中期以前讨论的余绪，见解和观点也没有超越前人。其实，史诗是一种文学艺术创造，不是历史编年，对于格萨尔其人的探讨应该与史诗形成和发展的一般规律联系起来。从任乃强到吴均、王沂暖，再到佟锦华，中国学者逐渐摆脱了把史诗主人公格萨尔与藏族历史事件和历史人物相互印证的拘囿来探求格萨尔这一英雄形象原型的研究范式，开始从文学艺术创作本身所具有的规律认识这个问题，这不仅从根本上解决了格萨尔这一英雄形象的根源和形成问题，而且标志着对"格萨尔其人"的探讨已经由侧重历史的研究转向侧重文学性的分析和把握。

史诗是将神话、传说、故事等诸多叙事形式创造性融合在一起的英雄叙事诗，是一种古老而宏大的韵文体综合性文学形式，以特定的形式演述着特定族群或民族的历史，深刻地影响着他们的日常生活和精神生活。"如果把各民族史诗都结集在一起，那就成了一部世界史，而且是一

———————————

[①] 佟锦华：《格萨尔王与历史人物的关系——格萨尔王艺术形象的形成》，载《藏族文学研究》，中国藏学出版社，1992，第254~281页。

部把生命力，成就和勋绩都表现得最优美，自由和明确的世界史。"① 如果要根据与真实的历史事件和人物的远近关系，将世界各地的史诗构建一个谱系，那么处于距离真实的历史事件和人物较近的谱系的一端以《熙德之歌》为代表，而处于距离真实的历史事件和人物较远的谱系的另一端可以《江格尔》为代表。不管如何，作为一种诗性的历史叙事，史诗一直被奉为特定族群或民族的艺术经典，在漫长的形成与发展过程中逐渐演进升格为他们的认同符号。

一

在特定族群或民族的早期阶段，他们的历史都是由他们的口头诗人演述的，是借助诗律、音步及节奏等诗学技巧以口耳相传的形式保存在史诗里的，而口头诗人则是他们最初的历史家，他们演述的史诗呈现的历史也必然是诗性的历史。"赋事之诗，与记事之史，每混而难分"②，"史诗兼诗与史，融而未划可也"③。这一时期，书写文字尚未出现，历史、哲学、宗教等意识形式还未从诗的形式中分离出来，史诗就是历史，是特定族群或民族的历史叙述。"有人说如果你一开始把《伊利亚特》当作历史来读，你将会发现它充满了虚构；同样，你一开始把它当作虚构来读，你将会发现它充满了历史。所有历史与《伊利亚特》都相似到如此程度，它们不可能完全避免虚构成分。"④ 显然，人类在无文字时代尚未在虚构与历史事实之间划出鲜明的界限。随着书写文字的出现，史诗逐渐有别于历史，"是一种比历史更富哲学性、更严肃的艺术，因为诗倾

---

① 黑格尔：《美学》（第三卷　下册），朱光潜译，商务印书馆，1997，第 122 页。
② 钱锺书：《谈艺录》，生活·读书·新知三联书店，2001，第 121 页。
③ 钱锺书：《谈艺录》，生活·读书·新知三联书店，2001，第 121 页。
④ 阿诺德·汤因比：《历史研究》，郭小凌等译，上海人民出版社，2016，第 47 页。

向于表现带普遍性的事，而历史却倾向于记载具体事件"①。史诗是按照可然或必然的原则描述可能发生的事，而历史是按照已然的原则记载已经发生的事。史诗要呈现的是具有普遍性意义的事，艺术性地突破了具体历史事件的樊篱。换言之，史诗之所以凌驾于历史之上，并非因为史诗对历史事件加以真实再现，而是因为它能够对显现普遍理念的人物和故事加以艺术再现，对操纵现实世界的各种法则进行真切的再现。史诗中的英雄是符合理念本质的具体形象，具有泛化式的普遍性，他们的言行符合特定族群或民族对于某种人物类型的理想美德的想象，而且由于遵循可然或必然的法则而表现出一致性和普遍性。

从严格意义上讲，史诗并不是对具体的历史人物和历史事件的真实记录，并非忠实于事实之真，而是忠实于自身的演述传统，讲述的历史与已确实发生的事件在真实性、可信性与权威性上有着一定的距离。如蒙古族史诗中的英雄和故事便难以在真实历史上的人物和事件中找到某种程度上的对应关系，"今天我们所见的蒙古史诗中，有哪位历史上真实人物的影子？从成吉思汗到忽必烈，从拔都汗到蒙哥汗，哪位骁勇善战的历史人物在史诗中得到了描述？哪个真实城堡的攻克、哪个曾有国度的征服、哪次伟大的胜利或悲壮的失败，在蒙古史诗中得到过叙述？完全看不到踪迹。史乘说成吉思汗'帝深沉有大略，灭国四十'，可见当时战争的频仍和惨烈。黑格尔说战争是英雄史诗最合适的土壤，蒙古史诗为何却刻意不记载蒙古人的战争历程，不歌颂他们名扬四海、威震天下的枭雄呢？不仅正面的英雄被隐去了，连史诗英雄的对立面也被刻意地抽象化和符号化了，成了长着多个脑袋的恶魔'蟒古思'，历史上曾经敌对和冲突的族群和国度，都

---

① 亚里士多德：《诗学》，陈中梅译，商务印书馆，2005，第81页。

消解不见了，没有了具体的指向"①。

　　诚然，史诗或多或少会以某个历史事件为背景展开故事，其主人公或为神祇或为半人半神的英雄，他们都直接或间接地有着某些历史人物的影子。但是史诗演述的内容大多是非历史性的、虚构的，它建构的是一种美或善的世界，充斥着许多超乎现实、充满神话色彩的要素。以此而言，史诗中的历史是诗性的历史，它并不执着于追求某种历史的真实，使用各种语言艺术和修辞所渲染的历史叙事也是诗性的，包含着更多不能用来建构历史的虚构成分。就演述史诗的歌手而言，他在遵循史诗演述传统的基础上，能够较为自由地对历史人物和历史事件进行灵活的艺术处理。他可能将发生于不同时间的历史事件糅合在某一个特定的故事里，甚或创造和虚构一些人物，使故事情节更加连贯，让史诗变得更加有趣和有意义。在史诗歌手长期口头创编、演述史诗和史诗流布的过程中，不同时期的历史人物和历史事件被其消化和吸纳，这使得史诗具有了将不同时期的各种历史人物和历史事件有机地交织在一起形成的复杂性，也具有了历史的继承性与不同时期的历史人物和历史事件层累在一起形成的多种特性。但是，也不能排除歌手遗漏或忘记了原先已经消化和吸纳的历史人物和历史事件的可能。歌手演述的是一个传统故事，他不是在创造故事，也不是在讲述历史，而是对传统故事的重新创作。因为他必须遵循的并非历史事实，而是在重新演述史诗传统中的神话，是对一个传统故事的重述。这种艺术旨趣会让歌手在艺术需要的情况下对历史事实做出加工以适应史诗的演述。故而，在很多情况下，只有当史诗的内容能被外部的证据所确切地证实时，它们才能作为历史事实被接受。

　　保罗·麦钱特在《史诗论》中说："史诗一方面与历史有关，一方面

---

　　①　朝戈金：《国际史诗学若干热点问题评析》，《民族艺术》2013 年第 1 期。

与日常现实相联，这种双重关系明确地强调了史诗所具有的两种最为重要的原始功能。首先，史诗是一部编年史，一本《部落书》，习俗和传统的生动记录。同时，它也是一部供一般娱乐的故事书。"① 其实，史诗不是编年史，而是民众口头创作的歌唱神或英雄们丰功伟绩的叙事诗。史诗并"不要求历史的准确性，只是概括地反映为其独立而战的人民的特征和个别的历史事件"②。史诗也不关注娱乐，促使歌手演述史诗的主要动因亦非娱乐和历史，而是其最重要的层面——演述传统本身。当演述史诗时，歌手如果觉得需要虚构一些非历史人物和非历史事件来充实故事情节，他会毫不犹豫地将两者增添到演述中。进言之，史诗会以一种艺术化的方式处理历史人物和历史事件，使史诗与历史发生某种内在的联系。历史人物和历史事件虽然会对史诗的形成与发展产生某些影响，但史诗绝不会因为它们发生重大的变化，乃至改变演述传统，它们只能作为某种痕迹保留在史诗的表层。

史诗呈现的历史不是真实的历史，不是特定的历史事件与历史人物，而是以艺术的方式呈现的历史。在世界万物的起源，人类的起源，族群或民族之间的冲突、斗争、融合以及迁徙等诸多与特定族群或民族有关的历史内容融入史诗的过程中，不同时期的史诗歌手都以史诗为导向对它们进行了不同程度的加工和再创作，以此来表达特定族群或民族的思想，显露了他们对历史的认识和理解。这既使史诗的故事情节可信，又使史诗中的英雄具有典型性，充满艺术感染力。史诗处于神圣叙事和世俗叙事之间，在某种程度上外在于现实世界中的历史人物和事件，但又没有完全脱离历史人物和事件构建的现实世界，没有脱离特定族群或民族的社会发展的历史，其呈现的人类社会的各种法则也是掌控着现实世

---

① 保罗·麦钱特：《史诗论》，金惠敏、张颖译，北岳文艺出版社，1989，第2页。

② M. H. 霍莫诺夫：《布里亚特英雄史诗〈格斯尔〉》，内蒙古自治区社会科学院文学研究所、内蒙古自治区《格斯尔》工作办公室编，赤峰市第一印刷厂，1986，第25页。

界的法则，特定族群或民族的民众借此来理解和思考他们的历史和现实，理解史诗中保存的他们的族群或民族文化中最重要的宗教信仰、政治观念、伦理道德和风俗习惯等。史诗中英雄和故事的原型难以找寻，因为它们可能没有历史原型，仅是虚构出来的。与其探寻史诗记载的历史事件，不如探寻史诗人物和内容反映特定族群或民族的社会生活和历史愿望，关注史诗体现了怎样一段真切的社会历史以及以何种方式呈现历史。的确，史诗可能没有真实地记录所发生的事情，但它真实确切地表达了特定族群或民族的信念和感情。而且我们需要记住的是，史诗在漫长的形成和发展过程中会消化和吸收特定族群或民族的社会政治、历史文化生活等诸多层面的内容，而这些内容会在不同时期史诗歌手的演述中不断得到艺术加工和润饰，并传承到当下。其间，古老的历史事件及历史人物会不断地为后来史诗消化和吸纳的历史事件及历史人物所遮蔽，在史诗中变得越来越模糊，而后来史诗消化和吸纳的历史事件及历史人物在史诗中却会呈现愈加清晰的印记。

二

在无文字的社会里，人们依靠口头传播的方式记忆历史人物和历史事件。当特定时期的历史人物和历史事件经历了三代以上的口头传承，它们很可能会被想象性地歪曲或掺杂在一起，其中的一部分便有可能以史诗呈现历史的形式被记住。世界各地的许多史诗都保有不同程度的历史印记，对各自特定族群或民族的历史人物或历史事件都有诗性的描述。德国学者施里曼于1870~1890年在小亚细亚西岸的希萨里克发掘了一座古城的遗址，他推测这座古城便是荷马史诗中的特洛伊城，荷马史诗描述的特洛伊战争的历史原型是特洛伊城第七次遭到洗劫的历史事件。《罗兰之歌》也是以特定的历史人物和历史事件为基础的，具有鲜明的历史色彩。778 年 8 月，查理大帝（Charlemagne）因为他的后方受到了萨克森人（Saracen）侵扰，率军撤出西班牙。撤退途中，他的后卫部队在从南到北横穿比利牛斯山（Pyrenees）时受到了巴斯克语族的加斯科尼人（Gascon）的伏击。查理大帝的一些重要的大臣和次要的下属在这次战斗中阵亡，其中包括御膳官埃吉哈德（Eggihard）、宫伯安塞尔姆（Anselm）、布列塔尼（Brittany）边区总督罗兰（Roland）。查理大军还没来得及回击，加斯科尼人便凭借着自己轻装上阵和熟悉地形的便利，在夜色的掩护下带着从查理大帝的辎重部队中虏获的丰厚战利品顺利撤出战场。而在史诗《罗兰之歌》中，罗兰由真实历史事件中的次要角色转换为最重要的英雄人物，由法兰西人和西班牙的萨克森人构成的两支相互对立的庞大军队之间的所有问题都直接围绕着他展开，他是整部史诗的聚焦人物。而甘尼仑（Ganelon）与罗兰的敌对态势、甘尼仑与萨克森人的密谋、对甘尼仑的审判等故事情节，乃至一些人名、地名都很难在历史上找到，它们与原初的历史真实有着非常大的差距。尽管能够辨识出《罗兰之歌》的叙事骨架具有真实历史的特征，但是史诗中人物的名字经常出现时代错误。史诗演述的故事不是对历史与过去的真实记录，更可能是呈现歌手所处时代所发生的事情。《罗兰之歌》大约形成于 1100 年，此时前后欧洲的封建社会等级制度已然确立，基督教与伊斯兰教在地中海一带的争夺加剧，当时的政治社会内容和宗教信仰被注入了《罗兰之歌》，而法兰西人和西班牙的萨克森人之间的战争变成了基督教与伊斯兰教两个不同信仰之间的一场战争。可以说，《罗兰之歌》让人们记住了查理大帝军队的这次失利，但对它的描述是虚构的，仅是对其中一些史实的回忆。

《尼伯龙根之歌》是中世纪高地德语叙事诗，以争夺尼伯龙宝物为中心，描述了西格弗里斯（Siegfried）死亡和克里姆希尔德（Kriemhild）复仇的故事。作为呈现 12~13 世纪德国的历史发展进程的诗性叙事，它与德国历史上的某些特定历史人物及特定事件有着一定的联系，其中许多人名都能够在德国历史上找到类似的对应者。不过，《尼伯龙根之歌》是一个文学作品，是一个有关英雄宏伟业绩的史诗，而不是简单记录过去发生的历史事件的编年史，也不是出于保存和记录历史事件的目的而创作出来的诗作。勃艮第人（Burgundian）是一个日耳曼民族的部落，5 世纪早期便居住在莱茵河中部地区，是否如《尼伯龙根之歌》描述的那样居住在沃尔姆斯（Worms）却不能得到确证。435～436 年，居住在莱茵河西边的勃艮第人开始移入罗马人居住的贝尔吉卡（Belgica），对这片地区的罗马人构成了潜在的威胁。于是，这些罗马人联合匈奴人攻击这群勃艮第人，杀死了他们的国王及其大部分勇士，战争中存活下来的勃艮第人移居到罗纳河上游。《尼伯龙根之歌》描述了勃艮第人遭遇的类似的灾难性事件，但与上述的史实不完全一样。历史记载的艾柴尔（Etzel）确实在 453 年死亡，曾娶了一个日耳曼民族的妇女为妻，但是哈根（Hagen）、西格弗里斯等与日耳曼民族历史上的知名人物没有任何联系。

《尼伯龙根之歌》在一定程度上可以说是建立在真实的历史事件的基础上的，它将属于不同时代、处于不同语境中的某些历史人物或历史事件与虚构成分进行糅合，放进一个戏剧化的故事里，进行重新解释。但是，这些历史人物或历史事件并没有改变《尼伯龙根之歌》原有的神话叙事的框架。西格弗里斯是尼德兰国的王子，向克里姆希尔德求婚，但是他没有完全融入这个王室。他来自半神的世界，具有强大的力量，曾亲手杀死巨龙。他在巨龙的血中沐浴，获得了超自然的力量，变得刀枪不入。但是，他不是不可战胜的，他的肩胛骨留有一处致命弱点，就像阿基琉斯之踵那样。因为对王室的礼仪、言语的无知以及处世之道的缺乏，他最后成为哈根阴谋下的牺牲品，而他的死亡也象征着史诗中神话的力量消失了。因此，《尼伯龙根之歌》将历史和神话交织在一起，虽然描述了历史事件，却是在神话框架体系中加以选择、安排与呈现，将历史事件转换成一种永恒的叙事。而受众则从这种呈现历史的方式中了解历史事件，找到通向未来的道路。

与《罗兰之歌》和《尼伯龙根之歌》相较，《熙德之歌》在更大程度上是根据与罗德里戈（Rodrigo）有关的历史事实创作出来的，较为真实地描述了罗德里戈击退摩尔人、占领巴伦西亚等真实的历史事件。罗德里戈曾经担任过阿方索（Alfonso）国王王室的行政长官和禁卫军的首领，后来东征西讨、开疆拓土，建立了自己的领地，成为阿方索国王统治疆域内的一方之主。罗德里戈的历史事迹在当时已经众所周知，被很好地记录下来了，这为将历史上的罗德里戈与《熙德之歌》中的罗德里戈进行对比提供了一个坚实的基础。《熙德之歌》保留了大量与罗德里戈同时代的著名人物的名字，例如他的妻子希梅娜（Ximena）。但是，《熙德之歌》描述的事件也有不同于历史事件的地方。如罗德里戈历史上的妻子是阿方索的第二个堂妹，而史诗对此未曾提及。历史上的罗德里戈被放逐两次，而在史诗中罗德里戈被放逐一次。但是熙德的两个女儿与卡里翁伯爵的继承人费尔南多和迭哥举行婚礼，而后又嫁给了纳瓦拉和阿拉贡的继承人的故事情节完全是虚构的，目的是羞辱与罗德里戈的后代联姻的卡斯提尔（Castile）的卡斯特罗（Castro）家族。

史诗是经过数代史诗歌手的不断锤炼琢磨而逐渐趋于完善的，因此它不可能只反映某一个时期的个别的历史人物和历史事件，而是囊括了"全部它所经历过的时代的沉淀物"①，不同时期的历史人物和事件都可能在史诗中得到反映。"任何一篇英雄诗歌都不属于某一年或某十年，而是

---

① В.Я. 普罗普：《英雄叙事诗研究中的一些方法论问题》，王智量译，《民间文学》1956年第2期。

属于由古到今的，它在其中创造出来、活下去、琢磨精炼、日渐完善或是归于消亡的许多世代的。因此每一篇歌谣都带有过去许多世代的印记。"①《格萨尔》中的格萨尔王不能与藏族的某一个历史人物等同起来，他不仅与藏族的某一个历史人物有着直接或间接的联系，还有着松赞干布、赤都松、赤松德赞、唃厮啰、林葱·格萨尔等诸多历史人物的影子，是一个综合了藏族历史上诸多英雄人物特征的典型人物。② "史诗的创作者们（也就是有才华的说唱《格萨尔王》的民间艺人们），正是摘取了藏族历史上的众多英雄领袖人物，诸如松赞干布、赤都松、赤松德赞、唃厮啰、林葱·格萨尔等人物身上的各自一端如降生地点、岭国疆域、生平遭遇、战争事件、伟大功绩等，加以集中、糅合、改造并生发开去，以足以充分表达创作者的意思。所以，史诗中格萨尔王的英雄形象，常常被人们分别指认为各不相同的某个历史人物，其根本原因就在于此。"③《格萨尔》的结构宏大，分部本众多，是经历数个世纪和数代说唱艺人逐渐完成的，而且一直处在动态发展中，其间将吐蕃时代及其以后曾经切实发生过的历史事件信手拈来，加以艺术性的加工创作，糅合连缀。与《格萨尔》相较，《江格尔》离历史人物和历史事件更远，"《江格尔》中有'额木尼格河的木头，制成马鞍的鞍翅，杭嘎拉河的树木，制成马鞍的两翼'这样的诗句，纯粹是基于诗行押韵的需要而编造出来的河流名称，没有哪个读者能在蒙古地区找到这两条河流。事实上，在有经验的听众那里，从史诗故事所发生的主要场所'宝木巴'国度到具体的其他地点，都应当合乎惯例地按照史诗的'语域'来理解。所以说，蒙古史诗把一切东西都做虚化处理，只保留最基本的善恶、敌友等关系的叙事

① В. Я. 普罗普：《英雄叙事诗研究中的一些方法论问题》，王智量译，《民间文学》1956年第2期。

② 佟锦华：《藏族文学研究》，中国藏学出版社，2002，第262~291页。

③ 佟锦华：《藏族文学研究》，中国藏学出版社，2002，第285页。

策略，是另有其高妙之处的——英雄主义气概得到充分的、概括化的彰显，而不必拘泥于具体的人物和事件。于是，历史上哪个元帅远征到了什么地方，打败过哪些国度，在民众的集体记忆中，都成了某种遥远的、模糊的背景，史诗的前台上，只有半神化的英雄和妖魔化的对手在厮杀"①。不管如何，《格萨尔》《江格尔》对历史人物和历史事件的描述是诗性的，格萨尔与江格尔都是民众集体创作出来的艺术形象，与其说他们是历史人物，还不如说他们是神话人物，是许多世纪以来史诗歌手对历史人物和历史事件的英雄化与神话化的产物。

三

一部特定族群或民族的史诗一旦形成，便要面向它的全体民众，对他们的社会生活产生深刻而多样的影响，发挥着多重的社会功能，包括认同、教化、娱乐等。如果只关注史诗的内容和结构，忽视史诗的社会功能，那么根本无法将它与特定族群或民族的口头传统中所包含的其他文学样式区别开来，也无法在本质上理解作为特定社会或族群叙事范例和传统资源的史诗。作为诗性的历史叙事，史诗演述的确实不是真实发生的历史事件，但是它能够得到特定族群或民族的全体民众的认同，并在其间世代相传、如缕不绝，这是因为它符合特定族群或民族的社会需求和精神需求，包含着掌控特定族群或民族的社会结构、日常生活和精神生活的某种运行机制。

劳里·杭柯认为史诗在特定社区或群体内发挥着重要的认同功能，并将其作为界定史诗的重要维度："宏大叙事的范式，它起源于职业歌手的演述，是一个超级故事，在长度上，表达的力量和内容的意义远超过

---

① 朝戈金：《国际史诗学若干热点问题评析》，《民族艺术》2013年第1期。

其他叙事。它的功能是一个群体或社区在接受史诗时获得认同。"① 一部
特定族群或民族的史诗能够让它的全体民众记住祖先曾经拥有的光辉与
荣耀，知晓他们的族群或民族形成与发展的历史进程，坚信他们将来高
贵的命运。史诗中的英雄是诗性的历史人物，是民众对史诗产生认同的
象征资源。史诗所属的特定族群或民族的民众对他及其行为和业绩产生
认同，将他视为辨识自我、寄托自我的神圣的象征性符号。史诗英雄是
一个族群或民族发展出来的思想和行为方式的范例，这个族群或民族性
格中分散在许多人物身上的光辉品质都集中在他身上，他显示出能代表
整个族群或民族精神的完整个体，② 《玛纳斯》中的英雄们持有的人格、
精神和生活方式满足了柯尔克孜族民众对英雄崇拜的情感需求，加强了
他们的自我认同和民族认同。"《玛纳斯》通过英雄人物形象的塑造，通
过感性化、情感化的审美意境，使听众在史诗接受过程中受到潜移默化
的影响，使史诗的思想价值转化为教育价值。史诗中英雄们强烈的英雄
主义气概和高尚的情操，以及他们对于真善美不懈的追求精神，对于人
民群众具有教育鼓舞作用。"③ 戈登·伊内斯（Gordon Innes）曾记录了冈
比亚的巴卡里·西迪贝（Bakari Sidibe）对史诗英雄松迪亚塔（Sunjata）
的评述："虽然松迪亚塔毫无疑问地比我们更强大、更勇敢，但是他也像
我们一样是一个人。他的品质我们也具有，虽然它简化成一种形式。松
迪亚塔告诉我们一个男人能做什么，展示一个男人的潜力。即使我们不
能渴求做出与松迪亚塔一样的大事，但是我们感到，我们的精神因了解
像松迪亚塔那样的人展示的精神而得到升华。在战争前夕，一个歌手
（griot）将对国王和他的追随者们演述《松迪亚塔》。这个故事能唤起参

---

① Lauri Honko, *Textualising the Siri Epic*, Helsinki: Academia Scientiarum Fennica, 1998, p. 28.
② 黑格尔：《美学》（第三卷 下册），朱光潜译，商务印书馆，1997，第136~138页。
③ 郎樱：《〈玛纳斯〉论》，内蒙古大学出版社，1999，第196页。

与战争的受众超越自我，当然不必鼓励他们去超越松迪亚塔，而是让他们感到他们有能力获得他们以前只敢想象的伟大事情。通过让他们记起松迪亚塔的事迹提高他们对自己能力的估价。"① 《松迪亚塔》激发了曼丁哥人为自己民族奋斗的决心与勇气。他们以松迪亚塔为精神典范审视自身的生活，规范自身的行为，激励自己勇于承担责任与义务，敢于为荣誉而战，创造辉煌，取得勋绩。尼日利亚南部的伊卓族民众每隔几年会聚集在一起，举办演述其部族史诗《奥兹迪》的活动，其间模仿史诗中祖先和英雄的生活，接受他们精神上的洗礼和再教育。②

在史诗中，历史不是作为真实的历史出现的，而是给演述的传统故事提供一个宏大的背景，让史诗有它自己的特性，并在其中投射着事实或现实之光。史诗不是罗列历史事件，而是将它们放置于史诗演述的传统中，使它们变成令人愉悦和富有想象力与情感的故事。由此，史诗中的历史叙事成为诗性的叙事，为民众提供了英雄崇拜、民众知识和智慧、族群或民族记忆等许多历史之外的东西，成为"一套凝聚人们的价值观、符号象征和感情的纽带"③。《松迪亚塔》以西非马里帝国的开创者松迪亚塔一生的业绩为题材，讲述了松迪亚塔的出生、童年、青年反抗，以及打败残忍的苏苏大王，建立马里帝国的故事。《松迪亚塔》对 13 世纪 20~30 年代马里帝国历史的呈现基本符合历史真实，也就是说，《松迪亚塔》在将历史事件纳入演述传统框架的过程中，会对历史事件和演述传统的某些神话或故事做出适应性的调整，使它们有机地融汇在一起。当然，演述传统的某些神话或故事在多大程度上被置换成特定的历史事件

---

① Lauri Honko, *Textualising the Siri Epic*, Helsinki: Academia Scientiarum Fennica, 1998, p. 21.

② 详细论述可参见李永彩译《松迪亚塔》，译林出版社，2003，译序。

③ Lauri Honko, "Epic and Identity: National, Regional, Communal, Individual", *Oral Tradition* 11 (1), 1996, p. 21.

需要进一步考究。如果这种置换是彻底的，那么《松迪亚塔》便不能被称为史诗，而是编年史或纪事本末了。这种诗性的历史叙事彰显了曼丁哥人不畏强暴、敢于斗争的民族精神，鼓舞着曼丁哥人勇敢地面对生活中的种种辛酸与挑战，勇往直前，坚信正义终将压倒邪恶。从认同层面上讲，《松迪亚塔》维系着曼丁哥人的自我、民族和文化层面的认同，增强了曼丁哥人的团结意识，阐述了曼丁哥人历史的合理性和当下社会与文化的合法性。

史诗表现了特定族群或民族的民众许多世纪以来的理想和愿望，他们在史诗中充满感情地再现历史。这种诗性的历史叙事让史诗既有传奇性，又有较高的真实性，使史诗成为特定族群或民族的全体民众的财富，而不仅仅是某个人的财富，并因此获得了神圣性和崇高性。史诗的神圣性和崇高性还在于史诗在时间和空间上与距离生活在当下的我们非常遥远。"史诗把主人公的故事发生的时间定在——借用黑格尔的说法——'完成过去时'，与叙述者（或讲故事人）及其听众的时间没有联系的过去时。其次，这个绝对的过去时仅仅通过民族传统——排除任何批评、任何动荡的尊崇对象——才与咏诵的时间相连。最后，传统尤其把史诗世界及其英雄化的人物，与今日集体和个人的经验领域隔离开来。"[①] 一个特定时期的历史人物如果想被歌颂成史诗中的英雄，他只能被时间相隔足够久之后的史诗歌手以一种史诗的艺术技巧处理，只有历史足够漫长，人们对这个人物的记忆才会淡薄。只有这样，一个有很高艺术天赋、充满诗性灵感的史诗歌手在处理这个人物时，才能获得成功。否则他的想象力会受到束缚和限制，最终创造出的史诗也只是没有活力的作品。

---

① 保罗·利科：《虚构叙事中时间的塑形：时间与叙事》（第 2 卷），王文融译，商务印书馆，2018，第 246 页。

　　但是，特定时期发生的历史事件与描述这个历史事件的史诗的出现相隔不能太远，相隔太远会使得史诗歌手的时代意识和观念世界与史诗所描述的时代意识和观念世界出现本质上的分裂，使得史诗不能表现英雄时代的真正的民族精神，从而失去了原始心灵所特有的生命力，让听众感到史诗的描述不符合时代意识及其起着作用的那个时代的信仰、生活和习惯观念，乃至产生不耐烦和枯燥无味的审美情感。而生活在当下的史诗歌手对史诗的吟诵则将遥远的崇高叙事与特定时空中的当下联系起来了，史诗歌手及其受众和史诗之间在演述活动中建立起一种认同关系，实现了对历史的超越，"不仅超越了历史性时间，而且超越了历史性时间所服务的经验世界"①，从而对史诗中的诗性历史叙事产生一种由衷的认同。史诗也通过自身的演述获得了存在的意义，"不仅是艺术地讲述一个关于英雄的故事，而是通过宏大的叙事，全面承载一个民族的精神风貌和情感立场，它不仅教化民众，而且强化他们内部的联系——共同的先祖意识、归属感和历史连续感"②。于此而言，史诗的历史叙事也是一种神圣叙事，史诗歌手及其受众不在意史诗叙事内容本身的真实或虚构，而在意能在每次史诗的操演实践活动中找到自身的伊甸园，在意能在叙事行为和叙事意义中找到自身的社会关系，在每次史诗的操演实践活动中实现一种永恒的、超越历史影响的过去行为与现在行为的对话，不断重复地实现自我身份的认同。

　　总而言之，史诗在某种程度上与特定族群或民族的历史人物和历史事件相关，但以不同的方式将它们英雄化和神话化。在漫长的形成与发展过程中，歌手、受众、社会环境等许多内在和外在的因素会让史诗呈现不同于原初史实的内容和形式。歌手会不自觉地对历史性因素与非历

①　罗伯特·斯科尔斯、詹姆斯·费伦、罗伯特·凯洛格：《叙事的本质》，于雷译，南京大学出版社，2015，第140~141页。

②　朝戈金、冯文开：《史诗认同功能论析》，《民俗研究》2012年第5期。

史性因素进行艺术化的组合和处理，而且他们对哪些是历史素材、哪些不是历史素材似乎没有明确的概念。因为歌手与受众并不是在史诗中寻找历史的真实，而是在建构史诗的这种真实中寻找历史的情感和自我的认同，它传递和记忆的是"精神"。对于歌手与受众而言，史诗是崇高而神圣的叙事，是特定族群或民族的历史的集体记忆，表现数个世纪以来特定族群或民族的渴求和期待，表现他们的历史意志，表现他们对历史的评价与判断。史诗是特定族群或民族的象征与丰碑，是它的"精神标本的展览馆"①。史诗的诗性历史叙事呈现的是特定族群或民族的存在、起源和形成、社会结构、生活方式、价值观念、理想和情感等诸多与社会、历史、政治、文化等相关的内容，并对它们的合理性与合法性进行神圣化的解释，而特定族群或民族的民众也在一次次地与这种神圣化的诗性历史叙事展开沟通与对话的过程中找到和强化了自我认同。

---

① 黑格尔：《美学》（第三卷　下册），朱光潜译，商务印书馆，1997，第108页。

近东开辟史诗·前言

饶宗颐

本史诗是西亚关于天地人类由来的神话宝典，是世界最早史诗之一。希伯来圣经中的《创世纪》即从此衍生而出。在中国的翻译界，尚未有人把这史诗全文介绍过。这是首次译出的尝试。

所谓史诗（epic）一字，从希腊文 ἔπιός 而来，拉丁文是 epicus，含有"对话"的意思。它是"narrated in a grand style"（用雄伟的风格说出的文体），narrated 可说是"赋"的作法，所以亦可说是叙事诗。[①]

史诗的性质有几个特点：它必是口传的（oral），必是与宗教信仰分不开的，又必是和该民族的典礼有联系的；史诗对于战争事件往往有极详细而生动的描述与铺陈，大部分歌颂该地崇祀之神明，把诗中的英雄人物尽量加以凸出。[②] 西亚史诗的特征，Luigi Cagni 在谈到 Erra 一诗时，已有详细讨论。[③]

汉民族在古代应该有他们自己的史诗。但由于古代史官记言与记事分开，记事侧重时日，对于事态的描写多采取"省略"（ellipse）手段，

---

① 日本清水茂：《赋与叙事诗》（见语りの 文学，筑摩山房，昭和 63 年）。

② 杨牧：《论一种英雄主义》。

③ *Source from the Ancient Near East*, vol. 1, 1997.

所以没有像西方史诗那样强调英雄主义。"省略"是修辞上很重要的法式。[①] 古代汉语的特征，采用省略句式见于殷代占卜文辞是非常普遍的，所以对神话人物没有作故事性的高度描写。诗经中雅颂的体裁久已脱离了口语，所以不是 epic 的叙述形式，因此，一般认为古代中国没有史诗。又史家作史书，极力主张"尚简、用晦"，[②] 故冗遝、详尽的文体亦不受人欣赏。唐代的俗讲变文兴起，衍生后来的弹词七字体，与天竺希腊的繁复冗长的史诗，其构章遣词，实无差异，这样的文体在吾国反属后起，这是文学形式由简变繁的另一方向。[③] 但在民间口语文学中却保存大量的活的史诗，尤其是在少数民族的口传文学里面，像桂西布努瑶族的长篇史诗《密洛陀》，其中"萨当琅"长达二千多行。西藏的格萨尔史诗有三十九部，如果把另外的六十七部加以整理，可有八十万行之多，比起印度的《摩诃婆罗多》还要丰富。[④] 这样看来，礼失而求诸野，中国的史诗还活生生地保存着，正是口头文学的一个无尽藏呢！

史诗的吟唱是需要宗教仪式的。能吟唱史诗的人通常被尊为圣者或先知。印度称之为 Kavi，波斯的火教经里面有八位统治阶层的人物，在他们名字的前面，都加上了 Kavi 的称号，[⑤] 可见吟唱者地位之高，有时还是王者。在吾国少数民族中能够吟唱史诗的人物相当于巫师，有他的特殊社会地位。如彝族即由呗耄来主持，呗耄即是口述史诗的巫师；彝文作屮昴（pe-rmo^{-1}）的读音同于梵呗之呗，意思是唱诗，昴似乎是借用汉文的昴，略为写变，复同音读为耄，或写作笔姆，哈尼族谓为批莫，

---

① *Henri Morier：Dictionnaire de Poetique Rhetorique*，p. 154.

② 刘知几《史通》强调此点。杜预《春秋左传序》云："志而晦。"

③ 陈寅恪：《论再生缘》引言。

④ 参王沂暖《藏族〈格萨尔王传〉的部数和诗》，《格萨尔研究特刊》，第 184 页。《密洛陀》被称为百科全书式的创世史诗，有孙剑冰译本。

⑤ *Richard N. Frye：The Heritage of Persia*，p. 60.

皆一音之变。吟唱史诗的习惯往往保存于极隆重的礼节，或在时节与婚丧庆典中举行；不同于一般曲艺之为娱乐性的。在各少数民族心目中，史诗是圣典，吟唱本族的史诗，其实等于本族的神谱、神根的活动表现，吟唱史诗的人可说是代表本族的先知，他的祭坛是人和神互相沟通的一种场合，像黔边的土家族，他们巫师的傩坛即有开天辟地的歌唱，而巫师则身兼祭祀、歌舞等职掌，可见吟唱史诗与宗教根本是分不开的。①

中国少数民族口头文学里面关于天地开辟的史诗非常丰富，所以这样一首世界最古的开辟史诗很需要加以译出，提供给研究神话的人们作为参考资料。本文之作，正为填补这一缺陷。

近东开辟史诗是阿克得人（Akkadian）的天地开辟神话。因起句"Enuma-eliš"（when on high 天之高兮）命名，全文用楔形文刻于七大泥板之上。上半部记述天地开辟之初，诸神间互相战斗，由于两大势力的争夺，后来才产生出太阳神马独克（Marduk），终于征服了对方黑暗势力的彻墨（Tiamat）。下半部叙述马独克安处宇宙间三位最高神明：Anu、En-lil 及 Ea，遂兴建巴比伦神庙的经过，和祂如何从反叛者身上沥取血液来创造人类。最末历述马独克的光辉功绩，和祂享有五十个不同名号的特殊荣誉。

这首史诗的写成年代，一般认为属于 Kassite 时代，所谓中巴比伦（1550~1155B. C.）时代。（巴比伦共有三十六个王，共统治 576 年，其第一王朝的年代为 Sam-suditana，即公元前 1623~前 1595 年。）在汉谟拉比（Hammurapi，1792~1750B. C.）之后。它的时代大约相当于我华夏代晚期（公元前 21~前 16 世纪）。

吟唱这首史诗在当地习俗为每个新年的第四日，举行隆重的节季典礼，

---

① 黄林：《吟唱史诗不同于说唱曲艺》，《中国音乐学》1987 年第 2 期。

有下列几点意义。①

1. 为 E-zida 神庙之洁祀，即在 Borsippa 之 Nabû 庙内讲说太阳神马独克（Marduk）开辟天地和创建神庙的故事。

2. 为恢复神庙祭典，规定由中间化名者（interalia）歌颂关于 Anu 及诸神的劳绩。

3. 为帮助小儿诞生的典礼，昭告人类的始生，是从有罪而被殛死的神明身上，沥取其血抟土而作成的（how man who first created from clay mixed with blood from a slain god）。

4. 吟诵此诗可以帮助牙医拔出痛牙，而诅咒其蠹虫使勿复为害。②

马独克（Marduk）一字是由阿克得文的 mār（子）和苏美尔文的 Utu（太阳）会合而成，意思是太阳的儿子。祂是最高的神明，太阳之下一切都是祂的产物，马独克在阿克得人的歌颂之下，拥有五十个不同的名号，祂具有无比的威力，超乎一切的崇高地位。神是全能的，这一思想在西亚很早已是根深蒂固，所以后来移植至以色列。

人是从宇宙中的有罪的恶神取出他的血来塑造的，所以是有"原罪"的。人的产生，是为诸神服务而制造的，人必须是神的侍奉者，人在神的恐怖威严之下是要战栗的，没有一点地位的，这一原则性的基本理论亦为以色列所吸收。③

有人认为汉族是务实趋善的民族，原始性的自然宗教始终没有在内部发育成高级的人为宗教，使中国人免除了"原罪"，但也使中国的原生态神话仅存片断，还显得晦涩、枯槁而凌乱。④ 我不同意这种看法：我认

---

① 参看 M. L. West 编注希腊 Hesiod：Theogory 的前言，1966，Oxford 印本。

② 关于诅咒防止牙蠹的事（Incantation against Toothache），在新巴比伦时代很流行，但在 Mari 文献古巴比伦时代的泥板出土有 ši-pa-at tu-ul-tim。

③ 参看 J. Bottéro：Naissance de dieu，La Bible et L'Historien（神之诞生——圣经与历史家）巴黎，1986。

④ 见萧兵为王孝廉《中国的神话世界》所写的序言。

为原罪的有无，起于神话背景的差异，中国的造人传说，属于用泥捏成一系，不同于西亚。而且，由于书写工具的不同，殷周典册，锲刻书写于龟骨、铜器与玉器及简牍，不适宜作长篇记录。史家又主张尚简用晦，阻碍了史诗作冗长描写的叙述形式，但民间的口语文学却照样仍旧保存着而流传下来。

西亚开辟史诗，认为在开辟之初什么东西都没有，既没有"名"，亦没有"形"，命运更谈不到。"无"是宇宙的本来面目，因为这时候，什么神都没有降生下来。

因此史诗在开头，使用否定词的 la，便有许多次：

阿卡语的否定词有三个，一是 lā，一是 ul，一是 ai。[1] la 字在第一章的 1、2、6、7、8 行都出现。

1. la na-busû　ša-ma-mu

   (the heaven) had not been named

   既未有名

2. šu-ma la zak-rat

   had not been called by name

   亦未赋之以名

6. ši-ma-tu la ši-i-mu

   their destinies undetermined

   命运未定

   gi-pa-ra la ki-iṣ-ṣu-ru

   ṣu-sa-a la še-ú

   no reed but no mashland

   无纬萧、无薮泽

---

[1]　见 Ungnad-matouš: *Grammatik des Akkadischen*（《阿卡得文法》），第 111 页，否定词。

7. la šu-pǔ-u ma-na-ma

Whatever had been brought into being

渺焉无形

8. šu-ma la zuk-ku-ru

uncalled by name

名号不立

la 字楔形文字作

希伯来文的否定词 κζ 亦是 la，它们是同一语系。我在这里，用汉语的否定词"未"、"无"、"不"来翻译它。

西亚泥板中第一位神明叫作 Apsû，意思是溟海（Ocean）。这一名词可能是出于闪语，义为地表，或海岸，是指水之清者，我把它音译作濊虚。

Mu-um-mu 蒲德侯教授认为是 Tiamat 的绰号，其他相当于阿克得语的 ummu，其义为母，所以我音译作漠母。Apsû 是水之清者。而 Tiamat 出自闪语，义为溟海，水之积聚，大地之浮沤也，则指水之浊者，与 Apsû 恰恰相反，我把它音译为彻墨。古汉语训："海，晦也"，即以海为晦。

Apsû 和 Tiamat 两者一清一浊，代表两种相对的势力，在天地未形成之前相互斗争，后来波斯火教经里的 Ahuramazda（creator of the world）与 Ahriman（power of evil & darkness）二人为兄弟，而代表一明一暗，互相斗争，正如 Apsû 与 Tiamat 之为夫妇，情形相同，这是近东宇宙论之二元主义。既有了濊虚作为原始神之后，继而诞生 Lahmu 与 Lahamu，这二名的原义不明。以后遂有 Anšar 与 Kišar 诞生，an 是苏美文的天，ki 是苏美文的地，šar 有全体的意思，高的全体指天，低的全体指地，史诗喜作俪句，是其著例。在史诗里面，e-lis（on high）指高，sǎp-lis 指低，二者相对，表之如下：

$$e\text{-}lis \qquad\qquad s\breve{a}p\text{-}lis$$

$$an \qquad\qquad ki$$

天　　　　　　　地

An-šar 又生子曰 an-nu，nu 训主，故 An-nu 义即天之主。annu 又生 Ea，他又别名 nu-dim-mud，dim 训创造，mud 训生，意译应该是"创生之主"。

Ea 之妻曰 Dam-ki-na，在苏美文亦称曰：Dam-gal-nun-na，dam 训室，gal 训巨，nunna 训皇子，意译是"皇子之巨室"。[①]

马独克以前的神谱，可系列之有如下表：

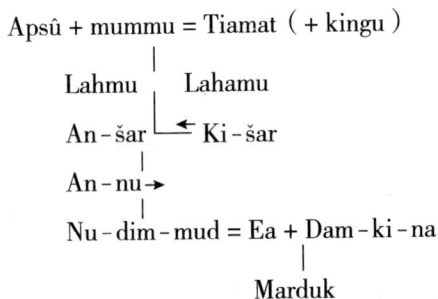

$$Aps\hat{u} + mummu = Tiamat\ (+ kingu)$$

Lahmu　Lahamu

An-šar ⌐← Ki-šar

An-nu→

Nu-dim-mud = Ea + Dam-ki-na

Marduk

希腊 Hesiod 所著的神谱（Theogony）在 Zeus 以前由 Kronos 与 Titan 造分天地，和这史诗的 Anšar 与 Kišar 很相类似，腓尼斯的神谱亦有相雷同之处，试比较如下：

希腊	巴比伦	腓尼斯
Uranos + Gaia（共8子）	Apsû + Tiamat	Elium-Hypsistos: Alalu
Kronos + Titan（共6子）	Anšar	Epigecios-Uranos: Anu
	Annu	El-Kronos ↓ Kumarbi
Zeus →	Marduk	Demarus-zeus（weather-god）

日本民俗学者（如大林太良等）认为上代日本的"天皇制"，王权与神话之不可分割，实是远古东方（Oriental）神王制的派生物。[②] 统治与

---

① 参看 *La naissance du monde*（《世界之诞生》），第 117~151 页。

② 吉田敦：《古代オリエト文学上ギリシア神話》（筑摩世界文学大系 82）。

神权成为合一体。在近东，希腊史诗所表现几无二致。但在远东的神统，恐怕未必相同，似乎不必勉强加以比附。

惟名与命两个观念相当重要。① 远东与近东则有类似之处，在开辟之初，诸神未降，名号不立，命运未定。有了神才有了名，命运亦因之而定。"无"是天地未生之前的形状。这与老子书所说"无名天地之始"是一致的。从天地开始时未有名，到诸神降生，各有其名。至于太阳神马独克统一宇宙，建立奇功，终至赋予五十名号，成为威力最大莫可与京的大神。名号的重要性是代表文化的内涵，这五十名号，具体与抽象的意义都齐全，欲了解西亚文化的根源，应该从这一处着手，不可忽视。② 中国方面在名号所表现的哲理精粹处尤其是"谥法"方面，很值得去作比较深入的研究。

我现在最感兴趣而要进行讨论的有两项：一是开辟神话，一是造人神话，二者有密切关系，可以说是二而一的。开辟神话最为家喻户晓的是盘古的问题，我曾经考证东汉末年四川的文翁祠堂壁画已刻绘盘古像，宋人且见过拓本。一向认为盘古最早出现于三国是不对的。见于战国中期楚缯书上的记载有"日月夋生"及雹戏、女皇生子四之说，可证山海经里的帝俊是上神，日月都由其生出，确为战国流行于南方的传说。雹戏女皇即伏羲女娲已成定论（见拙作《楚帛书》），可破旧说伏羲女娲名字初见于《淮南子·览冥训》之非。

《淮南子·精神训》说："古未有天地之时，惟像无形。……有二神混生，经天营地。……于是别为阴阳，离为八极，刚柔相生，万物乃形。……烦气为虫，……精气为人。"他提出的二气说，我们看彝族的宇宙论和古代楚人之说，实息息相关。彝族的《创世志》开头便说：

---

① 参看旧作《古代文学之比较研究》第一节（京都大学《中国文学报》第 31 期）。

② 关于 Marduk 的五十名，参 J. Bottéro：*Les noms de Marduk L'ecriture et la Logique en Mésopotarnie ancienne*，及 Franz M. Th. Böhl：*Die fünfzig Namen des Marduk*。

金锁开混沌。……先叙哎与哺。哎哺未现时，只有啥和呃，啥清而呃浊，出现哎与哺。清气青幽幽，浊气红殷殷。……局啊现日影，日影亮晶晶，宏啊显月形，月形金晃晃，闹啊变青烟，……努啊成红雾。……六形未现时，谁也不先显，六形出现了。哎哺影形成……①

在混沌未开之前，先有六形。有如庄子所说的"乘六气之变"（《逍遥游》）。六形中以清浊分，六形代表天空六种自然物，表之如下：

清气	浊气
啥	呃
哎（影）	哺（形）
局（日）	宏（月）
闹（烟）	努（雾）

这时还未有天地，只有啥、呃清浊二气，这即是《淮南子》所说的二神。彝族史诗叙传说有圣人名曰努娄哲，开始发现封锁天界的秘密，他掌握打开金锁，由他来开天辟地。史诗接着叙由蜘蛛撒经纬线来织成天地。再由"九女子造天，八男子造地。千千万的哎，千千万的哺"形成天地间的一切。这岂不是《淮南子》所说的"经天营地"？此中似亦渗入汉人的"经天纬地"的思想，不过加进彝族的想象，由蜘蛛来执行这一工作罢了。彝族把天、地分成二系，有点像西亚以 an 为天，以 ki 为地，都有二元论的倾向。

我们再谈东巴经中纳西族的《创世纪·开天辟地》的神话，纳西象形文原来写作：

---

① 见《西南彝志选》，贵州人民出版社。啥、呃指清、浊，哎、哺指影和形，局、宏、闹、努，指日月烟雾，都是彝语，详该书注解。

（崇=人类）　　（搬=迁徙）　　（图=出现来历）

三字按照纳西读音就是崇搬图，意思是"人类迁徙记"。这崇搬图至今已有五种译本之多，为东巴经之冠，可见其重要性。东巴《创世纪》的要语是这样的：①

1. 混沌世界：东神、色神与"石"、"木"的存在。

"很古很古的时候，天地混沌未分，东神、色神在布置万物，人类还没有诞生。石头在爆炸，树木在走动。"（《创世纪》第1页）

2. "影"先于"形"

"天地还未分开，先有了天和地的影子。日月星辰还未出现，先有了日月星辰的影子；山谷水渠还未形成，先有了山谷水渠的影子。"（《创世纪》第1~2页）

3. 三、九与万物的相对性（善、恶、真、伪之判别）

"三生九，九生万物。万物有'真'有'假'，万物有'实'有'虚'。"（《创世纪》第2页）

4. 鸡生蛋与白气和黑气

"真和实相配合，产生了光亮亮的太阳。太阳光变化，……产生了绿松石……，产生一团团的白气，白气又变化，产生……依格窝格善神。""依格窝格……变出一个白蛋，白蛋孵出一只白鸡，……自取名为恩余恩曼。……恩余恩曼生下九对白蛋，一对白蛋变天神，一对白蛋变地神，一对白蛋变成开天的九兄弟，一对白蛋变成辟地的九姊妹。……"

相反地，"假与虚相配合，出现了冷清清的月亮。月亮光变化，产生黑宝石，黑宝石又变化，产生一黑气，……黑气又变化，产生了依古丁那恶

---

① 本文采用林向肖《对纳西族创世纪神话本来面目的探讨——〈创世纪、开天辟地〉校注札记》，载《神话新探》，第359页。

神，依古丁那作法又变化，变出了一个黑蛋，黑蛋孵出了一只黑鸡，……自取名曰负金安南。""负金安南生下九对黑蛋，卵化出九种妖魔，……九种鬼怪。"（据林向肖文引另一本《创世纪》）

我们可把上面的创世纪中种种角色列成下列系统表：

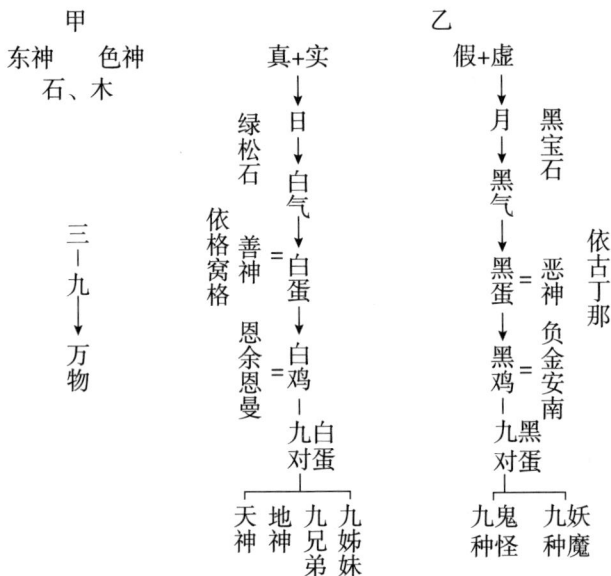

甲　　　　　　　　　　乙

东神　色神　　　　真+实　　　　假+虚

石、木

绿松石　　　日　　　　月　　黑宝石
　　　　　　↓　　　　↓
依格窝格　白气　　　黑气　依古丁那
善神　　　↓＝白蛋　↓＝黑蛋　恶神
恩余恩曼　白蛋　　黑蛋　　负金安南
三—九　　↓＝白鸡　↓＝黑鸡
↓　　　　白鸡　　黑鸡
万物　　　↓　　　　↓
　　　九白对蛋　九黑对蛋

天神　地神　九兄弟　九姊妹　　九鬼种怪　九妖种魔

这一套宇宙生成论的形成，溯其来历是相当复杂的，这里不便仔细分析，我想它与彝族的开辟说亦有点关系，像先有影，然后有形，即是彝族的哎和哺的分别。白气和黑气亦即彝族的清、浊二气，这样都是从二气说演衍而来的。三生九，九生万物是取自汉人的。至于鸡蛋说，我认为是吸收印度人的安荼（aṇḍa）论，[1] 又有吸取自西藏的，像代表善神的依格窝格，据《古事记》解说，"取自藏文本一个字母 **ᨠ**（○），改写用双线作 **ᨴ**。"而代表恶神的依古丁那，东巴经文用双线作 **ᨵ**，则"取藏文字母 **ᨨ**，加黑点表 na 之音"。按藏文黑为 nag-po（ནག་པོ）代表黑暗

――――――――――

① 参拙作《安荼论（aṇḍa）与吴晋间之宇宙观》，载《选堂集林》，第 311 页。

（dark）。这些更属于后起踵事增华的理论。①

最堪注意的是在混沌阶段，木和石的崇拜显示初民对洪荒世界所感受的是植物和矿物。有人引用东巴经的《动丁》迎动神经，指出东巴经传说，最初造物之神是"动"和"色"，即是阳神和阴神，是结为对偶的两兄妹，所以东巴教以石象征动，木象征色，大凡东巴作道场，必用一块小神石"动鲁"和几根木偶"木森"，用祭米撒神石，用牲血点木偶，具见他们对木、石的崇拜。动神和色神，创世纪作东神，按之汉语的训诂，东即训动，《广韵·一东》："春方也。《说文》曰动也。"东神和动神自是一而非二。东为动，故属阳，如是东巴传说在宇宙开始混沌时期即用二元说了，表之如次：

东（动）神	色神
石	木
阳	阴
兄	妹

其中二者代表兄妹结婚，似乎受到南方瑶族伏羲女娲为兄妹一说所影响的。纳西东巴经典上神鬼的名字，异常丰富，它具有多神崇拜的特点，据初步编号有二千四百名之夥。可见其吸收多方面的情形，有待于深入研究。

中国少数民族史诗，多数有创世纪的开辟神话，这里只举彝族和东巴二神，以供比较，其余暂不涉及。

至于造人的传说，西亚造人的缘由是要为神服务的。伊拉克新发现在西尔巴古城出土的泥板有关洪水的记载，年代比圣经要早一千年。泥板上说，人似乎是因为职位较低的神都厌倦工作不干，于是天国神明遂创造了人类，可是"人"——这新物种，繁殖太快而且吵嚷太厉害，于是众神大怒，决定把所有的人都淹死，只有一家人幸免，他即是一个被

----

① 参看林向肖文。

称为阿特拉哈希斯（Atrahasis）的人，意思是极有智慧者。他造了一只方舟——这被认为巴比伦历史上相当于圣经的诺亚（Noah）。法国 Réne La-bat 编著《近东宗教》一书，已收入 Atrahasis 史诗的全文（见该书页 26～36），关于他的故事，一般已耳熟能详，今不备述。阿特拉哈希斯是洪水后剩下来唯一的人物。吾国西南民族的史诗亦有同样的传说，东巴创世纪记载洪水滔天，只剩下纳西族祖先从忍利恩孑然一身，藏于牛毛牛皮的革囊，用九条铁链，三头拴在柏树上，三头拴在杉树上，三头拴在岩石上，才得死里逃生。作为东巴创世纪主要角色的从忍利恩，如何与洪水搏斗，为人类生存而挣扎，可以说是西南民族的阿特拉哈希斯了。以前陶云逵记述鲁魁山猓子族的神话云："昔日洪水为灾，人类死光，只剩一名 Apúdamu，亦称阿普（Apú），后来天神 mumi 遣三仙女下凡，与 Apú 相配，七年后，第二仙女怀孕，生下了一个小葫芦，阿普把它剖为四瓣，成为人类之祖，大的为汉人之祖，二为黑夷（即纳西）之祖，三为哈尼之祖，四为摆（白）夷祖。"据马学良调查，这个神话至今云南夷区还普遍的流传着。[①] Apú 与西亚史诗宇宙第一位神 Apsû 天神 mumi 和 mummu 俨然名字相同，两者之间，有无关系，殊属难言。我在云南博物馆看过晋宁山出土铜片，其记数方法用圆圈表数，和苏美人有点相似。远古时候西亚的洪水神话可能随着西羌传播入滇，亦未可知，这是很值得研究的问题。

史诗第六泥板是关于沥血造人的记录。但在吾国传说，人只是用黄土塑成，没有染半点鲜血。黄土造人之说始于东汉，见于应劭《风俗通》："俗说天地开辟，未有人民。女娲抟黄土作人，剧务，力不暇供，乃引绳于纲泥中，举以为人。故富贵者黄土人也，贫贱凡庸者纲人也。"（《太平御览》78 皇王部三引，又见同书卷 360，参吴树平《风俗通义佚文》页 449）希伯来创世纪："上主天主用地面的灰土形成了人。"注家

---

① 马学良：《灵竹与图腾》，载《云南彝族礼俗研究》，第 3 页。

都说希伯来文的"人"字原有红土或黄土的意思，是说人是属于土的东西。令人更感兴趣的是回教徒开辟神话，亦有相同的用泥土造人之说法。向来中外研究女娲氏的文章，都未注意及此。古兰经15章《黑秩尔》：

> 我确以黑泥干土造化人类，使之成形。〈26〉那时候，你的主对众天使说："我将由黑泥干土造化人类，使之成形。〈28〉当我完成他，并吹入我的灵的时候，你们就向他伏身下拜。"〈29〉（据时子周译述，中华丛书本，页384）

可兰经又记众天使中惟以卜厉斯拒绝，且说"我不应该向你由黑泥干土造化的人下拜"，因此他被主所驱逐。据说人类由泥土造成是因为土的性质是温和的，有培养性的。可是魔鬼却由火所造成，则因为火性是暴烈的、有毁坏性的。

应劭所说人是用黄土制成，可兰经则说用黑泥干土，颜色稍有不同。

汉土少数民族关于造人的传说，不少都说是用泥土捏造。兹表之如下：

西北

哈萨克族	女天神迦萨甘造天地，以其光热造日月，用泥土造人。	见《迦萨甘创世》
维吾尔族	女天神创造亚当，以地球上的土捏成人形。	
蒙古族科尔沁	天神用泥土造人	麦德尔神母创世纪

西南

彝族	用白泥做女人，黄泥做男人。	阿细的史诗

傈僳族	天神木布帕用天泥捏出	创世纪
	地球，从此地上才有人。	
崩龙族	天上大神嘎美和呼莎米	
	用泥巴团捏人，第一个	
	是男人，叫普，第二个	
	是女人，叫姆。	

这些都是后来的传说，想由女娲故事演变而生，传播各个不同的地区。①

其他不同的说法还有：

彝族梅葛创世	天神格滋造人，撒下三把雪。
瑶族史诗密洛陀	用蜂蜡造人
土族	用石头造人

附记之，以供参考。

伏羲女娲的传说很早就流播及于西域，及西南各地，② 藏族传说原始记录中已提及女娲，西南民族对于补天的神话尤夥。我在新疆吐鲁番博物馆见所藏唐初张雄墓中出土伏羲女娲交尾图数十件，为覆棺之用。深知伏羲女娲的故事很早便为西北人士所熟稔。可兰经有无吸收自汉土女娲抟土之说？是很值得玩味的！

伏羲与女娲的关系向来有二说。

一说是夫妇。

另一说是兄妹，亦出自《风俗通》。

女娲，伏羲之妹，祷神只置婚姻，合夫妇也。（见唐神清《北山录》，注解天地始第一引）

---

① 详见萧兵《女娲考》，载《楚辞与神话》。

② 赵华：《伏羲女娲之西域化》，《新疆艺术》1987 年第 3 期。

李冗《独异志》下：宇宙初生之时，只有女娲兄妹二人，在昆仑山下。

后来流行于南方，为苗、瑶所吸收，东巴创世纪以宇宙原始东神、色神为兄妹而结婚，显然是受到这一说的暗示。

在汉土南方楚人的神话里面，霍戏、女皇（娲）是人类第一对夫妇，女娲抟黄土以造人。回教徒认为泥土是温和的，有培养性的，这与汉土的看法基本是相同的。

西亚史诗述天地开辟，由 Apsû 与 mummu 结婚，由是再生出 an-šar（天）与 ki-šar（地）。而大宙之乱起于瀜虚与漠母夫妇间之相争，"揆以天地之道，阴阳而已"。西亚史诗，亦未离此义！其在汉土，《易经》上经首乾坤，下卦起咸恒，正以天地之始，造端于夫妇。咸卦示夫妇之道，贵在"感应以相与"。咸就是感，感必相应，故其象辞云："天地感而万物化生，圣人感人心而天下和平，观其所感，而天地万物之情可见矣。"汉土以相感之咸，象征天地之相感，与西亚史诗之描写夫妇相搏，子复父仇者迥然异趣，截取彻墨之残躯，以造分天地，沥 kingu 之血以塑成人类，在汉土传统思想实为不可想象之事。于此可见两种文化基质的悬殊，汉土所以无"原罪"，其故可深长思。西亚这一史诗向来未有全译本，国人引证，间或片段取材，未窥全豹，未由取与少数民族史诗作进一步的比较。本篇之作，聊当喤引，或不无启发之劳，惟望方家加以是正。

再者，少数民族史诗，因长期以来，与汉人接触，不无多少受汉化的影响，试以苗族为例，苗族称长篇叙事古歌为贾（Jāx），可能出自汉语的"赞"。苗族传授古歌有一定的时日，通常在旧历正月初三日至十五之间的吉日。歌师首先祭祀歌神，歌神苗语曰 jent Dians Lax（定拉），"定拉"即天地之神。古歌即由其创造的。

苗族古歌有齐言（五、七古）及长短句体，其"开天辟地歌"即有十二种不同本子（据唐春芳所采集）。过竹氏所采集的为苗地巫师采波唱的，即为长短句体。① 若其押韵每随四声（不押韵而讲平仄）作对偶句，用双声词，实皆吸收汉诗特征，正为汉化之优美成果。

1989 年 7 月　　饶宗颐于悉尼

（选自饶宗颐编译《近东开辟史诗》，辽宁教育出版社，1998）

---

① 参过竹《苗族神话研究》，广西人民出版社，1988。

—————————— 评　介 ——————————

　　饶宗颐提出的史诗与宗教信仰是分不开的，它的吟唱需要宗教仪式的观点可以从中国史诗的演述中得到验证。史诗在形成和发展过程中凝聚着特定族群的神灵观念、图腾信仰、祖先崇拜、英雄崇拜以及其他宗教信仰要素，逐渐演化成神圣而崇高的叙事，而歌手演唱史诗的活动也成为一种神圣的仪式，具有强烈的宗教功能。西藏昌都类乌奇县圆光艺人卡察扎巴·阿旺嘉措在说唱《格萨尔》前要布置道场，然后念诵经文，直到铜镜里显像，才开始说唱史诗。① 一些《格萨尔》说唱艺人在说唱时使用帽子招请神灵降临，希图得到他们的庇佑，他们的帽子具有萨满的神力，联结着史诗中的英雄，是史诗中格萨尔王和其他英雄的标识，能够将史诗英雄和说唱艺人结合在一起。② 新疆卫拉特人请江格尔奇来家演唱史诗时经常在蒙古包外拴一匹白马或白羊，作为祭品。有时，江格尔奇到民众家里演唱史诗时，民众会在江格尔奇演唱史诗前完成点香、点灯、煨桑等一系列祭祀性的仪式，或将盛满牛奶的碗放在蒙古包顶上，或将空碗扣在蒙古包顶上，有些地方还会在蒙古包周围撒上炉灰，甚至向空中鸣枪驱鬼。蟒古思故事说唱艺人齐宝德在说唱故事之前，都要将供奉吉祥天女班丹拉姆女神的佛龛的挡板卸下，给女神上香，每次说唱大约要上三次香。③《布洛陀》演唱是布洛陀祭祀活动的一个组成部分，田阳县敢壮山祭祀活动包括开堂、开祭、致祭词、进献祭品、演唱《布

———————————————————————

① 杨恩洪：《民间诗神——格萨尔艺人研究》，中国藏学出版社，1995，第277页。
② 说唱艺人的帽子具有丰富的象征意义，石泰安详尽描述了这一服装道具的形状、特征及其装饰物，而且对它们做出了较为符合西藏史诗传统的象征性解释。
③ 齐宝德在家里说唱蟒古思故事，上香是必不可少的。但是在他人家里说唱，他不会勉强别人这么做。参见陈岗龙《蟒古思故事论》，北京师范大学出版社，2003，第98～105页。

洛陀》、进香等一系列程序。在主持祭天活动的过程中，纳西族的祭司东巴要完成立神石和神木、点香、牲祭等一系列仪式，而每一个仪式的每一个程式都要演唱《祭天古歌》中相应的部分。阿昌族的巫师"活袍"在祭祀祖先和举行丧葬仪礼时演唱《遮帕麻与遮米麻》，而且在演唱前要先点燃长明灯，在肃穆的气氛中虔诚地向遮帕麻与遮米麻祈祷，然后开始演唱这部史诗。

史诗的宗教功能决定了史诗的演唱有着这样那样的规矩和禁忌。一些典籍记载，《格萨尔》说唱艺人仅能在春季和夏季说唱《格萨尔》，否则会引起风暴和雪暴，《格斯尔》说唱艺人只能在夜间和冬季或在昴星团明显时说唱《格斯尔》。① 西藏史诗说唱艺人不能到神山狩猎，到圣湖游泳嬉戏，否则会遭遇厄运，失去说唱《格萨尔》的本领。据说青海省玉树州杂多县的多丁忘记了许多有关格萨尔的故事，失去说唱《格萨尔》的技能，其原因是他猎杀动物过多，神灵被激怒，将他的说唱本领收回去了。② 一些蒙古族说唱艺人认为要使《格斯尔》具有巫术魔法功能，便必须准确完整地说唱《格斯尔》，据说一位说唱艺人如果准确无误地说唱格斯尔的故事，那么天神会送给他一匹白马。③

不同社区或族群的人生仪礼、节日庆典、民间信仰和宗教仪式等民俗生活对史诗演唱的要求各不相同。对于藏族民众来说，人生仪礼和传统节庆上如果没有《格萨尔》说唱，那就会大为逊色。在什么场合说唱什么内容也是大有讲究的，如在新生儿降生的时候吟唱格萨尔从天国降生人间的段落，赛马节上吟唱格萨尔赛马称王的段落，丧礼上则吟唱格萨尔功德圆满、重升天界的段落。阿昌族的宗教祭祀活动常要念诵创世

---

① 石泰安：《西藏史诗与说唱艺人》，耿昇译，中国藏学出版社，2005，第 352 页。

② 央吉卓玛：《〈格萨尔王传〉史诗歌手展演的仪式及信仰》，《青海社会科学》2011 年第 2 期。

③ 石泰安：《西藏史诗与说唱艺人》，耿昇译，中国藏学出版社，2005，第 353 页。

史诗《遮帕麻和遮米麻》，并且必须根据不同的祭祀对象念诵不同的段落。身为阿昌族祭司"活袍"的曹明宽在举行祈神、驱鬼、祭寨、祭谷魂等民俗活动时，唱诵降妖除魔的段落；在百姓起房盖屋、娶亲嫁女的仪式上，唱诵史诗的创世段落。在黔东南苗族祭祀祖先、酬神谢祖、庆贺丰年等隆重的仪式上，德高望重的长老、祭司或歌手通常演唱《苗族古歌》。在"达努节"上，瑶民都要宴飨歌舞，一起演唱《密洛陀》为其始祖神祝寿，表示恪守祖规的虔诚之心。在"卡雀哇"节的祭天鬼仪式上，独龙族要演唱《创世纪》。

史诗演唱经常与民间信仰、宗教文化以及祭祀仪式相关联，而且这种情形依然活跃在各种不同的史诗演唱传统里，使得史诗演唱具有宗教功能及其相应的禁忌。但是，这种功能已经逐渐呈现减弱的趋势，史诗演唱逐渐由神圣性转向世俗化，娱乐功能逐渐增强。

饶宗颐提出汉族的书写工具不适宜作长篇记录，以及史家主张的尚简、用晦阻碍了人们对故事做冗长的描写。[1] 实际上，史家主张的尚简、用晦属于精英文化，属于上层文化和书写文化，而民间传唱的史诗属于下层文化和口头文化，因为它们分别属于两个不同的传统，所以史家的观点对史诗的形成和发展并无直接的关系，许多民族的史诗都证明了两个传统可以并行不悖，史家主张简约，而口头史诗依然按照它自己的方式存在和流传。饶宗颐对汉族的"史诗问题"的讨论可以追溯到民国早期。那时中国知识分子较为普遍地认识到欧洲文学起源于古希腊文学，神话和史诗是欧洲文学的源头。西方文学史呈现的这种模式给中国学者带来一种焦虑，强烈冲击着中国学者对中国文学持有的那种"文化大国"的想象，他们开始寻找中国文学的"史诗"，或者对中国文学没有史诗这种文学现象给予各种不同的解释，以求缓解这种焦虑。这种焦虑产生的

---

[1] 饶宗颐编译《近东开辟史诗》，辽宁教育出版社，1998，前言，第1页。

"史诗问题"可以追溯到王国维，他指出中国文学的荣耀在于抒情传统，叙事传统则处在幼稚阶段。他在1906年的《文学小言》第十四则中说道："上之所论，皆就抒情的文学言之（《离骚》、诗词皆是）。至叙事的文学（谓叙事传、史诗、戏曲等，非谓散文也），则我国尚在幼稚之时代。元人杂剧辞则美矣，然不知描写人格为何事。至国朝之《桃花扇》则有人格矣，然他戏曲则殊不称是。要之，不过稍有系统之词，而并失词之性质者也。以东方古文学之国，而最高之文学无一足以与西欧匹者，此则后此文学家之责矣。"① 在论述叙事类诗歌时，王国维很明显是以希腊史诗和戏剧为参照对象，指出汉语文学在世界文学格局里并非那么值得自傲，至少在汉语叙事文学史上没有一部能够与西欧匹敌的伟大作品，汉语文学没有史诗。王国维这一论断直接引发了许多中国学者加入讨论这个问题的行列，胡适、鲁迅、周作人、茅盾、郑振铎、钱锺书、陆侃如、冯沅君、刘大杰等都在这方面发表过各自的观点。而且这一中国文学的"史诗问题"一直持续到当代，饶宗颐、张松如、林岗等人也就此问题做出过讨论。可以说，始于王国维的"史诗问题"成为一桩学术公案，对其的讨论延续至当下。

鲁迅在《中国小说史略》第二章"神话与传说"中说道："然自古以来，终不闻有荟萃融铸为巨制，如希腊史诗者，第用为诗文藻饰，而于小说中常见其迹象而已。"② 鲁迅认为，神话和传说是史诗重要的构成要素，中国文学虽有神话和传说，却只是作为诗文的"藻饰"和小说创作的素材，而没有熔铸成像荷马史诗那样的长篇巨构。为什么中国神话不能荟萃熔铸成长篇巨制呢？这可以从鲁迅回答中国神话为何仅存零星

① 王国维：《文学小言》，载《王国维论学集》，中国社会科学出版社，1997，第313～314页。

② 鲁迅：《中国小说史略》，载《鲁迅全集》（第九卷），人民文学出版社，1973，第164页。

的问题中找到答案："一者华土之民，先居黄河流域，颇乏天惠，其生也勤，故重实际而黜玄想，不更能集古传以成大文。二者孔子出，以修身齐家治国平天下等实用为教，不欲言鬼神，太古荒唐之说，俱为儒者所不道，故其后不特无所光大，而又有散亡。然详案之，其故殆尤在神鬼之不别。天神地祇人鬼，古者虽若有辨，而人鬼亦得为神祇。人神淆杂，则原始信仰无由蜕尽；原始信仰存则类于传说之言日出而不已，而旧有者于是僵死，新出者亦更无光焰也。"[①] 此外，1924 年在西北大学讲学时，他认为民众生活的"太劳苦"和"易于忘却"使得上古神话零散，没有长篇述作。[②] 通过这些论述可以看出，鲁迅基本上认定中国文学中是没有所谓西方史诗样式的作品存在的。依据鲁迅的这些言论，林岗认为鲁迅没有断言上古是否存在过由神话和传说构成的史诗，而是使用"然自古以来，终不闻"之类言词做出一种客观的陈述。[③] 鲁迅建立在"终不闻"基础上的言论诱发了不少中国学者把中国文学没有史诗归因于散佚，钟敬文和茅盾是持有这种观点的代表。当然，这种解释仅仅是对中国文学"史诗问题"做出的断言式回答的一种。这种推论合理性究竟有多少，还需要从言说者的观察立场、学术思路、论述策略和侧重点等方面做进一步的探讨。

继王国维和鲁迅之后，胡适也谈到了中国文学的"史诗问题"，他倾向于认为中国文学没有长篇的史诗，他给出的理由是中国民族朴实而不

---

① 鲁迅：《中国小说史略》，载《鲁迅全集》（第九卷），人民文学出版社，1973，第 164~165 页。

② 鲁迅：《中国小说的历史的变迁》，载《鲁迅全集》（第九卷），人民文学出版社，2005，第 313~314 页。鲁迅提出两点原因："太劳苦"和"易于忘却"。第一点涉及环境，第二点则属于民族性。

③ 林岗：《二十世纪汉语"史诗问题"探论》，《中国社会科学》2007 年第 1 期。

富有想象力。① 鲁迅在他之前便已经在《中国小说史略》中提到了这种解释。但是，详究起来，故事诗的有无与想象力之间是没有因果逻辑关系的，也没有经验的联系，难道《格萨尔》《江格尔》《玛纳斯》存在的必要条件就是蒙古族、藏族和柯尔克孜族民众具有丰富的想象力吗？况且，中国自古以来的许多文学作品已经证明了汉族诗人同样具有丰富的想象力。对于这种解释，茅盾在其1929年的著作《中国神话研究ABC》的第一章《几个根本问题》里进行了驳斥。② 但是，胡适也并非完全否定中国各民族缺乏想象力："试把《周南》、《召南》的诗和《楚辞》比较，我们便可以看出汝、汉之间的文学和湘、沅之间的文学大不相同，便可以看出疆域越往南，文学越带有神话的分子与想象的能力。我们看《离骚》里的许多神的名字——羲和，望舒等——便可以知道南方民族曾有不少的神话。至于这些神话是否取故事诗的形式，这一层我们却无从考证了。"③ 通过这段话，可以推断胡适对于中国汉民族想象力不丰富的论断还是有所保留的，主要倾向于解释北方上古没有史诗的原因。至于南方，他则采取了一种谨慎的态度。此外，胡适还不经意地就中国文学的"史诗问题"提出了一个毫无把握的假设，那就是"也许是古代本有故事诗，而因为文字的困难，不曾有记录，故不得流传于后代。所流传的仅有短篇的抒情诗"④。这与鲁迅在判定中国文学没有史诗时使用限定词"然自古以来，终不闻"大致无二，它们都引发中国学者去寻找中国文学"史

---

① 胡适：《白话文学史》，载欧阳哲生编《胡适文集》（第八卷），北京大学出版社，1998，第188页。

② 茅盾：《中国神话研究ABC》，载《茅盾全集》，人民文学出版社，1993，第181~183页。

③ 胡适：《白话文学史》，载欧阳哲生编《胡适文集》（第八卷），北京大学出版社，1998，第188页。

④ 胡适：《白话文学史》，载欧阳哲生编《胡适文集》（第八卷），北京大学出版社，1998，第188页。

诗问题"的终极答案，促使中国学者对中国文学"史诗问题"做出断言式的回答。正是因为鲁迅和胡适在中国学界的权威地位，他们对史诗的言论备受中国学者的重视，虽然他们是不经意地表述了这种假设，而且并未对此假设给出明确的答案，但是20世纪30年代后的一些学者倾向于赞同胡适的这种假设，倾向于赞同中国文学古来存在过史诗，闻一多、茅盾、钟敬文、陆侃如、冯沅君等是持有这种观点的代表。

晚近许多中国学者没有纠缠于中国文学有没有史诗的问题，而是把注意力放在讨论汉族为何没有史诗。不过，较早讨论这个问题的不是中国学者，而是德国学者黑格尔。他说道："他们的观照方式基本上是散文性的，从有史以来最早的时期就已形成一种以散文形式安排的井井有条的历史实际情况，他们的宗教观点也不适宜于艺术表现，这对史诗的发展也是一个大障碍。"① 虽然黑格尔在做出这个论断前没有读过《诗经》，因为《诗经》最早的德文译本是在黑格尔逝世一年后的1833年出版的，但是黑格尔的阐释却并非全无道理。汉族的历史意识在上古时就已经很发达了，商代已经有了史官，甲骨卜辞中的"作册""史""尹"等便是史官的名称，同时商代也制定了官方记事制度。西周时期，史官制度更加繁复，并有了细致的分工，按照《周礼·春官宗伯》的说法，分为大、小、内、外、御五史，各有职掌。② 可见，史学传统和史官文化发展至周代已经有了很深的积累，而史官尚简、用晦的散文性历史写作对汉族史诗的形成和发展必然会产生一定的影响。相反，这类制度在古希腊的史学中则难以找到痕迹。如此说来，黑格尔把散文性的观照方式作为中国文学没有史诗的原因之一的说法并不是完全出于臆断。其实，史诗与宗教思想也是分不开的，荷马史诗有着十分强烈的宗教感，其中"神人一

---

① 黑格尔：《美学》（下册），朱光潜译，商务印书馆，1996，第170页。
② 郑玄注、贾公彦疏《周礼注疏》，北京大学出版社，1999，第446～447页。

体化"的倾向特别明显。周民族更注重那些能感知的世界，虽然在《生民》诸五篇中提出"上帝"和"天神"的概念，但是已有人神分离的宗教思想，对鬼神持"敬而远之"的态度。① 周人这种理性主义或多或少决定了他们对史诗中那些"怪""力""乱""神"的要素采取拒斥的做法。这与黑格尔所说的汉族宗教思想不适宜史诗形成和发展的观点相似。朱光潜也持这种观点，他说道："中国是一个早慧的民族，老早就把婴儿时代的思想信仰丢开，脚踏实地的过成人的生活。孔子'不语怪力乱神'，可以说是代表当时一般人的心理。西方史诗所写的恰不外'怪力乱神'四个字，在儒教化的'不语怪力乱神'的中国，史诗不发达，自然不是一件可奇怪的事。"②

一些学者还从民族性的角度探讨了《生民》诸五篇中的因素没有发展成像荷马史诗那样的史诗的原因。朱光潜指出西方民族性的好动和英雄情结使得他们的文艺形式偏重客观，易于史诗的产生，而中国民族性的好静与圣人情结使得他们的文艺形式偏重主观，易于创作出抒情短章的作品。他说道："史诗和悲剧都必有动作，而且这种动作必须激烈紧张，才能在长篇大幅中维持观众中的兴趣。动作的中心必为书中的主角，主角必定为慷慨激昂的英雄，才能发出激烈紧张的动作，所以西方所崇拜的英雄最宜于当史诗和悲剧的主角。……中国'无为而治'的圣人最不适宜于作史诗和悲剧的主角，因为他们根本就少动作。"③ 其实，使用民族性这个抽象的大词来解释这个学术问题只能得到似是而非的答案。对此，林岗在《二十世纪汉语"史诗问题"探论》一文中说道："上古

---

① 郑玄注、孔颖达疏《礼记正义》，北京大学出版社，1999，第1484~1486页。

② 朱光潜：《长篇诗在中国何以不发达》，载《朱光潜全集》（第八卷），安徽教育出版社，1993，第353页。

③ 朱光潜：《长篇诗在中国何以不发达》，载《朱光潜全集》（第八卷），安徽教育出版社，1993，第354页。

神话不成系统，或曾有系统现已散亡；传唱它们的史诗或无从产生或已经销歇。这都是事关文学源头的具体问题，求其答案，必须直接相关，这样才能给人以真知。而民族性的答案并非直接相关，民族性只是一个抽象的大词，不能确证。"① 一些学者，如胡适和鲁迅，把汉民族想象力匮乏作为中国文学没有长篇史诗的原因，这只是一个极其表面的观察。显然，说汉民族缺乏想象力也是偏颇的，从屈原到李白，再到吴承恩、蒲松龄，他们的作品无不充满丰富的想象力，无不受到汉族伟大的想象传统的哺育。因此，把中国文学没有史诗说成是因为汉族想象力匮乏是缺乏合理性的。

张松如认为黑格尔和鲁迅没有把《生民》诸五篇中史诗因素未能发展成长篇史诗的根本原因解释出来。依据对荷马史诗产生的社会政治原因的分析，他概括出史诗的发生与城邦经济的高涨、城邦的政治民主制、好战与蓄奴的自由城邦生活等密切相关，进而指出缺乏那种适于演唱史诗的城邦生活方式是中国文学没有长篇史诗的根本原因。② 张松如的观点当然也不是没有缺陷的，林岗曾对这一观点进行了反驳。他说道："不能根据分工水平，无论是物质生产的分工还是精神生产的分工水平来断定史诗的产生与否。经济和政治的发展程度和史诗传唱根本就是分属不同的范畴，不能根据一般的政治经济学原理进行断定。"③ 林岗的话不无道理，审察汉族周围的中国少数民族史诗，《格萨尔》《江格尔》《玛纳斯》等依存的社会形态都不具备发达城邦的社会政治条件，而且商品经济也不是非常发达，中国南方的一些少数民族史诗所依存的社会形态甚至还处于原始氏族公社的状态。但是，这些长篇史诗仍然在其各自的民族中经久不衰地传唱着。

---

① 林岗：《二十世纪汉语"史诗问题"探论》，《中国社会科学》2007 年第 1 期。
② 张松如：《论史诗与剧诗》，《文学遗产》1994 年第 1 期。
③ 林岗：《二十世纪汉语"史诗问题"探论》，《中国社会科学》2007 年第 1 期。

　　一些学者提出人神杂糅和神话的历史化是中国文学没有长篇史诗的原因，以鲁迅和茅盾为代表。但是神话历史化对中国文学无史诗要承担多大的责任？它是否与中国文学无史诗有着直接的关联？这些问题还须进一步探讨。细观现今还在民间传唱的中国少数民族史诗可以发现，它们与神话历史化并无多大的关联，它们沿着各自的传统发展着。另外，神话历史化阻碍中国文学形成史诗的观点在中国文学的文献典籍中也很难找到相关的史料。人神杂糅的观点也很难经得起推敲，如果参考现代民俗学知识和中国少数民族史诗可以发现，史诗《江格尔》《玛纳斯》都融合了人神杂糅的萨满教传统，史诗《格萨尔》中人神关系也不像荷马史诗那样判然两分。因此，人神杂糅是不是史诗得不到充分发展的原因还有待进一步考证。

　　所有这些解释表明了汉族没有史诗的原因很复杂，它是由汉族文学的个性特点以及汉族的文化传统、社会形态、宗教哲学思想等诸多因素造成的。20世纪初至当下的许多学者以中西比较的眼光对汉族没有史诗做出了不同的假设和解释，虽说不能完全解答这个问题，但是它们有一定的合理性是不可否认的，它们至少为我们寻找可能的解答提供了必要的启示，让我们知道问题出在何处。

　　饶宗颐对纳西族《创世纪》的宇宙生成论的阐释可以延伸至纳西族以二元对立的思维方式认识和理解世界万物，这种思维方式呈现了纳西族的深层心理结构。他们认为，世界万物是在"阴—阳""男—女""真—假""实—虚""白—黑""善—恶"等诸多二元对立的关系中创造出来的。其中最重要的一组二元对立是"神—人"之间的对立，其中洪水神话表现了神与人之间紧张的对立状态。在洪水神话中，人类触犯了天神，天神发怒降洪水，最终只有从忍利恩逃过了惩罚活了下来。在世界上的很多洪水神话中，大洪水过后，幸存者在与自己的姊妹或者动物化成的人结合之前，总是要再三地请求神的同意，神的旨意往往通过种种征兆体现出来，比如石头滚上山或者水倒流这种违反常理的事。但从本质上来说，这种情节的意义是考验，是要通过神的同意，兄妹婚这等触犯禁忌的事才被允许出现。在与衬红褒白结合之前，从忍利恩接受天神的考验，这是弥合神与人之间鸿沟的象征，也是跨越人与神之间界限的象征。衬红褒白是天上的女神，向往人类的生活，想要变成人类，而从忍利恩通过重重考验证明自己也是神的后代，具有天神的神性。于是衬红褒白与从忍利恩顺利结合，这是人与神身份转化的呈现，也使神与人之间的矛盾得以解决。在迁徙的过程中，衬红褒白与从忍利恩合力击败了进犯的敌人，此时东神、色神等天神已经是人类的保护者，保护人类不受侵犯。在"神—人"的对立中，"神"代表的是一种自然的力量，是人类无法掌控的自然现象。对于人类而言，他所要实现的是人与自然的一种和谐。从自然对人类的灭绝，到人与自然在沟通中身份的转化结合，到最终人与自然和平共处，这是一个具有神圣力量的自然逐渐被人化的过程，是人类逐渐驯化自然的过程。同时，这个过程也是一个人类逐渐神化的过程，人类作为天神的后代，拥有了与自然平等的地位，与自然构成一种和谐的关系，而不是与自然紧张对立。因此，人与自然的对立与调和是《创世纪》这部史诗的逻辑核心，是史诗所反映出的深层结构。进言之，一个民族的史诗就是一个民族的心灵史，其中蕴含着一个民族在漫长的发展过程中所积累的生存经验和智慧。《创世纪》所讲述的是一个关于人与自然的故事，其中蕴含的人与自然和谐相处的生存智慧对当代的生活也具有很强的现实意义。

英雄的再生

——突厥语族叙事文学中英雄入地母题研究

郎　樱

英雄再生母题是一个具有世界性的、十分古老的神话母题。关于英雄死而复生的母题，已有论文进行系统阐述，在此不再赘述。此文拟对英雄再生母题的一种特殊类型——英雄入地母题及其文化内涵，进行一些研究与探索。

一

在对突厥叙事文学中的英雄人物身世进行研究时，人们经常会遇到这样一种叙事模式：英雄完婚或完成某些壮举以后，或主动或被动地进入地下，经过一番考验与折磨，再返回地面。

柯尔克孜族古老的英雄史诗《艾尔托什吐克》的主人公托什吐克英雄举行完婚礼携妻返回途中遭遇妖魔，并将妖魔杀死。女妖为复仇找到托什吐克，双方展开激战，女妖斗不过英雄，节节败退，托什吐克穷追不舍。女妖施魔法，大地开裂，英雄托什吐克落入地下，在地下生活了整整七年。在各种动物的帮助下，托什吐克战胜了种种妖魔，并被鹰驮上地面，返回世间。① 哈萨克族著名史诗《阿勒帕米斯》的主人公阿勒帕米斯英雄亦是在举行完婚礼后，在去征讨卡勒玛克侵略者的途中，由于女巫作祟，被卡勒玛克人俘获，并被扔入地下。在四十只神鹰的保护下，阿勒帕米斯在地下生活了七年，后被敌首的女儿救出。②

阿尔泰族古老的英雄传说《阿勒普玛纳什》（《英雄玛纳什》）中半神半人的英雄玛纳什完婚后外出比武，途中落入同父异母两兄弟设置的陷阱，在地下受困多时。③ 在柯尔克孜族英雄史诗《玛纳斯》中，玛纳斯的后代别克巴恰英雄在出征途中亦曾落入敌人设置的陷阱，后被他的坐骑救出地面。史诗在描述另一位英雄卡拉奇汗时，说他曾在地下生活过多年。④

维吾尔族英雄故事《艾里·库尔班》的主人公英雄库尔班在追赶妖魔时，寻着妖魔的血迹进入地下，战胜众妖，后被鹰驮出地面。⑤ 乌孜别克族民间故事《"熊"力士》中的主人公英雄吉凯瓦依追赶骑山羊的老人进入地下，他杀死众妖，被鹰驮出地面。⑥ 这两部作品中的英雄主人公都与熊有关，英雄库尔班的父亲是熊，而英雄吉凯瓦依则是从小由熊抚养大的。

柯尔克孜族英雄故事《达尼格尔》⑦ 描写了英雄达尼格尔战胜众妖，进入地下后的种种经历，后被鹰驮出地面；裕固族的民间故事《树大石二马三哥》中的主人公马三哥在地下杀死众妖，被鹰驮出地面⑧；哈萨克

① 《艾尔托什吐克》有多种唱本，此处依据的是居素甫·玛玛依的唱本，8000 余行，柯文唱本已由克孜勒苏柯文出版社于 1987 年出版。汉文内容简介参见张彦平、郎樱《柯尔克孜民间文学概览》，克孜勒苏柯文出版社，1992。

② 《阿勒帕米斯》有多种唱本。此处依据胡南译散文体《阿勒帕米斯》，尚未出版。

③ 张彦平同志提供的资料。

④ 居素甫·玛玛依的《玛纳斯》唱本。

⑤ 刘发俊编《维吾尔族民间故事选》，上海文艺出版社，1980，第 289~318 页。

⑥ 《乌孜别克族民间故事》，苏申译，新疆人民出版社，1983，第 216~239 页。

⑦ 张越、姚宝瑄编《新疆民族神话故事选》，新疆人民出版社，1989，第 185 页。

⑧ 钟进文搜集整理《树大石二马三哥》，《民间文学》1988 年第 2 期。

族英雄故事《额尔吐斯吐克》中的主人公吐斯吐克①、英雄故事《迭勒达什巴图尔》中的主人公迭勒达什②、英雄故事《胡拉泰》中的主人公胡拉泰③以及《太阳下的昆凯姑娘》中的穷孩子④，他们都曾有进入地下的经历。就是在伊斯兰文化色彩相当浓重的维吾尔族叙事诗《玉素甫与祖莱哈》中，也依然保留有玉素甫被两兄弟推入井下以及后被救出地面的这一英雄入地母题。⑤

　　与突厥语民族长期交错而居的卫拉特蒙古、锡伯、塔吉克等民族的民间故事中，许多英雄主人公也有进入地下的经历。例如，卫拉特蒙古族的民间故事《聪明的苏布松·都日勒格可汗》讲述了苏布松·都日勒格遭二位哥哥的陷害，落入他们设置的陷阱以及最后被鹰驮回地面的故事。⑥锡伯族民间故事《诚实的真肯巴图》中的真肯巴图⑦以及《三兄弟》故事中的小弟图克善⑧，都曾进入地下与妖魔搏斗，他们也是由鹰驮回地面的。塔吉克族民间故事《穆西包来英·卡曼》中的英雄穆西包来英·卡曼为追妖魔进入地下，《玉枝金花》中的小王子也曾进入地下，这两位塔吉克族主人公也都是由鹰驮回地面的。⑨

---

① 焦沙耶、张运隆等翻译整理《哈萨克族民间故事》，新疆人民出版社，1982，第326~390页。
② 哈文原文为《迭勒达什巴图尔》，汉译文名为《为人民而生的勇士》，载焦沙耶、张运隆等翻译整理《哈萨克族民间故事》，新疆人民出版社，1982，第276页。
③ 特·阿勒帕斯编《民间故事》（二），哈萨克斯坦阿拉木图作家出版社，1988，第147页。
④ 特·阿勒帕斯编《民间故事》（二），哈萨克斯坦阿拉木图作家出版社，1988，第8页。
⑤ 载《维吾尔民间叙事诗》（2），维文本，新疆人民出版社，1986，第24~37页。
⑥ 郝苏民选编《西蒙古-卫拉特传说故事集》，甘肃民族出版社，1989。
⑦ 忠录编《锡伯族民间故事选》，上海文艺出版社，1991，第68~74页。
⑧ 忠录编《锡伯族民间故事选》，上海文艺出版社，1991，第207~222页。
⑨ 这两则塔吉克族民间故事，一则引自西仁·库尔班等人编撰的《塔吉克族文学史》，尚未出版；另一则《玉枝金花》引自张越、姚宝瑄编《新疆民族神话故事选》，新疆人民出版社，1989，第254~269页。

特别值得一提的是，被认为与突厥语民族有亲缘关系的匈牙利英雄故事亦完整地保留着英雄进入地下的母题。匈牙利英雄故事《白马王子》中的白马王子为救公主，进入地下斩龙后被鹰驮回地面。另一则匈牙利英雄故事《拔树勇士、揉铁勇士和推山勇士》则颂扬了拔树勇士为救公主入地斗恶龙的英雄气概。这位勇士也被鹰驮回地面。①

英雄入地母题在突厥语民族民间文学中大量存在，例子不胜枚举。英雄所入的"地下"，在汉语译文中一般都译作"地牢"、"地狱"或"冥府"。而在突厥语原文中，"地下"的基本用语是"yerasti"，"yer"是"地"之意，"ast"是"下，下面"之意，"yerasti"的直译就是"地下"，没有"地牢"、"地狱"之意，更没有"冥府"之意。在民间故事中，有用"yerasti"（地下）的，也有用"kuduk"（井）或"duzah"（地狱）的。在突厥语民族叙事文学中，英雄成年后大多有进入地下的经历。英雄入地母题如此广泛地存在于民间文学作品之中，这在其他国家、其他民族是不多见的。

二

英雄入地母题在不同民族、不同地区有些差异，这一母题的内容在流传过程中也有发展与变异。但是，这一母题的基核却是相当稳固的，通过对于大量的英雄入地母题的分析，我们可以推断出这一母题的古老原型："英雄成年后进入地下，被鹰驮出地面。"显而易见，这一原型只是一种象征符号。那么，它的象征意义及文化内涵究竟是什么呢？探究这一问题正是我们研究这一母题的主旨之所在。

要解析古老的象征符号，就要从了解原始人的思维方式入手。主宰

---

① 这两则匈牙利英雄故事为美籍匈牙利学者伊莎贝拉提供，杜亚雄译成汉文。

初民思维逻辑的，往往是交感巫术。初民认为，如果神王身强力壮、精力充沛、生育力强盛，受到他们的感应，世界就会呈现牲畜兴旺、牧草肥美、五谷丰登、人丁繁盛的充满蓬勃生机的局面。反之，如果神王步入中年，身体开始呈现衰微趋势，精力有所减弱，生育能力亦不够旺盛，那么，初民就会认为，神王的身体状态就会殃及世界动植物的生长繁殖，祸及人类社会，因此，就要把他们处死，让位给年轻的、精力充沛的神王。英国著名人类学家詹·乔·弗雷泽在他的著作《金枝》中的《处死神王》一章中，列举出大量存在于世界各地的处死神王的实例以及处死神王的习俗，为什么要处死神王呢？作者认为这是由于在原始人看来，"在他（神王）自然精力衰减之前将他处死，他们就能保证世界不会因人神的衰退而衰退"。所以，杀掉人神并在其灵魂的壮年期将它转交给一个精力充沛的继承者，这样做，每个目的都达到了，一切灾难都消除了。①

在世界各地，尤其是在古代，将壮年的国王杀死的实例是相当多的。后来，从"真正的杀死神王"到"处死神王的替代者"，比如有的地区还让死囚登上王位，让他行使几天国王的权力，然后再将他处死。由于有人替国王死去，国王便可躲过死神之手。从"处死神王的替代者"又逐渐发展成象征性地"处死神王"的仪式与习俗，诸如砍掉国王的王冠，象征性地"杀死"国王的扮演者，等等。经过"死掉"后再生的神王又会给世界带来生机与活力。古老神话与英雄史诗、英雄传说中经常出现的"死而复生"母题，可视作是"处死神王"在文学领域内的反映。

英雄娶妻成立家室以后，逐渐步入壮年，他的精力与生育力也开始转衰。为了保证世界不会因英雄体力的衰退现象而呈现衰退，就要千方

---

① 詹·乔·弗雷泽：《金枝》（上），中国民间文艺出版社，1987，第393页。

百计地使英雄获得"再生"。英雄人地就是英雄再生的一种形式，英雄无论是进入"地下"，或是落入"深井"之中，他都要经过一条黑暗、深邃的通道。这个黑暗、深邃的通道显然是女性"阴道"的象征。关于这点，德国著名学者埃利希·诺依曼在他的名著《意识的起源与历史》中曾这样写道：对于自我和男性来说，"女性是与无意识和非自我同义的，因而也与黑暗、死寂、虚空、地狱同义"。他还转引荣格的观点来说明其观点，而荣格对此问题的论述则更为明确，他认为"'空'是女人的一大秘案。它是某种与男人绝对不同的东西；是裂罅、不可测的深处，是'阴'"。英雄通过母亲的阴道诞生于世，当他即将进入壮年之际，再通过母亲"阴道"的象征物——通往地下的黑暗通道，重归母体。经历考验与折磨，再从母亲的阴道——黑暗的地下通道重返人世。英雄从地下回到地面，是英雄从母体再生的象征。经过再生的英雄，必然会体魄强健，精力旺盛，勇力过人。正如裕固族民间故事《树大石二马三哥》中所描写的那样，马三哥从地下返回地面后，"具有了超人的力量"。匈牙利民间故事中的白马王子从地下返回地面后，"臂与腿的力量增强了七倍"。

在突厥语民族祖先的观念中，大地就是母亲的象征。柯尔克孜谚语说"高山是我们的父亲，大地是我们的母亲"；阿尔泰人的史诗《央格尔》中的英雄央格尔则是高山与大地之母结合所生，每逢遇到困难，他和他的妹妹都要去找大地之母帮助。① 回归大地，就是回归母亲，从大地返回，就是由母体再生。这种回归母体求得再生的观念，至今仍保留在突厥语民族的一些习俗之中。以维吾尔族为例，在新疆南部的维吾尔族民众中至今保留着这样的育儿习俗，即把体质不好或生病的儿童放

---

① 伊布拉音·穆提义论文《英雄史诗〈江格尔〉中马的形象》附录部分介绍了1980年由亚拉特口述的阿尔泰人史诗《央格尔》（约3.5万行）的内容提要。此文载《卫拉特研究》1989年第1期。

入地窖中，老百姓认为孩子从地窖中出来，灾病就会消除，身体就会健康。再如，在北部新疆特克斯县，有一深邃的石洞，人们相信从黑暗的石洞中通过，就会百病消除，平安健康。最典型的例子是蒙古地区的"钻母阴门、周而复始"之俗。人们把巴林左旗吉利召、扎鲁特旗阿拉坦希日古里，以及苏联阿固布利亚特阿拉哈那山椭圆形狭窄石洞视为母体阴门，前去"重生"。不分有无信仰，身体胖瘦，他（她）们钻入这些洞，犹如从母体腹部出生，弯着腰，头在先，身在后，从洞里钻出来，人们将此视为再生。① 孩子从地窖的出入，人们从黑暗的深邃的石洞中穿过，都是回归母体而再生的象征。这些习俗之所以能遗存至今，说明人们相信，通过回归母体的再生，比第一次诞生还重要，通过再生后的人，会身强体健，力量倍增。类似的观念与习俗在西方也存在，据说古罗马人在纪念阿蒂斯神死而复活的大典上，一些虔诚的信徒进入挖好的土坑中，用牛血洗礼。当他们从土坑里出来以后，人们认为他们获得了再生，获得了永生。在以后的一段时间里，这些获得再生的信徒还要维持着一种虚构的新生儿状态，让他们吸吮牛奶，犹如新生的婴儿一样。② 上述这些习俗所反映的观念，与英雄入地母题所反映的观念是一致的，即回归母体，求得再生。

三

英雄入地母题中有一个不可忽视的重要环节，即英雄从地下返回地面，一般都要凭借鹰的帮助，飞升回地面。为了对鹰的神力以及鹰在英雄入地母题中的作用进一步探究，请先参见附表：

---

① 格日勒图：《蒙古人颂母歌谣溯源》，《民族文学研究》1992年第4期。
② 詹·乔·弗雷泽：《金枝》（上），中国民间文艺出版社，1987，第393页。

民族	作品名称	英雄入地	鹰驮回地面	英雄割肉喂鹰
柯尔克孜	艾尔托什吐克	追妖魔入地	被鹰驮回地面	
柯尔克孜	达尼格尔	战胜众妖入地	被鹰驮回地面	
维吾尔	艾里·库尔班	追妖魔入地	被鹰驮回地面	割腿肉喂鹰，鹰吐出复原
乌孜别克	"熊"力士	追骑山羊老人入地	被鹰驮回地面	
哈萨克	额尔吐斯吐克	追妖魔入地	被鹰驮回地面	
哈萨克	迭勒达什巴图尔	落入两个姐夫设的陷阱	被神乌萨姆胡尔克驮回地面	
哈萨克	胡拉泰	追一长须老人入地	被鹰驮回地面	
哈萨克	阿勒帕米斯	女巫作祟，被敌人投入地下	受到四十只神鹰保护，被敌首之女救出	
裕固	树大石二马三哥	追妖魔入地	被鹰（雁）驮回	割手臂肉喂鹰，到达后鹰吐出复原，伤长好，具有超人的神力
卫拉特蒙古	聪明的苏布松·都日勒格可汗	被两个哥哥陷害落入他们的陷阱	被鹰驮回地面	割腿肉喂鹰，鹰吐出复原
锡伯	三兄弟	落入两个哥哥设的陷阱	被鹰驮回地面	割腿肉喂鹰，鹰吐出复原
锡伯	诚实的真肯巴图	沿血迹进入地下	被鹰驮回地面	割腿肉喂鹰，鹰吐出复原
塔吉克	穆西包来英·卡曼	追妖魔入地	被鹰驮回地面	
塔吉克	玉枝金花	小王子为找玉枝金花入地下	被鹰驮回地面	割腿肉喂鹰，鹰吐出复原

从上述表格中可以看出，鹰在英雄入地母题中所占据的重要位置。

鹰是一种与狩猎生活密切相关的动物。在古代，突厥语民族曾长期在南西伯利亚的森林地带过着狩猎的生活。11世纪维吾尔族著名学者玛合木特·喀什噶里曾在他编撰的《突厥语大辞典》中收录了描写突厥民族狩猎生活的古老歌谣，歌谣中有这样的唱词："让小伙子们去干活，让他们用石块去击猎狐狸和野猪"，"让小伙子们架鹰去狩猎，让猛犬去追踪，把猎物捕获"。猎人的狩猎活动离不开猎鹰，尤其是在弓箭、猎枪尚未发明、使用的年代，猎鹰成为维系猎人生存的重要依靠。在猎人的心目中，鹰是一种神圣的动物，它勇猛、强悍，无所匹敌。在突厥语民族民间文学中，鹰出现之前，往往狂风大作，飞沙走石，地动山摇。它的身躯硕大无比，头颅如倒扣的铁庚，脚趾似只只铁钩，嘴似锋利的铁钳，双翅的羽毛如一把把闪光的剑，它展开双翅，遮天蔽日。它不仅是力与勇的象征，而且具有超人的神力，它能使英雄死而复生，能载着英雄飞越高山，飞越火海，它送给英雄的羽毛，能使英雄转危为安。

鹰又被视为萨满的灵魂，萨满的化身。北方阿尔泰语系各民族曾长期信仰萨满教，在他们的萨满教观念中，腾格里——苍天、天神被视为至高无上。凡是接近苍天之物，如高山、大树等，均被视为天神通往人间的"天梯"。鹰翱翔于蓝天，能高飞入云，它比高山、大树更接近腾格里与神灵栖息之地，格外受到尊崇。于是，阿尔泰语系民族的先民相信，作为人与神交通的使者萨满，之所以能够往来于人世与天界，必定长有翅膀，具有飞翔能力。于是，他们把对于萨满具有飞翔能力的想象与他们的鹰崇拜观念相结合，逐渐衍化出"萨满的灵魂是鹰"、"萨满是鹰的后裔"等一系列观念，产生出许多萨满变鹰的神话。许多萨满行巫作法时，头戴插有鹰羽、饰有小鹰的神帽，身着饰有鹰骨的神衣，模仿鹰的飞行状舞蹈，以示自己具有鹰魂，能飞往天界，与神交通。

在古代，祈求神王、英雄再生要举行神圣的仪式，先民认为借助巫术的力量，神王、英雄才可能获得真正的再生，甚至永生不死。在祈求英雄再生的仪式上，英雄进入地下，这是仪式的重要内容。在信仰萨满教的北方民族中，英雄再生仪式一定会由萨满来主持，人们相信，借助萨满的神力和巫术力量，英雄才会获得再生。由于萨满具有鹰魂，常常能幻化成鹰飞入云界，所以在英雄入地母题中，英雄在地下得到神鹰的保护，英雄返回地面，又要借助鹰的神力。这一母题中的"鹰"是萨满及其巫术力量的象征。这表明，古代突厥语民族的英雄再生仪式是离不开萨满，离不开巫术力量的。萨满主持的仪式上，首先要祭天，英雄割肉喂鹰，象征英雄以自己的血肉祭天神腾格里、祭萨满，以求得到神的保护，以求增强萨满的神力。现在北方民族的萨满仪式上，仍保留着血祭，即杀牲祭天的习俗，以血和肉祭天，天神才会显现出神力。

这种祈求英雄再生的古老仪式已成为遥远的过去。但是，它却铭刻在突厥语民族的记忆之中。而英雄入地母题正是突厥语民族先民这种古老记忆的体现，是原始的神王、英雄再生仪式在民间文学中的遗存。

四

如前所述，英雄入地母题是一个十分古老的母题，它的原型可以用这样一句话加以概括，即"英雄追赶妖魔入地下，被鹰驮回地面"。然而，随着日转星移、岁月的流逝，英雄入地母题所包含的古老观念及文化内涵渐渐被人们淡忘。在传承过程中，史诗演唱者和故事讲述家们对这一古老母题的两个重要环节，即英雄为什么会入地下以及英雄为什么会被鹰驮回地面，做了许多解释性的即兴创作，使这一古老母题的内容不断扩充、发展，派生出许多情节性很强的亚母题，其中影响最大、流传最广泛的有两个亚母题。

第一个亚母题是英雄由于朋友或兄长的背叛与谋害而落入地下。

这一亚母题又分为两种叙事模型，即结义朋友背叛模式和三兄弟模式。结义朋友背叛模式相对来说，较为古老一些，它的叙事模式是这样的：英雄与结义朋友同行，为追踪一长须老人来到一地洞口。朋友不敢下洞，英雄顺绳索来到洞下，他在地下斩妖救出美女，并通过绳索把美女与财宝吊上地面。朋友见美女与财宝起坏心，割断绳索，欲害死英雄，英雄只得留在地下。三兄弟型的叙事模式如下：父年迈让三个儿子外出闯世界，一事无成、一无所获的两个哥哥忌妒成功的弟弟，设置陷阱，弟落陷阱底，两位哥哥夺走弟弟的财宝及未婚妻。

属于这一亚母题结义朋友背叛模式的有许多作品，其中比较有代表性的是维吾尔族英雄故事《艾里·库尔班》、乌孜别克族英雄故事《"熊"力士》、裕固族民间故事《树大石二马三哥》，以及匈牙利英雄故事《白马王子》。

《艾里·库尔班》中熊之子库尔班在征讨妖魔的途中征服了凉面巴图尔、冰上巴图尔与磨盘巴图尔三位大力士，他们成为英雄库尔班的结义朋友。追踪妖魔他们来到一地洞口，三位勇士胆小不敢下洞，库尔班顺绳来到地下，杀死妖魔，救出美女，缴获大量财宝，并被三勇士提拉到地面。当库尔班欲顺绳返回地面时，他的三位朋友背叛了他割断绳索，使英雄库尔班又落入地下。三位结义朋友私分了美女与财宝。

其他作品的内容与《艾里·库尔班》基本相同，只是结义朋友的特性有所差异，如乌孜别克族《"熊"力士》中的吉凯瓦依英雄在征讨妖魔的途中，通过武力较量，征服了塔西力士、黑尔斯力士和奇纳尔力士三个魔鬼，他们成为吉凯瓦依英雄的朋友与助手。这三个魔鬼也背叛了英雄，砍断吉凯瓦依的绳索，欲将他害死，并将从地下提到地面的美女与财宝私分私占。裕固族《树大石二马三哥》中马三哥外出打猎，射树，树生人，称树大；射石，石出人，称石二。他们成为马之子马三哥的结义朋友。这两位朋友也背叛了英雄，置马三哥于地下不顾。匈牙利英雄故事《白马王子》中的英雄白马王子外出与拔树勇士、揉铁勇士结友，这二位结义朋友背叛了英雄，当美女拉上地面后，他们割断了白马王子的绳索，不让他返回地面，欲置他于死地。

三兄弟型亚母题中，陷害英雄的不是结义朋友，而是亲哥哥。亲人陷害英雄，使之落入深井的，均属三兄弟型。三兄弟型的作品如哈萨克族英雄故事《胡拉泰》、《迭勒达什巴图尔》，维吾尔族叙事诗《玉素甫与祖莱哈》，卫拉特蒙古族英雄故事《聪明的苏布松·都日勒格可汗》及锡伯族的《三兄弟》等。

这一亚母题无论是结义朋友背叛型，或是三兄弟型，其核心都在于解释英雄为什么会滞留于地下。英雄之所以滞留于地下是由于结义朋友或同胞兄长的背叛与谋害，他们砍断了英雄返回地面的绳索，或将英雄推入陷阱之中。

第二个亚母题是英雄斩蟒救鹰雏，大鹰报恩，将英雄驮回地面。

英雄滞留于地下，发现一蟒蛇爬上树欲吞吃鹰巢中的雏鹰，便挥剑砍死蟒蛇，雏鹰的母亲归来，为报护子之恩，便驮英雄回归地面。这一亚母题在英雄入地母题中经常可以遇到。值得再提一笔的是，雌鹰报恩而助英雄的母题，不仅大量出现在英雄入地母题中，而且也经常作为一个独立母题出现在北方阿尔泰语系民族的叙事文学中。如维吾尔族民间故事《宝刀》，柯尔克孜族民间故事《女儿国王的奇特答案》，哈萨克族民间故事《会魔法的国王和年轻的猎人》、《孤儿与国王》，蒙古族民间故事《神箭手》、《山儿求仙女》、《乌林库温》，以及达斡尔族民间故事《智勇双全的七公子》等作品。在这些民间故事中，鹰为报救子之恩，驮英雄飞高山、过大海，助英雄惩治贪婪的国王；赠给英雄的鹰羽，具有神力，使英雄获得幸福与财富。

综上所述，对于英雄入地母题的认识可简要归纳如下：这是一个古老的英雄再生母题，它的原型为"英雄追赶妖魔入地，鹰驮英雄返回地面"。这一母题广泛存在于突厥语各民族的史诗、古老英雄传说、英雄故事以及民间故事之中；英雄入地所通过的黑暗、深邃的通道是女性"阴道"的象征；英雄入地再返回地面，是英雄回归母体以求再生的象征。英雄入地母题中的鹰，是萨满的灵魂，萨满的化身。鹰驮英雄返回地面，象征着英雄的再生要凭借萨满的神力。这一母题在漫长的传承过程中，内容不断扩展，并派生出一些亚母题，如英雄朋友与兄长的背叛，为占有美女、私分财产而加害于英雄，割断绳索，使英雄滞留于地下无法归返地面；再如，英雄斩蟒救鹰雏，老鹰报救子之恩，驮英雄归返地面。背叛、谋害英雄的亚母题与鹰报救子之恩助英雄的亚母题已成为英雄入地母题的重要有机组成部分，使之成为一个母题系列。这种母题系列不仅广泛存在于突厥语民族叙事文学之中，而且存在于东西方一些国家与民族的民间文学之中。这有人类思维同步的原因，但是更重要的原因恐怕还在于东西方民间文学的互相交流、互相影响。

（《民间文学论坛》1994 年第 3 期）

评 介

　　郎樱是 20 世纪 60 年代以来少有的从一开始就投身于中国《玛纳斯》研究，并一直在这个领域中耕耘的学者之一。因为具有良好的维吾尔语文基础，郎樱于 1965 年在中央民族大学毕业后就远赴新疆阿图什县参加《玛纳斯》的搜集、记录、整理和翻译工作，自此一生与《玛纳斯》紧密联系在一起。在广泛而深入的田野调查和厚实的第一手资料的基础上，郎樱在 20 世纪 80 年代开始专注《玛纳斯》的研究工作，先后撰写发表了数十篇具有开拓性意义的学术论文，以及具有代表性的三部著作：一是 1990 年出版的《中国少数民族英雄史诗〈玛纳斯〉》[1]，这是中国出版的第一部关于《玛纳斯》研究的汉文专著，被中国《玛纳斯》研究学界誉为中国"《玛纳斯》学"的奠基作；二是 1991 年出版的《〈玛纳斯〉论析》[2]，这是她在史诗研究方面所取得的又一个重大成果，对国内外《玛纳斯》学界产生了深远的影响，许多《玛纳斯》研究者都把它视为了解和研究《玛纳斯》的必读书目；三是 1999 年出版的《〈玛纳斯〉论》[3]，有学者评价这部著作是世界"《玛纳斯》学"诞生一百多年以来论述面最广、分量最重的成果之一，认为它把《玛纳斯》研究推上了一个高峰，是该学科具有重要学术指导性的标志性文献[4]。总的来看，这三部著作一脉相承，后一部著作是对前一部著作的修改和完善，研究的内容进一步拓宽和深入，尤其是第三部著作，它可以算得上是前两部著作的集大成之作，无论是理论和方法还是学术观点，都比前两者更加成熟。

① 郎樱：《中国少数民族英雄史诗〈玛纳斯〉》，浙江教育出版社，1990。
② 郎樱：《〈玛纳斯〉论析》，内蒙古大学出版社，1991。
③ 郎樱：《〈玛纳斯〉论》，内蒙古大学出版社，1999。
④ 阿地里·居玛吐尔地：《口头传统与英雄史诗》，中央民族大学出版社，2009，第 65 页。

郎樱的《〈玛纳斯〉论》较为系统而全面地对《玛纳斯》的产生时代、流传、发展和变异、玛纳斯奇、受众、人物形象、美学特征、叙事结构、与柯尔克孜族民间文学的关系、与突厥史诗和世界各类史诗的异同、与萨满教的关系等问题进行了深入的探讨和研究。

《玛纳斯》是一部活形态的口头史诗，口头传承是它的主要流传方式，虽然有一些手抄本流传在柯尔克孜族民间，但它们往往还是从属于《玛纳斯》的口头传承。《玛纳斯》的流传方式决定了变异性是《玛纳斯》创作、演述和流布过程中的显著特征之一。郎樱从玛纳斯奇的角度出发阐述了《玛纳斯》的变异，她把不同玛纳斯奇的唱本并置，归纳了由于师承不同、个人经历和学识不同，不同玛纳斯奇演唱的史诗在人物与情节方面会出现差异的客观规律。她以居素普·玛玛依先后三次演唱过的《玛纳斯》为个案，说明同一位歌手在不同年代、不同环境下所演唱的同一史诗在人物、情节上亦会出现差异，个别章节的差异还相当大。出于更深入地了解和认识《玛纳斯》流传变异的目的，郎樱把艾什玛特和居素普·玛玛依的唱本做了饶有兴味的比较研究。因为郎樱曾是两位玛纳斯奇唱本的搜集者和翻译者之一，因此深谙两者的异同，分析两人的唱本时便尤显得游刃有余。在比较过程中，郎樱以居素普·玛玛依的唱本为主要参照系，从篇章、内容、情节、人物直至语言、艺术风格、表现手法等方面指出艾什玛特唱本与之相同、相异之处。把比较研究限定在两个唱本之间而进行科学的观察，撇开对两个唱本的纵向继承和横向传播的考虑，毋庸置疑，郎樱的这种研究方法是可行的。但是，它也不由得引发其他研究者思考一系列与之相关的问题：两个唱本在《玛纳斯》发生学上有何种关联？既然郎樱强调艾什玛特唱本显得更为古老，那么是否这一唱本更接近《玛纳斯》的原型，是否应该以它为依据探讨柯尔克孜族人民的审美观？居素普·玛玛依在多大程度上借助了书写的力量？郎樱在比较过程中重点阐述的是两者的不同之处，那么这些不同之处在之后的玛纳斯奇那里继承的情况如何？习见的母题、情节、结构类型和程式句法等是《玛纳斯》能够传唱千年和保持历史文化连续性的关键，它们在两位玛纳斯奇的唱本中有何异同？

玛纳斯奇是《玛纳斯》的传承者和创作者，研究《玛纳斯》就离不开对玛纳斯奇的研究。对玛纳斯奇的关注始于拉德洛夫，而后对玛纳斯奇的研究贯穿了20世纪的"《玛纳斯》学"。中国的《玛纳斯》搜集和研究也是从探访玛纳斯奇开始的，其中最为著名的玛纳斯奇是被誉为当代"活的荷马"的居素普·玛玛依，中国的《玛纳斯》搜集与研究主要是围绕他及其唱本展开的。郎樱是这方面的权威，她运用对居素普·玛玛依、艾什玛特·买买提、萨特瓦勒德·阿勒等玛纳斯奇长期跟踪调查获得的第一手资料，阐述了一些玛纳斯奇的生平、学唱经历、演唱风格以及唱本特色。尤其值得一提的是郎樱对玛纳斯奇的"梦授说"的解释。"梦授说"是史诗演唱艺人对自己为何能够演唱上万行的史诗做出的一种解释。一般来讲，这种说法是艺人们为了提高自身的社会地位而把自己的说唱过程加以神圣化、神秘化的结果。在《玛纳斯》演述传统里，这种"梦授说"不仅存在于萨根拜·奥罗兹巴科夫、铁尼拜克、居素普阿洪、居素普·玛玛依等许多著名的大玛纳斯奇之间，也存在于一般的玛纳斯奇之中。因为"梦授说"的研究直接关涉着破译玛纳斯奇为何能演唱数万行史诗的难题，因此它一直是《玛纳斯》研究的一个重要方面。对于"梦授说"，中国学者一般持不可信的态度，即摒弃那种运用玄而又玄的神秘理论解释它的方法，运用辩证唯物主义观对它进行科学的分析，郎樱即其中的代表人物之一。她在肯定玛纳斯奇的演唱一般得益于家传或师传两种方式的前提下，对玛纳斯奇的"梦授说"如何形成及其文化背景和实质做了深入的探讨。郎樱阐释"梦授说"含义的第一个层面是传统文化，萨满教中那种崇拜诗歌神力的观念是柯尔克孜族传统文化深层结构的积淀之一，它很强的渗透力使得玛纳斯奇和一般的听众都难以彻底摆脱这种浸入民族血脉的民族文化传统与民族文化心理。郎樱认为它是"梦授说"能够在柯尔克孜族的史诗演唱传统中得以长久而普遍存在的原因，即"梦授说"是柯尔克孜族古老的萨满文化的遗迹。郎樱阐释的第二个层面是心理学上的，她引用居素普·玛玛依对德国学者卡尔·赖歇尔说的"我每天背诵《玛纳斯》，天长日久，自然就会梦见《玛纳斯》中的人物"以及一些"释梦"理论，来解释玛纳斯奇们"在睡眠中做梦，梦见史诗中的英雄，史诗中的事件，也是极为可能之事"①。郎樱没有简单地否定"梦授说"，而是在肯定玛纳斯奇的确梦到与史诗相关内容的同时，反对那种先有梦而后能演唱史诗的"梦境神授说"，主张梦是玛纳斯奇长期演唱积累的结果和创作中的灵感。郎樱的这些阐述给"梦授说"的解释提供了一种难得的启迪和引导，它们与郎樱对玛纳斯奇的其他诸多方面的研究一起成为以后玛纳斯奇研究的基础，阿地里·居玛吐尔地的《〈玛纳斯〉史诗歌手研究》和曼拜特·图尔迪的《〈玛纳斯〉史诗的多种变体及其说唱艺术》中的许多学术观点都参考了郎樱的论述。

史诗的接受者——听众是《玛纳斯》能够存活在柯尔克孜族民间的决定性因素之一，没有了听众，《玛纳斯》的演唱就不可能持续下去，《玛纳斯》就会像希腊史诗和印度史诗那样在民间消失。与听众对《玛纳斯》的重要性相比，《玛纳斯》研究者对听众的关注程度远远不够，甚至他们长期被学者们忽视。直到20世纪80年代中期以后，随着中国史诗学术界对史诗歌手的日益重视，才开始有一些学者试着对史诗的接受者进行研究。郎樱是这方面研究的先行者。她之所以能够对听众在《玛纳斯》演唱中的角色和作用进行探讨是因为具备了三个必要条件。一是《玛纳斯》还在柯尔克孜族民间传唱着，这使得在史诗演唱传统的语境中观察

---

① 郎樱：《〈玛纳斯〉论》，内蒙古大学出版社，1999，第159页。

听众的诸多侧面成为可能。二是郎樱具有数年的田野工作经验，掌握了科学的田野作业方法，能够搜集、记录和整理非常有学术价值的关于听众反应及其与玛纳斯奇互动的信息。三是20世纪60年代后期德国康士坦茨大学教授姚斯和伊瑟尔首创的接受美学在20世纪80年代传入中国，引起了文学界、美学界的普遍重视，传统研究中将作家和作品视为重点的研究范式逐渐转向把受众置于文学研究中心的研究范式。这种美学理论成为郎樱分析和研究史诗听众的一大利器。正是在这些条件下，郎樱对听众与史诗文本产生的关系，听众在《玛纳斯》传承、发展、变异中的能动作用，《玛纳斯》接受群体的文化心理结构等方面做了比较深入而系统的探讨。当然，这其中亦有反思。接受美学是一种书面文学的文艺理论，把它运用到永远处于未完成状态的史诗演唱中是否有那么强的阐释力？接受美学把文本视为一种独立完足的对象，认为文学的存在由作者、作品和读者三个环节组成，而依据这种理论把史诗的存在也相应看成是由史诗作者、史诗作品和史诗听众三个环节构成是否可行？活形态史诗的存在是由一次次的演唱事件组成的，而不是由一个个的文本构成的，把史诗的接受分成三个环节的观点还是把史诗看作一种书面文学，这可能遮蔽了史诗在演唱时的一些其他环节和因素。其中时间和空间就是史诗存在必须考虑的决定性因素，歌手的任何一次演唱都是在共时态里把历时的共享传统知识在特定的空间中呈现给听众，并形成一种互动关系。而且史诗的听众与书面文学的读者有着本质的区别，郎樱指出了史诗听众的独立价值与能动职能比书面文学的读者更为鲜明、更为突出，他们对史诗演唱者的影响以及参与史诗创作的深度与广度要远远大于作家文学的读者。① 这种观点时刻让郎樱突破接受美学的理论框架将听众放在史诗演唱的传统和语境中进行研究，从而得出了一些符合口传史诗诗学规

---

① 郎樱：《〈玛纳斯〉论》，内蒙古大学出版社，1999，第191~192页。

律的结论。对史诗的接受者——听众的研究的确是一个非常复杂的课题，它不仅涉及听众的情绪、反应和态度，而且涉及听众的数量、年龄结构、性别以及对史诗传统认知的程度，甚至还应该考虑到那些非传统中的听众。这些因素都直接影响着任何一次史诗演唱活动的完成和史诗意义的构造，要把它们都系统地阐述出来仅凭接受美学是不够的，还需要更广阔的学术视野。郎樱从传播学和接受美学的角度对史诗听众的研究可谓为这一领域的研究开了一个好头，使得史诗研究中这一薄弱环节开始得到重视。

柯尔克孜族的许多习俗都被保留在《玛纳斯》里，最为突出的是柯尔克孜族的"萨达阿"习俗。"萨达阿"仪式经常在英雄出征或归来时举行，目的在于祈福禳灾。郎樱介绍了《玛纳斯》中的"萨达阿"仪式以及这种仪式对祭物的讲究、祭祀的功能以及使用的范围。盟誓在《玛纳斯》里也很常见。汉族的盟誓常和上天、雷电相关，《玛纳斯》里的盟誓常与鲜血、柳枝相关。郎樱对《玛纳斯》里征战前的发誓仪式、英雄结义的盟誓等进行了介绍，认为它们体现了柯尔克孜族朴素的自然崇拜观念、原始信仰以及对英雄玛纳斯敬畏的情感。另外，郎樱对《玛纳斯》中"血染战旗"和英雄的祭典仪式、婚礼等古老民俗也都有不同程度的探讨。

玛纳斯是柯尔克孜族《玛纳斯》的主人公，他贯穿着史诗的始终。他的形象经历了漫长的演变和发展的过程，郎樱认为柯尔克孜族史诗英雄玛纳斯是由《阿勒普玛纳什》中的神话英雄玛纳什逐渐演化而来的，他由半神半人的英雄演化为人格化的部落联盟首领。对玛纳斯嗜血，一些人难以接受，而郎樱主张根据初民思维逻辑对它进行科学的分析。在初民看来，喝敌对部族的英雄的血越多，表明玛纳斯战功越显赫，对玛纳斯喝英雄的血的描述是对玛纳斯的夸赞，也是玛纳斯武力的象征。而且在原始先民的思维里，喝了英雄的血，英雄的力量和英雄的品质便会转移到喝血者的身上。郎樱对此说道："玛纳斯把肖茹克、玛德库尔视为敌方的英雄，他才喝他们的血。显然，玛纳斯这样做同样亦是以求吸取玛德库尔的力量和勇敢的素质，使自己变得更为有力，更为勇敢。"① 郎樱还对赛麦台依、赛依铁克、凯涅尼木、赛依特、巴卡依汗、阿勒曼别特等英雄做出了精彩的论析，准确把握住了人物的性格、内涵以及人物之间的关系。

对于《玛纳斯》的美学特征，郎樱认为悲剧美是其第一个重要的特征。在她看来，玛纳斯、玛纳斯的子孙以及勇士都是悲剧人物，他们高尚的情操、悲剧的结局让《玛纳斯》的风格显得更为庄严和悲壮。对于玛纳斯及其悲剧性的遭遇和结局，郎樱将其原因归纳为敌人势力强大、阴险狡猾，家族成员和勇士的叛变以及英雄自身的某些弱点和错误，指出这种悲剧美与柯尔克孜族的审美理想、审美情趣有关。它是《玛纳斯》区别于其他东方民族史诗的重要美学特征之一，对柯尔克孜族英雄史诗、英雄叙事诗悲剧美的传统的形成有着直接的影响。对于《玛纳斯》的崇高美，郎樱从《玛纳斯》中英雄的力量、崇高的行为、崇高的品德和情操、崇高的心灵等方面进行了解析。

不同于《伊利亚特》《罗兰之歌》等英雄史诗，《玛纳斯》叙事结构的第一个特点是以人物为中心，即所有的情节和事件都是围绕着玛纳斯及其子孙八代展开的。郎樱指出，《玛纳斯》叙事结构的第二个特点是构成《玛纳斯》的八部史诗在人物、事件、艺术风格上都有着内在关联，存在一种独立而又统一的结构关系。第三个特点是《玛纳斯》的八部史诗虽然能够独立成篇，但是叙事结构上具有基本相同的叙事模式，都由英雄的身世、征战以及和平时期的生活三个基本情节构成。同时，郎樱对《玛纳斯》的叙事视角、叙事语言、叙事手法也有论及。

---

① 郎樱：《〈玛纳斯〉论》，内蒙古大学出版社，1999，第230页。

此外，郎樱对《玛纳斯》的产生时代、与柯尔克孜族民间文学的关系、与突厥史诗和世界各类史诗的异同等都有深入的阐述。这些问题，有些是郎樱首先提出的，有些是郎樱在前人论述的基础上进一步深入讨论的。对于这些问题，郎樱都言之有物、持之有据地发表了许多令人钦佩的见解，推动了《玛纳斯》研究的深化。

郎樱一生都与《玛纳斯》的搜集、记录、整理、翻译、出版和研究相伴，她以扎实的田野作业为基点，参考前人和同时代学者的研究成果，借鉴与史诗相关的国际理论和研究方法，运用多科学的理论和方法对《玛纳斯》展开较为系统而全面的研究，不仅从传统研究的视角对《玛纳斯》的产生年代、主题、内容、人物形象、艺术特色和宗教信仰等进行研究，而且借鉴域外理论和方法探讨《玛纳斯》的美学特征、母题和叙事结构，更把《玛纳斯》作为一种活形态的口头史诗从歌手和听众的角度分析它的传承发展规律。郎樱的这些研究促进了中国乃至世界"《玛纳斯》学"的发展，她提出的学术观点给之后的学者研究《玛纳斯》提供了重要的参考和启迪。可以说，郎樱是中国"《玛纳斯》学"最具权威和影响力的学者之一，她取得的丰硕研究成果不仅是对中国《玛纳斯》史诗学科研究的重大学术贡献，也是中国"《玛纳斯》学"形成与发展的坚实基础。

《罗摩衍那》在中国

季羡林

（存目）

（选自《比较文学与民间文学》，北京大学出版社，1991）

评　介

　　季羡林对印度两大史诗的介绍、翻译和研究都做出了卓越的贡献。他以惊人的毅力在1983年完成了对《罗摩衍那》这部鸿篇巨制史诗的汉译，撰写了专著《〈罗摩衍那〉初探》《〈罗摩衍那〉在中国》《罗摩衍那》《印度文学在中国》《〈西游记〉里面的印度成分》等与《罗摩衍那》相关的学术论文。他对《罗摩衍那》一些根本性问题的阐述和评价主要集中在《〈罗摩衍那〉初探》一书中，他曾说道："在过去几年翻译过程中，我读了大量的书籍，思考了一些问题，逐渐对与《罗摩衍那》有关的一些问题形成了自己的一些看法。有些看法同过去的迥乎不同。但是我并不是故意标新立异，也并不是毫无根据地异想天开，而是在我目前的水平上经过一番深思熟虑提出来的。这些可能都是极为幼稚的。但是，古人说'愚者千虑，必有一得'，我现在就把这些看法写了出来，以期求得读者的教正。"[①] 这是季羡林的谦虚之语。其实，他以马克思主义文艺理论为准绳，以辩证唯物主义和历史唯物主义为原则，对《罗摩衍那》的性质和特点、作者、内容、成书的时代、语言、诗律、传本、与《摩诃婆罗多》的关系、与佛教的关系、与中国的关系等十个问题进行了具体的论述，形成了自己的一些独到见解，对国内外的印度史诗研究产生了深远的影响。

　　孙悟空与哈奴曼的关系研究是这部著作的重要内容之一，也是季羡林一直以来关注的话题。这个话题要追溯到鲁迅和胡适，他们分别代表了"本土说"和"外来说"。鲁迅认为《西游记》中的孙悟空形象来自无支祁，或说吸收了无支祁的神通。他说道："知宋元以来，此说流传不

[①] 季羡林：《〈罗摩衍那〉初探》，载《季羡林文集》（第八卷），江西教育出版社，1996，第122页。

绝，且广被民间，致劳学者弹纠，而实则仅出于李公佐假设之作而已。
惟后来渐误禹为僧伽或泗洲大圣，明吴承恩演《西游记》，又移其神变奋
迅之状于孙悟空，于是禹伏无支祁故事遂以堙昧也。"① 以他对中国小说
的精深研究及其在中国学界崇高的学术地位，鲁迅的观点得到了很多学
者的响应。1923 年，胡适在《〈西游记〉考证》一文中就猴王孙悟空的
来历提出"外来说"，他说道："但我总疑心这个神通广大的猴子不是国
货，乃是一件从印度进口的。也许连无支祁的神话也是受了印度影响而
仿造的。因为《太平广记》和《太平寰宇记》都根据《古岳渎经》，而
《古岳渎经》本身便不是一部可信的古书。宋、元的僧伽神话，更不消说
了。因此，我依着钢和泰博士（Baror A. von Staël Holstein）的指引，在印
度最古的纪事诗《拉麻传》（Rāmāyana）里寻得一个哈奴曼（Hanumān），
大概可以算是齐天大圣的背影了。"② 接着，胡适介绍了《罗摩衍那》的
故事梗概，对哈奴曼跃海拔山、变化多端、火烧魔宫等神通做了重点描
绘，指出"除了《拉麻传》之外，当第十世纪和第十一世纪之间（唐末
宋初），另有一部'哈奴曼传奇'（Hanumān Nātaka）出现，是一部专记
哈奴曼奇迹的戏剧，风行民间。中国同印度有了一千多年的文化上的密
切交通，印度人来中国的不计其数，这样一桩伟大的哈奴曼故事是不会
不传进中国来的。所以我假定哈奴曼是猴行者的根本"③。1924 年 7 月，
鲁迅对此做出了回应，他说道："我以为《西游记》中的孙悟空正类无支
祁。但北大教授胡适之先生则以为是由印度传来的；俄国人钢和泰教授
也曾说印度也有这样的故事。可是由我看去：1. 作《西游记》的人，并

---

① 鲁迅:《中国小说史略》，载《鲁迅全集》（第九卷），人民文学出版社，1973，第
228 页。
② 胡适:《〈西游记〉考证》，载欧阳哲生编《胡适文集》（第三卷），北京大学出版社，
1998，第 458 页。
③ 胡适:《〈西游记〉考证》，载欧阳哲生编《胡适文集》（第三卷），北京大学出版社，
1998，第 514 页。

未看过佛经；2. 中国所译的印度经论中，没有和这相类的话；3. 作者——吴承恩——熟于唐人小说，《西游记》中受唐人小说的影响的地方很不少。所以我还以为孙悟空是袭取无支祁的。但胡适之先生仿佛并以为李公佐就受了印度传说的影响，这是我现在还不能说然否的话。"① 鲁迅虽然坚持了他先前提出的观点，但是也没有断然对胡适的观点做出正确与否的学术判断。1930 年，陈寅恪发表于《国立中央研究院历史语言研究所集刊》的《〈西游记〉玄奘弟子故事之演变》认为顶生王率领兵众攻打天庭、与天帝分座的故事与出自《罗摩衍那》第六篇巧猿那罗造桥渡海的故事"本不相关涉，殆因讲说大庄严经论时，此二故事适相连接，讲说者有意或无意之间，并合闹天宫故事与猿猴故事为一，遂成猿猴闹天宫故事"②。陈寅恪在行文中虽然没有直接对胡适的观点做出肯定，但是他的论述已经证明了《西游记》与《罗摩衍那》，乃至与印度文学的密切关系，有力地支持了胡适提出的孙悟空来自印度的说法。由于陈氏的加入，"外来说"近似成为定论，20 世纪 50 年代前再没有什么激烈的争论了。

1958 年，吴晓铃发表于《文学研究》上的《〈西游记〉和〈罗摩延书〉》重新提出"本土说"。他列举了十条与《罗摩衍那》相关的汉译佛典，通过对它们一一分析而指出："在古代，中国人民是知道《罗摩延书》的，但是知道的人并不很多；而且，对于《罗摩延书》的故事内容的了解是很不够的。"③ 又说："想象从释典翻译文学的夹缝里挤进来的一点点的、删改得全非本来面目的《罗摩延书》的故事的片段竟会影响到

---

① 鲁迅：《中国小说的历史变迁》，载《鲁迅全集》（第九卷），人民文学出版社，2005，第 327～328 页。

② 陈寅恪：《〈西游记〉玄奘弟子故事之演变》，载《金明馆丛稿二编》，生活·读书·新知三联书店，2001，第 219 页。

③ 吴晓铃：《〈西游记〉和〈罗摩延书〉》，载《中印文学关系源流》，湖南文艺出版社，1987，第 146 页。

《西游记》故事的成长，也是根本不可能的事情。"① 那孙悟空是如何创造出来的呢？他的结论是："西游故事是中国土生土长的，是我们祖先从反映自己的现实生活的愿望中创造出来的，是我们祖先从歌颂自己的优良品质的愿望中创造出来的。智慧、乐观、勇敢、富有反抗精神的孙悟空虽然和《罗摩延书》里的大颔猴王哈奴曼有些相似之处，但是决不能说他是印度猴子的化身，我们的猴子自有他的长成的历史。"② 但是吴晓铃没有对本土的猴子如何演化为孙悟空的过程进行详尽的阐述。当时，中国政治界和学界都对鲁迅及其学术思想极为推崇。因此，持否定意见的学者也多隐而不发。"外来说"的代表人物季羡林就曾在 1958 年写了题为《印度文学在中国》的文章，但是当时未能发表，后来稍加整理在 1980 年的《文学遗产》第 1 期上刊登出来。季羡林在这篇文章里认为，"最著名的长篇小说之一《西游记》里面就有大量的印度成分。要想研究孙悟空的家谱，是比较困难的。不可否认，他身上有中国固有的神话传统；但是也同样不可否认，他身上也有一些印度的东西。他同《罗摩衍那》里的那一位猴王哈奴曼（Hanumān）太相似了，不可能想像，他们之间没有渊源的关系。至于孙悟空跟杨二郎斗法，跟其他的妖怪斗法，这一些东西是中国古代没有的；但是在佛经里面却大量存在。如果我们说，这些东西是从印度借来的，大概没有人会否认的"③。1978 年，季羡林发表了《〈西游记〉里面的印度成分》一文，重新肯定了胡适和陈寅恪的"外来说"，但也没有完全否定鲁迅的"本土说"，而是提出一种折中

---

① 吴晓铃：《〈西游记〉和〈罗摩延书〉》，载《中印文学关系源流》，湖南文艺出版社，1987，第 146 页。

② 吴晓铃：《〈西游记〉和〈罗摩延书〉》，载《中印文学关系源流》，湖南文艺出版社，1987，第 147 页。

③ 季羡林：《印度文学在中国》，载《比较文学与民间文学》，北京大学出版社，1991，第 109 页。

的观点，即"不能否认孙悟空与《罗摩衍那》的那罗与哈奴曼等猴子的关系，那样做是徒劳的。但同时也不能否认中国作者在孙悟空身上有所发展、有所创新，把印度神猴与中国的无支祁结合了起来，再加以幻想润饰，塑造成了孙悟空这样一个勇敢大胆、敢于斗争、生动活泼的、为广大人民所喜爱的艺术形象"①。这一时期，被否定数十年之久的胡适的学术观点开始在学界被重新估定，季羡林重提"外来说"自然受到了关注。

1979 年，季羡林在其专著《〈罗摩衍那〉初探》的"与中国的关系"一节中谈论《罗摩衍那》中的哈奴曼与孙悟空的关系，进一步强调自己的观点，即"孙悟空这个人物形象基本上是从印度《罗摩衍那》中借来的，又与无支祁传说混合，沾染上一些无支祁的色彩"②。对那些提出中国没有《罗摩衍那》汉文译本、外借无从谈起的说法，季羡林进行了驳斥，他强调口头文学在文学文化传播中的作用，说道："也许有人会说，《罗摩衍那》没有汉文译本，无从借起。这是一种误会。比较文学史已经用无数的事例证明了，一个国家的人民口头创作，不必等到写成定本，有了翻译，才能向外国传播。人民口头创作，也口头传播，国界在这里是难以起到阻拦作用的。"③ 显而易见，季羡林看到了口头文学的口耳相传这条传播途径在中印文化文学交流中的意义，指出研究中印文学关系既要重视文字记载，又不能拘泥于古代有没有译本的问题。相比之下，"本土说"依据汉译佛典上有关《罗摩衍那》及其故事的文字记载证明孙悟空并非来自哈奴曼，但对孙悟空这个人物形象的发展演变过程始终没

---

① 季羡林：《〈西游记〉里面的印度成分》，载《比较文学与民间文学》，北京大学出版社，1991，第 133～134 页。

② 季羡林：《〈罗摩衍那〉初探》，载《季羡林文集》（第八卷），江西教育出版社，1996，第 231 页。

③ 季羡林：《〈罗摩衍那〉初探》，载《季羡林文集》（第八卷），江西教育出版社，1996，第 231 页。

有论述清楚，而且一直忽视了口头传播可能是《罗摩衍那》及其故事进入中国的一条渠道，甚至它比文字传播来得更为重要。因为，持有"本土说"的人数并不是很多，而且论证也没有"外来说"那样严谨仔细，所得出的结论大多是推断性的，说服力远远不如"外来说"，加之"外来说"代表人物季羡林在学术界的影响，至 20 世纪 90 年代，"本土说"已经成为历史的陈迹，而"外来说"则以复杂而多相的形态继续发展。

《罗摩衍那》的性质和特点也是季羡林较为关注的话题，而且他对这些话题都有着独到的认识。他在《〈罗摩衍那〉初探》中把史诗视为"伶工文学"的一种类型，将其特点总结为："这些作品都包含着许多短歌、短叙事诗和叫作赞颂诗（Gāthā Nārāśamsī）的赞歌，都由到处游行的伶工歌唱，代代口耳相传。到了后来，这些东西就发展成为史诗、《古事记》和最早的诗。这些作品最初措辞并不固定，重点是放在内容上，而不在辞藻上，唱起来容易懂，听起来容易记。歌词可长可短，完全取决于当时听众的反应。到了一定的发展阶段上，也就是这些诗被看成是'善书'的时候，这些诗就用文字记载了下来。随着地区的不同，使用的记载手段、字母等也不同，长短和内容也就逐渐有所不同，不同地区的不同的伶工家族写成的定本也随之而异了。这就是几乎所有的这一类作品传到今天的本子所以千差万别的根本原因。"①

在译完《罗摩衍那》之后，季羡林便对《罗摩衍那》的内容和体裁做了详细的说明。许多中国学者只能通过译文认识和了解《罗摩衍那》，而季羡林精通梵文，汉译了梵文本的《罗摩衍那》，故而他对这部史诗的了解和体认自然会比别人更深刻。在充分肯定这部世界名著的同时，季羡林也指出了《罗摩衍那》的一些缺陷："这一部大史诗，虽然如汪洋大

---

① 季羡林：《〈罗摩衍那〉初探》，载《季羡林文集》（第八卷），江西教育出版社，1996，第 123 页。

海，但故事情节并不复杂。只需要比较短的篇幅，就可以叙述清楚，胜任愉快，而且还会紧凑生动，更具有感人的力量。可是蚁垤或者印度古代民间艺人，竟用了这样长的篇幅，费了这样大量的词藻，结果当然就是拖沓、重复、平板、单调；真正动人的章节是并不多的。有的书上记载着，我也亲耳听别人说过，印度人会整夜整夜地听人诵读全部《罗摩衍那》，我非常怀疑这种说法。"①《罗摩衍那》是口头传统的一种文学样式，故事情节简单、叙述冗长拖沓都是其口头性的显著特征。在受过长期传统学术训练的学者们看来，《罗摩衍那》篇幅长、拖沓、重复、平板和单调等是这部史诗的缺点，而在身处传统中的受众看来，这些并不是缺点而是能够接受的演述行为，它们不仅不会给受众的接受带来不良的影响，相反，它们更有利于受众的接受。《罗摩衍那》在印度人民中长期流传的魅力不仅在于其动人的情节，更重要的是，它是民族认同的一种传统符号。因此，不应该以书面文学理论审视《罗摩衍那》的这些特点，而应该将它们放在这部史诗的演述传统中进行观察，这样才能对它们做出正确的评价。或许，季羡林并没有亲耳聆听过这部史诗的演述，或许也没有亲耳聆听过《格萨尔》《江格尔》《玛纳斯》等史诗的演述，否则，他可能不会轻易地给《罗摩衍那》贴上"拖沓、重复、平板和单调"等标签，甚至不会质疑为何"印度人会整夜整夜地听人诵读全部《罗摩衍那》"。

对《罗摩衍那》的体裁问题，季羡林也持有相似的态度。他说道："整个故事描绘纯真爱情的悲欢离合，曲折细致，应该说是很有诗意的。书中的一些章节，比如描绘自然景色，叙述离情别绪，以及恋人间的临风相忆，对月长叹，诗意是极其浓烈的，艺术手法也达到很高水平。但

---

① 季羡林：《全书译后记》，载蚁垤《罗摩衍那·后篇》，季羡林译，人民文学出版社，1984，第602~603页。

是大多数篇章却是平铺直叙，了无变化，有的甚至叠床架屋，重复可厌。更令人难以忍受的是把一些人名、国名、树名、花名、兵器名、器具名，堆砌在一起，韵律是合的，都是输洛迦体，一个音节也不少，不能否认是'诗'，但是真正的诗难道就应该是这样子的吗?"① 季羡林既指出了这部长篇史诗具有很高的艺术成就，也用一些笔墨描绘了他所认为的《罗摩衍那》的不足。这些缺点是一个受过长期书写文学训练和精通梵文的学者兼译者对这部史诗的深刻体认。此时，季羡林对《罗摩衍那》重复堆砌和平铺直叙的批评表明他仍然把《罗摩衍那》当作一种书面文本，以书面文艺理论对这部史诗做出价值判断，一定程度上忽视了《罗摩衍那》是口头史诗这一文学事实。

任何人对事物的认识都有一个发展的过程，季羡林也是如此。在1984年发表的《罗摩衍那》一文中，季羡林把这部史诗放在世界史诗的总格局中重新阐述，这不仅比他以前对《罗摩衍那》的探讨在视野上更加开阔了，而且把史诗这一个文学类别的特点看得更清楚了。季羡林把它们的特点归纳为以下几点："一，史诗不论长短，描写手法都有点刻板化；二，史诗的英雄——理想的国王——和标准的情人几乎都是雷同的；三，史诗中事件的叙述都有不少的重复。这在《罗摩衍那》中也屡见不鲜。这同史诗的朗诵是分不开的。朗诵，一次是完不了的。下次再朗诵，必须有点重复，否则听众就会有茫然之感；四，史诗中有一些短语重复出现。为了凑韵，诗人手边必须有一些小零件，短语就是这样的零件。"② 与1979年的观点相较，季羡林虽然再次指出《罗摩衍那》描写刻板化、叙述重复的特点，但是，他肯定重复是诗人在演述史诗过程中必然出现

---

① 季羡林:《全书译后记》，载《季羡林全集》（第二十九卷），外语教学与研究出版社，2010，第630~631页。

② 季羡林:《罗摩衍那》，载《比较文学与民间文学》，北京大学出版社，1991，第241页。

的情形，而且指出重复出现的短语是诗人创作的零部件。这些归纳预示着季羡林已经初步把《罗摩衍那》和世界史诗纳入口头传统的视野中加以重新审视，他提到的重复的短语和零部件与口头诗学所谓的"程式"在本质上是一样的，这在某种程度上说明季羡林对《罗摩衍那》乃至其他世界史诗的口传特征有了更清晰的认识。

总的来看，季羡林依据马克思主义文艺观对《罗摩衍那》的思想性、艺术性和美学价值进行了探讨，以实事求是的辩证唯物主义态度认识《罗摩衍那》，把古希腊荷马史诗同印度古代史诗相比较，既指出了《罗摩衍那》具有的"高尚心术"和"深沉的情感"是荷马史诗所缺乏的，又认为《罗摩衍那》那种拖沓繁复的文体是荷马所藐视的。与此同时，季羡林强调了《罗摩衍那》具有的口头性特点，又从研究中印文学文化关系入手，分析了《罗摩衍那》在中国传播的情况和影响，考察了口头文学在文学文化传播中的意义，并且在中印文学文化传播研究方面形成了自己独特的学术视野和研究范式。

蒙古英雄史诗情节结构的发展

仁钦道尔吉

自本世纪始，研究蒙古英雄史诗的各国学者日益重视对英雄史诗情节结构的分析。他们的研究成果有的学者已经作过介绍。如1978年联邦德国著名蒙古学家瓦·海西希教授在波恩主持召开了第一次蒙古英雄史诗学术讨论会，他在会上详细地介绍了尼·波佩（1937年）、特·布尔查诺娃（1978年）和阿·科契克夫（1978年）对蒙古史诗情节结构的分类。① 后来，苏联蒙古学家斯·尤·涅克柳多夫补充了拉姆斯特德（1902年）、班巴耶夫（1929年）、劳·图都布（1975年）、尼·波佩（1979年）的研究，基本是阐述了瓦·海西希（1979年）对蒙古英雄史诗情节结构和母题的分类②。此外，还有苏联学者鄂·奥瓦洛夫（1981年）③ 和尼·比特克耶夫（1978年）④ 等研究了《江格尔》的情节结构。众所周知，瓦·海西希创造性地运用世界民间故事研究中常用的"AT分类法"，把蒙古英雄史诗或阿尔泰英雄史诗的情节结构分为十四个大类型，三百

① 瓦·海西希主编《亚细亚研究》第68卷，奥托·哈拉索维茨出版社，威斯巴登，1979，第9~27页。
② 斯·尤·涅克柳多夫：《蒙古人民的英雄史诗》，科学出版社，莫斯科，1984。
③ 《卡尔梅克文学史》第一卷，卡尔梅克书籍出版社，1981，第171~183页。
④ 《〈江格尔〉与突厥-蒙古各民族叙事文学问题》，科学出版社，莫斯科，1980，第220~228页。

多个母题和事项，因而海西希建立了蒙古英雄史诗的情节结构和母题类型分类体系。进行结构和母题类型分类的同时，欧美学者瓦·海西希、尼·波佩、查·包登、卡·夏嘉思、维·法依特、拉·劳林茨以及苏联学者格·米海依洛夫、鲍·李福清、斯·涅克柳多夫和阿·科契克夫探讨了蒙古英雄史诗的数十种母题，说明了它们的流传、发展和产生问题。

当然，英雄史诗的最小情节单位是母题。但我认为除母题外，还有一种比母题大的情节单位可以使用。因此，本文不拟以母题为单位去分类和研究史诗的情节结构，而以瓦·海西希教授的母题分类法为指导，用比母题大的一种情节单位，即用一种特殊的母题系列为单位去解剖各类蒙古英雄史诗情节结构的组成和发展，并探讨每个母题系列内部的发展变化。我所指的这种特殊母题系列是英雄史诗所独有的核心，英雄史诗的基本故事情节都是由不同数量不同内容的这种母题系列所构成，因此，可以称它为史诗母题系列。至今为止，在国内外发现的蒙古语族各种类型的英雄史诗的数量已超过三百部，它们的基本情节是英雄婚姻和英勇征战两件大事。前一种情节描绘了青年男子克服种种困难到遥远的异部落中去，通过自己英勇顽强的斗争得到美丽的妻子的英雄事迹。它是由英雄婚姻为内容的母题系列（简称婚姻母题系列）所组成。后一种情节反映了英雄人物经过一场惊心动魄的斗争战胜凶恶的敌人或蟒古思（恶魔）的英勇斗争，它由征战为内容的母题系列（简称征战母题系列）所形成。在蒙古英雄史诗里有这样两种基本母题系列。这两种史诗母题系列可以作为分析和划分史诗情节结构类型的单位。史诗母题系列与一般母题群不同。上述两种母题系列各有自己的结构模式，都有一批固定的基本母题，而且那些母题有着有机的联系和排列顺序。这个问题，我在下一个部分里谈。

各类英雄史诗的基本情节的构造不同，即它们所组成的母题系列的内容不同、数量不同、各个母题系列的组合方式也不同。根据这种情况，我把自己所利用的一百多部蒙古英雄史诗归纳为以下三大类型：

1. 单一情节结构的史诗（单篇史诗）；

2. 串连复合情节结构的史诗（串连复合型史诗）；

3. 并列复合情节结构的史诗（并列复合型史诗）。

单篇史诗的基本情节结构

蒙古英雄史诗一般都由抒情序诗和叙事故事两大部分所组成。在叙事故事里有作为整个史诗框架的基本情节外，还有派生情节和各种插曲。史诗的基本情节都是由史诗母题系列所形成的，但其余叙事部分同民间故事一样复杂，无法以史诗母题系列分类。所以，蒙古英雄史诗情节的共同性和规律性表现在其基本情节之中。

基本情节只以一种史诗母题系列为核心组成的史诗叫作单一情节结构的史诗（单篇史诗）。单篇史诗形式是蒙古英雄史诗的最初的、最简单的，也是最基本的情节形式。如前所述，蒙古英雄史诗的基本情节是婚姻母题系列和征战母题系列。因此，单篇史诗也有婚姻型单篇史诗（A）和征战型单篇史诗（B）两大类型。婚姻和征战都是抽象概念，在人类社会发展的不同阶段上，婚姻和征战的内容各不相同，它们在史诗中的反映也不可能没有区别。我们根据史诗母题系列的内容，把婚姻型史诗分为三种，即抢婚型史诗（A_1）、考验女婿型史诗（A_2）、包办婚姻型史诗（A_3）。征战型史诗也可以分为两种：部落复仇型史诗（B_1）和财产争夺型史诗（B_2）。

蒙古英雄史诗是在古代社会现实生活的基础上产生和发展的。上述各类不同内容的史诗反映了社会不同发展阶段的现实生活。无论从史诗理论角度，或从史诗本身的内容看，抢婚型史诗和部落复仇型史诗，无疑是最古老的形式。前者取材于原始社会的抢婚风俗，后者通过勇士与蟒古思（恶魔）的斗争，反映了氏族社会的复仇现象。从目前已发现的蒙古史诗中典型的抢婚型史诗却很难找到。但解放后在内蒙古巴尔虎地区和鄂尔多斯地区记录的一些史诗中保留着抢婚的痕迹。例如，我于1962年在陈巴尔虎记录了扎哈塔（异文1）和道尔吉昭都巴（异文2）演唱的史诗《巴彦宝力德老人》，在西新巴旗记录了僧德玛演唱的史诗《不会劳动的十来户人家》（异文3）①。1983年陶格陶胡又在巴尔虎地区搜集了后一部史诗的另一种异文（异文4）②。这四种作品原来都是史诗《巴彦宝力德老人》的异文，其中都有抢婚情节，即某英雄人物到远方另一部落去，或者威胁，或者使用武力征服的方式，使某一姑娘的父亲不得不把女儿嫁给勇士。在上述四种异文中都有同样的婚姻母题系列，而且在各个异文中母题的数量和排列顺序也相差不大。这种抢婚型单篇史诗的母题系列的构造如下：时间、地点、老两口有三个儿子、一个儿子当了可汗、修建了汗宫、听到未婚妻（未来汗后）的消息、准备寻找未来的汗后、卦师劝告、准备坐骑和武器、出征、途中遇到小蟒古思、小蟒古思逃窜、大蟒古思来打仗、杀死大蟒古思、碰见未婚妻之父，父亲拒绝嫁女儿、威胁或战胜对方、举行婚礼、勇士携带妻子返回家乡。此外，道荣尕同志于1960年在鄂尔多斯地区记录的史诗《阿拉坦舒胡尔图汗》（异文5）③和后来郭永明在鄂尔多斯搜集的同名史诗（异文6）④也属于《巴彦宝力德老人》的异文，这两种异文基本上同上述四种异文相似，它们的不同之处在于威胁的方式。如果在前四种异文中，勇士把未婚妻的父亲压倒在地上，逼着他答应嫁女儿的话，在后两种异文里则是老人看到勇士一口气喝下去一大槽水后吓得不得不嫁女儿，并举办了婚礼。当然，这不是真正的抢婚，而是原始抢婚现象在史诗流传过程中的演变的痕迹。

---

① 见本人1962年巴尔虎民间文学调查报告原始记录本。

② 1983年我们研究所借用中央民院陶格陶胡同志去呼伦贝尔盟进行民间文学调查，见他交来的记录整理稿。

③ 《阿拉坦舒胡尔图汗》，道荣尕、特·乌力更等整理，民族出版社，1984，第3~21页。

④ 《鄂尔多斯民间故事》，中国民间文艺研究会内蒙古分会、伊盟蒙古语文工作办公室联合出版，第64~73页。

随着蒙古社会发展，婚姻和家庭制度起了变化，在古老的婚姻型史诗里出现了描写考验女婿的内容，也就是产生了考验女婿型史诗。这种题材的产生显示出蒙古社会的进步，它反映了人们新的社会意识和婚姻观。当时婚姻关系已成为联合不同氏族和部落的一种手段。因此，考验女婿不仅仅是为了女儿的个人前途，而是女方氏族和部落通过考验选择一位英武非凡的女婿，并进而与其氏族和部落联合，从而加强自己的力量。有些史诗描绘了岳父率领自己的氏族，赶着牛马群迁徙到女婿部落附近去生活的现象。我们可以认为考验女婿型史诗的产生与蒙古历史上的氏族联合、部落联盟的形成有密切联系。考验女婿型史诗也和抢婚型史诗一样运用了婚姻母题系列形式。当然，由于内容的变化，其中出现了一批新母题。我们以达兰古尔巴同志记录的乌兰察布史诗《喜热图莫尔根汗的儿子》为例说明这种史诗母题系列的结构。其中的主要母题有：古老时代，两个可汗为儿女订婚约，小勇士梦见未婚妻，向父母打听到未婚妻的消息，准备武器和坐骑，出征，途中遇到二男二女称赞勇士及其未婚妻，碰见未婚妻家的牧童，勇士变身为秃头乞儿到未婚妻家，让女方猜谜语，大臣们不会猜，牧童猜着，秃头乞儿（勇士）说明是来求婚，举行赛马、射箭和摔跤比赛（好汉三项比赛），秃头乞儿获胜并恢复原貌，举办婚礼以及勇士携带妻子返回家乡。显然，在这部史诗里有了一些晚期因素。在古老史诗里勇士在远征途中常常遇到自然障碍、飞禽猛兽和恶魔，这里却出现好人（二男二女和牧童），还有猜谜等情节。

抢婚型史诗与考验女婿型史诗之间，尽管有区别，但还有不少共同之处。它们的主要区别在于前者有抢婚情节，后者则有考验情节。除这种情节及其有关一批母题不同外，这两种史诗的其他母题几乎相似，都有一种相同的母题系列。这种母题系列由下列基本母题所组成：时间、小勇士的生长、听到未婚妻消息、提出去娶妻、遭到劝告、准备坐骑和武器、出征、途中之遇、见到未婚妻的父亲、父亲拒绝嫁女儿或者提出嫁女的条件、通过英勇斗争说服对方、举行婚礼以及携带美丽妻子返回家乡。

征战型史诗是在原始社会的勇士与蟒古思（恶魔）斗争的各种神话传说的基础上形成的。它一方面包含了前史诗期的神奇的内容，另一方面在某种程度上反映了社会现实。早期史诗通过勇士与蟒古思的斗争，反映了氏族或部落复仇战，这种内容的史诗即部落复仇型史诗。它的产生早于私有制和阶级的出现。后来随着社会生产力的发展，出现了氏族所有制和私有制，同时，产生了争夺财产的现象。这样就在征战型史诗里增加了描写争夺财产的新内容，也就逐步形成了财产争夺型史诗。如果在前一种史诗里蟒古思作为氏族代表出现的话，在后一种史诗里它具备了一些奴隶主的特征。在后一种史诗里，除蟒古思以外还有各种残暴的可汗和勇士，他们掠夺牲畜和其他财产，并抓去勇士的父母和百姓做奴隶。到11～12世纪的蒙古社会，氏族复仇制走向衰落阶段。当时，私有制占统治地位，有了明显的贫富之别。这就说明，部落复仇型史诗时代早已过去，财产争夺型史诗产生的社会基础也已产生。

史诗内容发展的同时，形式也不断发展和变化。但上述两种征战型史诗都有一种相似或相近的基本母题系列。这种母题系列由如下母题所组成：时间、地点、勇士、敌人（蟒古思）来犯、勇士准备坐骑和武器、出征、途中之遇、休息吸烟、与蟒古思相遇、打仗、蟒古思失败、求饶、杀蟒古思和胜利归来。我们不能说征战型史诗一定都有这些母题，例如，在有些史诗里没有途中之遇和休息吸烟等母题。有些史诗里敌人不是多头妖物蟒古思，而是现实生活中的人（汗、巴托尔或莫尔根），勇士也不杀他们，饶恕他们做自己的奴隶或属民。虽然有这种情况，但多数母题是征战型史诗的母题系列所不可缺少的核心部分。这些母题有着有机联系，成为征战型史诗的情节结构模式。

婚姻型史诗和征战型史诗虽然属于两种不同类型，但在二者之间存在着不少共同的情节和母题，诸如故事发生的时间、地点、勇士的生长、坐骑、武器、对手、勇士的英雄事迹及其胜利，等等，并且它们都有各自的艺术表现手法、固定的诗段和形容词。这都是英雄史诗所独有的情节结构特征。

总之，单篇史诗的基本情节都有统一的模式，是由一种固定的母题系列所构成。在这种母题系列内部有一批共同的母题，它们有严格的排列顺序和不可分割的有机联系。

那么，单篇史诗是怎样发展的呢？

第一，史诗母题系列内在那些共同性的母题之间嵌入新的母题。嵌入的母题数量越多，史诗的内容便会进一步扩充和完善，其篇幅会更长。如果我们对同一部史诗的多种异文进行比较就会发现这种现象。

第二，在史诗母题系列的前后增加新母题，形成各种不同的序诗、故事前奏和结尾。例如，在上述史诗《巴彦宝力德老人》的六种异文中，在异文 2 和异文 4 的史诗母题系列前多了三个母题，即无儿无女的老两口的马群中生出一匹金胸银背马驹、老两口请卦师占卜会不会生男孩等，这是其他四种异文所缺少的部分，它们成了史诗的故事前奏。再如许多征战史诗里只有一个杀死来犯者蟒古思的母题，可是在其他一些史诗中除了有这一母题外，还出现了杀死蟒古思的父母、妻子（大肚女魔）及其肚子里跳出来与勇士搏斗的小蟒古思的母题。这样使史诗的结尾复杂化和引人入胜。

第三，在一个史诗母题系列内不但可以嵌入个别母题，而且同样可以嵌入其他史诗母题系列和母题群。史诗的派生情节和插曲就是以这种方式出现的。在这种情况下可能在一部史诗中存在两个或两个以上的史诗母题系列，但这与复合型史诗不同。在复合型史诗里几个不同的母题系列以串连或并列的方式相结合而成为其基本情节。在这里只有一个史诗母题系列作为基本情节和整体框架连接史诗的始终，其他母题系列和母题群被夹在当中成为附加成分（派生情节和插曲）。以史诗《那仁汗传》① 为例，它的基本情节由一个征战母题系列所组成，其内容是那仁汗与来犯之敌特克希·沙拉宝东（简称沙拉宝东）之间的战斗。基本情节由那仁汗与沙拉宝东的矛盾开始，以那仁汗对沙拉宝东的胜利而告终，可是在当中嵌入了三种派生情节。第一是那仁汗的弟弟伊尔盖后来去找哥哥，他活捉了敌人沙拉宝东的帮手巴拉巴斯乌兰。第二是那仁汗以敌为友，与沙拉宝东拜为弟兄，唆使他去打死弟弟。伊尔盖逃跑途中碰见勇士胡吉孟根图拉嘎，他们通过一场战斗后结为兄弟，胡为伊尔盖娶了媳妇。第三件事是伊尔盖为了救兄弟那仁汗返回家乡，叛变投敌的嫂子给伊尔盖和那仁汗服毒致死。胡吉孟根图拉嘎去救活了弟兄二人，他们三人一起战胜了沙拉宝东。

第四，母题内部展开、扩充以及母题内部引入新母题，从而使各个母题发展和变化。也就是每个母题由粗到细、由简到繁、由小到大，有时从一个母题内派生出其他母题来。我们以"蟒古思"这一母题为例说明这个问题。关于勇士的敌人蟒古思，在史诗《陶干希尔门汗》里只有一句话，说"十五头的安达赉沙拉蟒古思"。在达木丁苏伦演唱的史诗《巴彦宝力德老人》（异文2）里却增加了对它那戳人的爪子的描写："它手上长着尖尖的指甲，向外弯曲得像铁耙，它脚上长着长长的趾盖，往外弯曲得像钢钩。"在另一部史诗《阿布拉尔图汗》中不仅有这些部分，而且进一步展开描绘道：

> 十五头的安达赉沙拉蟒古思，
> 气势汹汹地走在队伍前头，
> 它手上长着尖尖的指甲，
> 向外弯曲的像铁耙，

---

① 仁钦道尔吉、道尼日布扎木苏搜集整理《那仁汗传》，民族出版社，1981，第100~156页。

它脚上长着长长的趾盖，

往外弯曲的像钢钩。

顶人的两只犄角，

长在它的胸脯上，

戳人的两只犄角，

长在它的背脊当间，

撞人的两只犄角，

长在它的左右两肩。

它骑着黑鬃黄骒，

坐在木头鞍子上边。

骒背上驮有大包的鲜人肉，

骒背上驮有整袋的人肉干。

在这里除了对蟒古思的头、手、脚、角等外形描写外，还提到了它骑的怪骒及其背上驮的人肉。在复合型史诗中更详细地刻画了蟒古思的狰狞面目，如在《阿拉坦嘎鲁》①里进一步描绘它的嘴、蹄、鼻、眼以及脖子上缠着蛇、手里拿着粘满血污的红棍子等，从各个方面形容它丑恶的外形，暴露了它那凶残的特征。这样古老史诗中的关于蟒古思的一句话或几行诗，后来发展成像瓦·海西希教授所指出的有关蟒古思的众多母题：蟒古思的出身、动机、外貌、伴随现象（风暴、闪电……）、家庭、帮凶、坐骑、魔性（化身）、灵魂（动物、无机物）、卜卦、暴行、喇嘛、妖婆（大肚女魔）及其肚子里出来的小恶魔等。由此我们可以知道史诗的一个母题如何展开和扩充以及从中派生出众多母题，因而使史诗得到发展的规律。

---

① 仁钦道尔吉搜集整理《英雄希林嘎拉珠》，黑龙江人民出版社，1978，第77~131页。

第五，不同类型的单篇英雄史诗可以相互转化，有时由一种类型的史诗中脱胎出其他类型的史诗。在我手中有史诗《巴彦宝力德老人》的十三种异文，它们可以被分为四种类型。如前所述，在这部史诗的异文 1~6 中都有抢婚痕迹，它们属于抢婚型史诗。可是，1962 年道荣尕记录的另一种异文（异文 7）①，它的其他部分与这六种异文相似，只有那种强迫姑娘的父亲嫁女儿的情节不存在，它被通过好汉三项比赛选女婿的情节所代替了。这样异文 7 成为考验女婿型史诗，它脱胎于抢婚型史诗。上述七种异文（异文 1~7）都属于婚姻型史诗，可是后六种异文（异文 8~13）却变成了征战型史诗，但它们之间也存在着共同性，即后六种异文的头七个母题与前几种异文相同。后六种异文又被分为两种类型，其中达木丁苏伦演唱的异文（异文 8）是反映勇士与蟒古思搏斗的传统情节，其他五种②却有了近几百年的新内容，它们描写了勇士同安木诺谚（清代的官衔）的斗争。由此可知，同一部史诗的多种异文及不同史诗的相同情节和母题是如何产生的。

串连复合型史诗的基本情节结构

基本情节由两个或两个以上的母题系列为核心组成的英雄史诗，我们称作复合情节结构的史诗。根据史诗母题系列之间的组合形式的区别，可以把复合史诗分为串连复合情节结构的史诗和并列复合情节结构的史诗。

串连复合型史诗是以前后衔接的方式串连两个或两个以上的史诗母题系列为核心形成的。它有两种基本形式，第一种是以婚姻母题系列加征战母题系列为核心构成的（A+B），第二种则由两个不同的征战母题系

---

① 《蒙古族文学资料汇编》第三册《英雄史诗（一）》，内蒙古语言文学研究所，第 77~86 页。

② 这是我于 1962 年记录的陈巴尔虎右旗牧民宝尼、布恩好以及新巴尔虎右旗图布岱、好尔劳演唱的四种异文和 1983 年陶格陶胡搜集的一种异文。

列为核心形成（B+B$_1$）。除这两种基本形式外，也有由它们延伸的以两个以上史诗母题系列为核心产生的史诗，其中比前两者增加的就是征战母题系列（A+B+B$_1$…，或 B+B$_1$+B$_2$…）。当然，在串连复合型史诗中为数众多的是以婚姻母题系列加征战母题系列为核心构成的形式（A+B），其他形式的史诗数量较少。

串连复合型英雄史诗的出现标志了蒙古史诗发展的第二阶段。它的形成有其社会历史原因和史诗本身的发展需要。随着社会生产力的发展，私有制得到进一步发展，同时产生了阶级分化现象。部落首领和奴隶主们为了掠夺财产和俘获奴隶，在社会上普遍发动了连绵不断的部落战争。因为蒙古古代社会发展史的许多问题，至今尚未搞清楚，我们不知道从什么时候开始蒙古社会进入这种"英雄时代"，但我们却知道直到 11～12 世纪蒙古社会上还继续存在着部落战争。当时社会状况正如在 13 世纪中叶成书的文学名著《蒙古秘史》所记载：

> 星天旋转，
>
> 诸国争战，
>
> 连上床铺睡觉的工夫也没有
>
> 互相抢夺、掳掠。①

在这种尖锐复杂的社会形势下，当然勇士们参加的不只是一次的战斗。正像串连复合型史诗所描写的那样：或者乘勇士离开家乡到远方去娶妻的机会，或者利用他离家去同敌人打仗之机，其他敌人去破坏勇士的家乡，赶走他的牲畜，俘获他父母和百姓去做奴隶的现象不会不出现。勇士取得一次胜利返回家乡后也不能不再次去追击敌人。史诗是社会现

---

① 策·达木丁苏隆编译《蒙古秘史》（由古蒙语译为现代蒙语），谢再善译，中华书局，1957，第249页。

实的曲折反映。这种新的社会生活需要史诗去反映，但是原有单篇史诗形式无法容纳，人们不得不去寻找创作新的史诗形式的道路。这样他们便运用现成的原有两种单篇史诗的材料，即利用婚姻母题系列和征战母题系列，并对它们进行一定的加工而创造了串连复合型史诗形式。

我们对串连复合型史诗的基本情节的几个组成部分（史诗母题系列）进行分析，把它们与单篇史诗作比较后便发现：串连复合型史诗的第一种类型（A+B）是由考验女婿型单篇史诗母题系列和财产争夺型单篇史诗母题系列两个部分为核心形成的。第二种类型（B+B$_1$）以两种不同的征战史诗母题系列为核心构成。这两大类型的串连复合型史诗的下半部分都很相似，其中都有财产争夺型史诗母题系列。

现在我们以史诗《喜热图莫尔根》的三种不同类型的异文为例分析第一种类型的串连复合型史诗的基本情节结构。第一种异文是我们在前面曾提到过的达兰古尔巴记录的乌兰察布盟史诗《喜热图莫尔根汗的儿子》。它是一部考验女婿型单篇史诗，其中有完整的婚姻母题系列，这个母题系列由十多个主要母题所组成。第二种异文是由道荣尕记录的新巴尔虎右旗策日格玛演唱的《喜热图莫尔根》[①]，这是一部完整的财产争夺型单篇史诗。它的母题系列由以下主要母题所组成：①勇士的出身；②勇士提出到远方打猎，受到妻子的劝告；③骑着马去打猎；④看见野猪未能射死，青铜狗扑过来时马带主人上了天；⑤天上碰见两位神奇的人，和他们一起喝酒；⑥返回家后发现阿替嘎尔哈拉蟒古思乘机破坏他的家乡，抢走他的妻子和财产；⑦勇士变身去蟒古思家见到妻子，妻子告诉他杀死蟒古思的办法；⑧勇士的妻子了解到蟒古思的灵魂所在之处，并告诉给丈夫；⑨勇士杀死蟒古思的灵魂、肉体及其儿子；⑩得到失去的一

---

① 《阿拉坦舒胡尔图汗》，载《鄂尔多斯民间故事》，中国民间文艺研究会内蒙古分会、伊盟蒙古语文工作办公室联合出版，第54~76页。

切，重新过上幸福生活。这部史诗的核心是第⑥至⑩母题，前一部分（①至⑤母题）属于序诗和故事前奏。如果把甘珠尔扎布搜集的串连复合型史诗《汗特古斯的儿子喜热图莫尔根汗》（第三种异文）①与上述两部单篇史诗相比较，就可以发现它上半部分的母题数字和母题排列顺序与第一种异文完全一致，所不同的只是一些母题的内容和表现的诗句。第三种异文的下半部分中有下列母题：①勇士返回家乡后发现阿替嘎尔哈拉蟒古思乘机破坏他家乡，抓走他的父母和百姓；②勇士去蟒古思家见到父亲，父亲告诉他杀死蟒古思灵魂的办法；③勇士先消灭蟒古思的灵魂，后杀死它的肉体；④收回失去的一切，重新过幸福生活。这些母题基本上同第二种异文的核心母题（第⑥至⑧母题）相似，只不过少一个母题而已。

以上的分析可以证明，串连复合型史诗《汗特古斯的儿子喜热图莫尔根汗》是利用原有两种类型的单篇史诗，即考验女婿型史诗《喜热图莫尔根汗的儿子》和财产争夺型史诗《喜热图莫尔根》的现成母题系列组合而成的。当然，在利用原有史诗材料时，难免有一定的取舍、修改和补充。我们举的这个例子并不特殊，其他第一种类型的串连复合型史诗也如此，它们都是运用考验女婿型史诗和财产争夺型史诗的素材创作的。

关于第二种类型的串连复合型史诗（B+B₁）的基本情节的两大部分的来源及其形成过程，我曾在一篇论文②中以英雄史诗《阿拉坦嘎鲁》和《谷那罕乌兰巴托尔》为例作过分析。这些史诗都由两种不同的征战母题系列为核心形成。史诗《阿拉坦嘎鲁》有五种异文③，其中宝尼演唱的异文属于第二种类型的串连复合型史诗，其他四种异文的内容相似，它们都是财产争夺型单篇史诗。同时，宝尼异文的上半部分（第一个征战母题系列）基本上与其他四种异文相同，这说明了它们的共同来源。此外，

① 甘珠尔扎布编《三岁的谷那罕乌兰巴托尔》，内蒙古人民出版社，1956。
② 见《文学遗产》1981年第1期；又见西德《亚细亚研究》第73卷，1982。
③ 见本人1962年巴尔虎民间文学调查原始记录本。

史诗《谷那罕乌兰巴托尔》有四种异文①，其中三种异文与宝尼演唱的《阿拉坦嘎鲁》一样都是第二种类型的串连复合型史诗。另一种异文却不同，它是财产争夺型单篇史诗，但它的内容与其他三种异文的上半部分（第一个征战母题系列）相似。这些事实都足以证明第二种类型的串连复合型史诗的上半部分来自征战型单篇史诗。

如前所述，串连复合型史诗的第二种类型的下半部分与第一种类型的下半部分相似，同样都来自财产争夺型单篇史诗。

总之，串连复合型史诗的基本情节以两种不同的史诗母题系列为核心形成。它的各个部分的发展与单篇史诗的发展方式相同。

我们知道，国内外蒙古英雄史诗的流传中心地区有七个。串连复合型史诗是在这七个中心地区里普遍存在的史诗形式。这说明了它的产生很早，可能产生于蒙古民族及其国家出现以前各个蒙古部落共同聚居在南西伯利亚和中央亚细亚时期。这并不是说，所有的串连复合型史诗形式都这样古老。我们认为，卫拉特和布里亚特的由多种史诗母题系列和母题群所组成的史诗产生的较晚。它们是许多蒙古部落远离原来的聚居区，迁徙到各地以后形成的作品。例如，在新疆记录的史诗《策日根查干汗》② 中描绘了三代人的斗争。新疆的其他史诗如《永不死的乌仁图布根汗》③ 中出现了四次征战，尤其是《珠拉阿拉达尔汗》④ 里演唱了三代人的六次征战活动。这种复杂情节的英雄史诗在其他史诗中心地区里比较少见，它们可能是卫拉特部落离开故乡迁徙到阿尔泰山一带以后的作

---

① 这四种异文是我于1962年记录的新巴尔虎右旗米达嘎演唱的，除一种异文外，其他三种异文已发表。见《三岁的谷那罕乌兰巴托尔》（载《卫拉特蒙古史诗选》，民族出版社，1987）、《蒙古族文学资料汇编》（内蒙古人民出版社，1956）和《英雄史诗集》（内蒙古语言文学研究所编，内蒙古人民出版社，1960）。

② 《卫拉特蒙古史诗选》，民族出版社，1987，第1～76页。

③ 《卫拉特蒙古史诗选》，民族出版社，1987，第169～231页。

④ 《祖乐阿拉达尔罕传》，民族出版社，1982。

品。它们显示着卫拉特英雄史诗的发展方向和卫拉特流派的出现。正因为卫拉特人有过这种史诗，在这个基础上方出现了更为复杂的并列复合型英雄史诗《江格尔》。

并列复合型史诗的基本情节结构

单篇史诗和串连复合型史诗形式是在蒙古民族及其国家形成前的史前阶段产生的史诗形式。其内容古老，神话色彩浓厚，反映了原始社会末期和奴隶社会初期的部落征战。它们的篇幅较短，长则几千诗行，短则数百诗行。这种史诗的流传又广又普遍，其数量极多，至今在中、苏、蒙三国蒙古语族人民中已发现的就超过三百部。可是，蒙古英雄史诗的发展并不局限于这些史诗。在民族形成，国家产生、发展和衰落后的封建割据时期，蒙古史诗进入了第三个发展阶段。人民群众及民间艺人们运用古老英雄史诗的素材创作了反映封建割据时期小汗国之间斗争的巨型英雄史诗《江格尔》。它由上百部独立的长诗所组成，没有贯串始终的统一的故事情节。除个别几部外，其他每一部都像一部完整的单篇史诗或串连复合型史诗，都由一个或两个史诗母题系列所构成。各部之间在情节上互不连贯，没有统一的情节发展线索，各自都同等地并列为长篇史诗整体结构中的一个组成部分。英雄史诗的结构包括情节安排和人物安排两个方面。这两个方面的因素在不同的英雄史诗中起的作用不同。许多史诗以连贯统一的故事情节为主线形成，但是有的英雄史诗则以英雄人物及其事迹为中心组成，后者为数不多。《江格尔》尽管缺乏贯串始终的统一的情节，可是它的各个部都有一批共同的正面人物江格尔、阿拉坦策吉、洪古尔、萨布尔、萨纳拉和明彦等，以这些人物及其英雄事迹贯串各个部，使上百部长诗统一成为一部巨型英雄史诗。蒙古文《格斯尔》的结构也类似于《江格尔》。除少数几章外，它的各章也没有统一的中心情节，各章的统一只在于主人公格斯尔可汗及其英雄们的业绩上。

蒙古族长篇英雄史诗《江格尔》和《格斯尔》有独特的情节结构，它们的情节结构可以分为史诗的总体结构和各个部的结构两种。

我们以《江格尔》为例，先谈其各部的基本情节结构类型。如前所述，《江格尔》的每一部都像一部完整的单篇史诗和串连复合型史诗。我们以史诗母题系列为单元，对它们的基本情节进行解剖后发现，其中也有在单篇史诗和串连复合型史诗中存在的那样四种情节结构类型。例如，托·巴德马和宝音克希格二人搜集出版的《江格尔》[①] 一书中有十五部作品，其中以一个婚姻母题系列（A）为核心组成的有两部（第6和15部），以一个征战母题系列（B）为核心的有七部（第1~5、8和14部），以婚姻母题系列和征战母题系列两个（A+B）为核心的有三部（第7、9和13部），以两个或两个以上征战母题系列（B+B_1…）为核心构成的有三部（第10~12部）。其他各种版本中的各章的基本情节结构也不例外，我就不再举别的例子。这四种类型与单篇史诗和串连复合型史诗中的四种类型相一致。

我们用拉丁字母（A和B）作为史诗母题系列的符号，把《江格尔》各部的四种情节类型与单篇史诗和串连复合型史诗的情节类型比较如下：

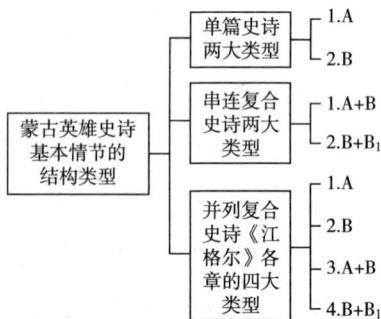

```
                               ┌─ 单篇史诗        ├─ 1.A
                               │   两大类型        └─ 2.B
                               │
蒙古英雄史诗                    ├─ 串连复合        ├─ 1.A+B
基本情节的       ─────────────  │   史诗两大        └─ 2.B+B₁
结构类型                        │   类型
                               │
                               │                 ├─ 1.A
                               └─ 并列复合        ├─ 2.B
                                   史诗《江        ├─ 3.A+B
                                   格尔》各        └─ 4.B+B₁
                                   章的四大
                                   类型
```

---

① 托·巴德玛、宝音克希格等搜集整理《江格尔传》，新疆人民出版社，1980。

此图显示了蒙古各类英雄史诗的基本情节的发展过程。单篇史诗是最初的、最基本史诗形式，是由一个史诗母题系列为核心形成的。它有两大类型，一是以婚姻母题系列（A）为核心，另一个是以征战母题系列（B）为核心产生的。其他各种类型的英雄史诗都是以单篇史诗为基础产生和发展的。单篇史诗由开始产生到初具规模可能经过了数百年。串连复合型史诗是运用和改变单篇史诗现成的母题系列，前后衔接串连两个史诗母题系列而形成的。这种史诗也有两大类型（A+B 和 B+B$_1$）。串连复合型史诗是蒙古英雄史诗第二发展阶段的产物。后来，蒙古史诗进入第三发展时期，也就是最后一个发展阶段，借用前两种史诗的组合方式出现了长篇史诗《江格尔》的各个部。《江格尔》各部的基本情节被归纳为四大类型，这四大类型与单篇史诗和串连复合史诗的基本情节类型相一致。

如前所述，《江格尔》由上百部长诗所组成，这些长诗都可以独立成篇，但它始终还是一部统一的英雄史诗，有它的总体情节结构。《江格尔》的总体情节结构是在情节上独立的上百部长诗的并列复合体，故称作"并列复合型"英雄史诗。蒙古文《格斯尔》也基本上如此，它的少数几章有连贯的情节，多数在章与章之间没有从属关系，都以同等地位并列为整体的各个组成部分。我们认为，蒙古英雄史诗或中央亚细亚英雄史诗的这种独特情节结构丰富和发展了世界英雄史诗宝库。

（《民族文学研究》1989 年第 5 期）

评　介

　　仁钦道尔吉生于内蒙古巴林右旗的牧民家庭，从小耳濡目染在蒙古族民间文学的氛围里。高中毕业后，仁钦道尔吉留学于当时的蒙古人民共和国乔巴山大学，攻读蒙古语言文学专业，聆听了策·达木丁苏伦和沙·罗布桑旺丹等人的授课。在学习期间，仁钦道尔吉不仅系统地掌握了蒙古语言文学知识，了解了苏联、蒙古国以及西方的蒙古学研究概况，而且开始对民间文学产生兴趣，为他日后走向研究蒙古英雄史诗的道路打下了扎实的基础。回国后，他得到了何其芳和季羡林的指导，选择民间文学作为自己的学术方向。

　　20世纪70年代末，仁钦道尔吉开始专攻蒙古英雄史诗及相关的其他民族的史诗，数十年的学术积累和对本民族史诗传统的深刻体认使得他在这一领域得心应手，先后在国内外发表了数十篇有价值的论文，一时声名鹊起，成为蒙古英雄史诗研究的学术权威。仁钦道尔吉在专注自己学术研究的同时，积极参与国际史诗学术活动。自1980年起，他先后参加了海西希教授和夏嘉斯教授主持召开的4次国际蒙古英雄史诗讨论会，并在每次会议上都宣读了相关的论文。1990年，他应邀参加了在卡尔梅克自治共和国首都厄利斯塔为纪念《江格尔》诞生550周年而召开的"《江格尔》与叙事创作问题"国际学术讨论会，并宣读了论文。另外，仁钦道尔吉和许多著名的国际史诗学者建立了长期的学术交谊，与海西希合作研究蒙古英雄史诗和蒙古民间说书，而海西希、李福清、策·达木丁苏伦等人都曾给仁钦道尔吉提供过不少与蒙古英雄史诗研究相关的资料。正因与国际史诗学者长期保持着高层次的对话，仁钦道尔吉的蒙古英雄史诗研究具有广阔的国际学术视野，也引起了中国乃至国际史诗学术界的关注，从而为他赢得了一定的国际声望。

仁钦道尔吉对蒙古英雄史诗的搜集、记录、整理和出版始于 1962 年，这一年是国内蒙古族巴尔虎英雄史诗搜集的黄金时期，也是最丰收的一年。正是在这一年的 6~8 月，仁钦道尔吉和祁连休下乡到陈巴尔虎旗和新巴尔虎右旗着手民间文学调查，记录了 11 部史诗的 24 种异文：1.《阿贵乌兰汗》或《阿贵乌兰汗的儿子阿拉坦嘎鲁》、《阿拉坦嘎鲁诺谚》等名称的史诗的 7 种异文，演唱者是陈巴尔虎旗人乌尔根毕力格、达木丁苏伦、呼和勒、巴尔嘎宝、宝尼以及新巴尔虎右旗的罕达和巴扎尔；2.《巴彦宝力德老人》或《巴彦宝力德老人的三个儿子》等名称的史诗的 6 种异文，演唱者是陈巴尔虎旗的扎哈塔、道尔吉昭都巴、本豪、宝尼、达木丁苏伦和新巴尔虎右旗的好尔劳，实际上它们是同名不同内容的史诗；3. 新巴尔虎右旗的图布岱演唱的《宝彦斯尔古冷》；4. 新巴尔虎右旗僧德玛演唱的《不会劳动的十来户人家》；5.《阿布拉尔图博克多汗》，讲述者是陈巴尔虎旗的潘布伦（其木德的母亲）和新巴尔虎右旗的宝吉格；6. 新巴尔虎右旗的图布岱演唱的《乌孙扎里布汗》；7.《希林嘎拉珠巴托尔》，演唱者是陈巴尔虎旗的潘布伦和新巴尔虎右旗的米德格；8. 新巴尔虎右旗的米德格讲述的《古纳罕乌兰巴托尔》；9. 陈巴尔虎旗的拉玛岱讲述的《珠盖米吉德夫》；10. 新巴尔虎右旗的罕达演唱的《陶干希尔门汗》11. 新巴尔虎右旗的丹金扎布讲述的《阿拉坦曾布莫尔根夫》。仁钦道尔吉对其中的一些史诗进行了整理和出版，情况大致如下：1978 年黑龙江出版社出版的蒙文版《英雄希林嘎拉珠》收入了《阿拉坦曾布莫尔根夫》（汉译为《英雄希林嘎拉珠》）、《阿布拉尔图汗》、《珠盖米吉德夫》和《阿拉坦嘎鲁夫》4 部史诗；1978 年，仁钦道尔吉与祁连休、丁守璞一起把其中的三部史诗翻译成汉文，编入中国社会科学院文学研究所编印的内部资料《民间文学资料》第一集《蒙古族英雄史诗专辑》，仁钦道尔吉、祁连休整理翻译的《阿拉坦嘎鲁》发表在《民间文学》1978 年第 6 期上；1979 年，仁钦道尔吉记录、整理和出版的《蒙古民间故事集》收录了巴尔虎史诗《阿拉坦曾布莫尔根夫》；1981 年，民族出版社出版的仁钦道尔吉、道尼日布扎木苏搜集整理的史诗集《那仁汗传》收入了巴尔虎史诗《陶干希尔门汗》和《巴彦宝力德老人》的两种不同内容的文本。[1] 1978 年，中国对《江格尔》有组织的搜集、记录和整理工作开始了。这一年，仁钦道尔吉和道尼日布扎木苏来到新疆巴州，记录了八桑、乌尔图那生和额仁策演唱的 4 部《江格尔》。1981 年8~9 月，仁钦道尔吉和贾木查一起去博尔塔拉、伊犁二州的 6 个县访问了额仁策、李·普尔拜、加·巴图那生、巴桑·哈尔、巴桑·杜格尔等十多位著名的江格尔奇，除录制过去未录音的《江格尔》的章节外，还收集了不少有关古今江格尔奇的生平事迹和《江格尔》演唱方面的珍贵资料，其中新疆巴州和静县江格尔奇额仁策在 1978 年 8 月演唱的 3 部中型史诗《那仁汗传》、《钢哈尔特勃格》和《骑红沙马的额尔古古南哈尔》经过仁钦道尔吉和道尼日布扎木苏的整理由民族出版社出版。

正是通过对中国境内的蒙古族英雄史诗的长期追踪调查和研究，仁钦道尔吉指出了中国蒙古族英雄史诗分布的三大中心：内蒙古呼伦贝尔盟巴尔虎地区、哲里木盟扎鲁特-科尔沁地区及新疆一带的卫拉特地区。在此基础上，结合中国以外的蒙古英雄史诗分布的四大中心，即布里亚特、卡尔梅克以及蒙古国的喀尔喀和西蒙古的卫拉特等地区，仁钦道尔吉把世界上现有的蒙古英雄史诗的分布格局归纳为七个流传中心和三大体系。这三大体系之一是布里亚特体系的英雄史诗，它包括贝加尔湖周围居住的布里亚特人的史诗、蒙古国境内布里亚特人的史诗以及中国呼伦贝尔盟布里亚特人及其毗邻的鄂温克人向他们学唱的英雄史诗；体系之二是卫拉特体系的英雄史诗，其中除了新疆、青海和甘肃卫拉特人的史诗外，还包括俄罗斯的伏尔加河下游居住的卡尔梅克人的史诗和蒙古

---

① 仁钦道尔吉：《蒙古英雄史诗源流》，内蒙古大学出版社，2001，第 17~19 页。

国西部各省卫拉特人的史诗；体系之三是喀尔喀-巴尔虎体系的英雄史诗，其中包括喀尔喀、巴尔虎、扎鲁特-科尔沁三大中心的英雄史诗，它们的分支察哈尔、阿巴嘎、乌拉特、鄂尔多斯等地的史诗也属此系统。①这种分类得到了大多数国内外学者的认同和引用。仁钦道尔吉不仅对中、俄、蒙古三国的蒙古英雄史诗分布进行了分类，还以三大体系和七个流传中心为基础详细地论述了中、俄、蒙古三国的蒙古英雄史诗的蕴藏、分布、演唱学派、史诗类型特征等问题，尤其是他率先指出了中国各蒙古部族史诗的部族特征和地域特点。仁钦道尔吉之所以能够得出这些结论，是因为他阅读和引用了比前人和同辈学者更为厚实的第一手材料，既有他自己通过田野作业获得的材料，也有通过阅读得来的间接材料；既有国内的材料，也有国外的材料；既有蒙文本、德文本、俄文本，也有汉文本；既有已出版和发表的材料，也有未出版和发表的手抄本。仁钦道尔吉正是在丰富而翔实的材料基础上，借鉴古今中外著名史诗学者的相关论述，对中国乃至世界蒙古英雄史诗的现有整体面貌本着由表及里、去粗取精、去伪存真、取舍得当的原则加以分析，从而做出了与蒙古英雄史诗现有整体面貌的客观实际相一致或接近的论断，得出了比较科学的或接近于科学的结论。

对《江格尔》的形成条件，不少学者提出过各自的看法，如俄罗斯的卡尔梅克学者阿·科契克夫将《江格尔》的渊源假定为起初有过一个关于孤儿江格尔的传说故事，蒙古国学者娜仁托娅则认为《江格尔》可能是由一个反映江格尔与蟒古思（恶魔）斗争的传说而逐渐发展成为史诗的。② 但是，系统地考证过这一问题并取得一定成果的学者当属仁钦道尔吉，他起初在1994年版的《〈江格尔〉论》中考证了《江格尔》与蒙

---

① 仁钦道尔吉：《〈江格尔〉论》，内蒙古大学出版社，1999，第115~117页。

② 仁钦道尔吉：《〈江格尔〉论》，内蒙古大学出版社，1999，第215~216页。

古族卫拉特人传说的关系和古老史诗的传承问题，接着又在 1999 年版的
《〈江格尔〉论》中列出一章专门讨论《江格尔》的"形成条件"，对这
个问题做了进一步的探讨。首先，他具体分析了《江格尔》中巨人、大
力士、三仙女、飞毛腿、妖精、孤儿成汗王等诸多母题，力证它们来自
蒙古族、汉族及世界各民族中普遍流传的神话、传说和民间故事，阐明
了《江格尔》是在长期发展和演变过程中消化了多种民间口头表达形式
的产物。其次，在整个蒙古英雄史诗的框架内，仁钦道尔吉阐述了《江
格尔》如何继承和运用了在它之前产生的单篇史诗和串连复合型史诗的
题材、结构、母题、人物形象和艺术表现手法等，尤其详细地分析了
《江格尔》如何采用了早期史诗的母题系列和借用其母题的内容以及固定
的程式化诗句。最后，仁钦道尔吉肯定了陶兀里奇（史诗演唱艺人）在
《江格尔》形成中的作用，指出卫拉特和卡尔梅克的史诗演唱艺人具有史
诗创作能力，他们既是史诗的演唱者，又是创作者。经过这样的条分缕
析之后，仁钦道尔吉概括出三个结论性的观点，即《江格尔》初具长篇
英雄史诗规模时具有以下三个基本特征：一是有汗国宝木巴及江格尔、
洪古尔等一批正面英雄人物；二是有描绘以江格尔为首的宝木巴汗国的
英雄们及其军队同其他一些汗国军队之间进行较大规模的军事斗争、个
别勇士婚姻斗争的故事；三是有一系列如同鄂利扬·奥夫拉演唱的那样
的若干独立的长诗。这些观点无疑是慎重而较为全面的，符合文学艺术
创作规律和《江格尔》的实际情况，拓展了《江格尔》研究的视域。

对《江格尔》社会原型的探讨是一个复杂的问题，因为缺乏文字证
据，只能依据《江格尔》的内容。但是《江格尔》的内容是极其丰富和
复杂的，在其形成与发展的过程中，它吸收了在其形成之前便存在的神
话、传说以及中小型英雄史诗中的材料，在形成之后又吸收了佛教、印
度文化、藏族文化中的各种材料。通过对分散的小汗国之间的军事斗争、
社会斗争及其斗争性质的细致分析，仁钦道尔吉指出史诗中各个汗国之

间战争不断、互相进攻、彼此征服与明代卫拉特地区不断的战乱和纷争的局势非常相似。他从消灭敌对势力、掠夺财产和美女及奴仆、争夺领地和附属国、迫使敌人承认宝木巴汗国的独立和尊严以及建立军事同盟等方面论证了《江格尔》中战争的性质和目的与封建割据时期卫拉特的内讧和外战相似。另外，他还从宝木巴地方的性质、社会军事政治体制、社会结构和社会意识等方面入手阐述了《江格尔》的社会原型与明代蒙古族封建割据时期卫拉特地区的社会现实相符。这样的分析论述使得仁钦道尔吉的论点具有了理论和社会实际的支撑，令人信服，从而把这一基本性的重大课题向前推进了一大步，同时也使得仁钦道尔吉在寻索这一问题的学术史上具有了一个重要的位置。

《江格尔》中的许多诗章都有着不同的异文，一些诗章的异文甚至多达十种。仁钦道尔吉选取了洪古尔婚事的九种异文即和静县江格尔奇李·普尔拜演唱的《洪古尔抛弃道木布汗之女杜布日·沙尔娜钦，聘娶阿拉奇汗之女阿拉坦·登珠叶之部》、和静县巴桑说唱的《洪古尔的婚礼》、和静县宝苏高木吉讲的《洪古尔的第二次婚礼》、托·巴德玛整理的《洪古尔的婚礼》、和静县浩·巴赛说唱的《洪古尔娶杜布日·沙尔娜钦，打败道木布·巴尔汗》、博湖县布·瓦其尔演唱的《洪古尔智取葛棱·占巴拉汗的首级，聘娶阿拉奇汗之女》、精县安加演唱的《洪古尔智取葛棱·占巴拉汗的首级，聘娶阿拉奇汗之女》、鄂利扬·奥夫拉演唱的《雄狮洪古尔的婚礼》、朱乃整理的《洪古尔抛弃道木布·巴尔汗之女，聘娶布日勒·占巴拉汗之女珠拉姗妲》为分析对象，对它们的母题进行分析和比较，揭示了它们之间的不同与相同之处，说明了它们之间是同源异流的关系。将冉皮勒演唱的江格尔童年故事、朱乃演唱的江格尔童年故事以及卡尔梅克江格尔奇演唱的江格尔童年故事进行分析与比较，仁钦道尔吉发现"江格尔童年时代的遭遇和英雄事迹的情节，处于不断地发展和演变形态之中，在原有的基础上出现了一批新长诗和情节，其中有的接近于原来内容，有的则改变或远离了原来的面貌"①。以人物变化和情节变化为对象，仁钦道尔吉对《江格尔》发展与变异的方式进行了分析，认为人物变化主要表现在正面主角或英雄人物不断增加、英雄人物结构中存在由同一代人向三代人发展的趋向、反面人物增加，情节的变化主要表现在那些固定的共同性的各个母题之间嵌入了新的母题、在母题系列的前后增加了新母题、在一个史诗母题系列中嵌入了个别母题或整个史诗母题系列和母题群。②

《江格尔》各个诗章的序诗长短不一，仁钦道尔吉将它们的母题提炼出来，指出它们有着固定的模式，基本上是由时间、地点、江格尔、汗宫、妻子、众勇士、酒宴等七个母题构成的，进而探究《江格尔》各个诗章的基本情节，认为其核心是婚姻母题系列和征战母题系列。以《江格尔》中的"萨里亨·塔布嘎的婚事之部"和"乌琼·阿拉达尔汗的婚事之部"为例，仁钦道尔吉分析了《江格尔》中婚事诗的情节结构。《江格尔》中征战类型多样，按照起因、地点、方式等不同，仁钦道尔吉将它划分为追击战、迎敌战、守卫战、收复战、进攻战、突围战，认为这些不同类型是由征战母题系列组成的要素不同而决定的。这些不同类型的征战母题又有着一批共同的母题，仁钦道尔吉将其总结为 14 个母题，认为它们构成了征战母题系列的框架和基本情节。在对婚姻母题系列和征战母题系列进行分析的基础上，他发现《江格尔》各个诗章采用单篇史诗和串联复合型史诗中原有的情节结构类型，而《江格尔》的总体结构则是以英雄人物形象贯串的在情节上独立的 200 多个诗章的并列复合体。③ 此外，仁钦道尔吉还对《江格尔》的产生年代、蒙古族史诗的三大类型做出了细致的研究。

---

① 仁钦道尔吉：《〈江格尔〉论》，内蒙古大学出版社，1999，第 263 页。
② 仁钦道尔吉：《〈江格尔〉论》，内蒙古大学出版社，1999，第 273~278 页。
③ 仁钦道尔吉：《〈江格尔〉论》，内蒙古大学出版社，1999，第 304 页。

综上所述，在研究蒙古英雄史诗时，仁钦道尔吉不但运用了自己在新疆、内蒙古各地田野作业获得的大量第一手资料，而且阅读了许多国内外蒙古英雄史诗文本，借鉴了各国著名学者的主要研究成果。在此基础上，他将蒙古英雄史诗放在整个蒙古语族的民间文学和社会历史文化背景下，乃至放在北方民族英雄史诗和世界史诗的大背景下展开了精密而细致的学术研究。他的《江格尔》研究在国际史诗学领域享有盛誉，得到了各国著名学者的好评，瓦·海西希、涅克留多夫、若松宽等曾多次引用和评价他的相关论著。在国内，仁钦道尔吉是《江格尔》研究领域里最具权威的学者之一，钟敬文和季羡林都曾对《〈江格尔〉论》给予了极高的学术评价。仁钦道尔吉的另一部著作《蒙古英雄史诗源流》[①] 对蒙古英雄史诗的起源、形成和发展做出的系统而深入的研究，不但填补了蒙古英雄史诗源流这一研究领域的空白，而且不乏独到的创见和新意，尤其是他对婚姻型史诗、征战型史诗、家庭斗争型史诗在蒙古英雄史诗三大类型中呈现的不同组合的分析和对蒙古英雄史诗情节结构类型的形成与发展规律的总结自成一说。可以说，《蒙古英雄史诗源流》有着重要的学术价值和学术贡献，它既给蒙古英雄史诗和中国多民族史诗的研究提供了理论借鉴，又运用中国的活形态史诗实例充实和丰富了国际史诗理论库。

---

① 仁钦道尔吉：《蒙古英雄史诗源流》，内蒙古大学出版社，2001。

《格萨尔》艺人论析

杨恩洪

如果说"荷马的艺术才能是座熔炉，通过它，民间故事、诗歌和诗的片断的粗矿石炼成了纯金"（别林斯基语）的话，那么，我国众多的藏、蒙古、土等族《格萨尔》艺人则是一个巨大的熔炉群，通过他们冶炼出了世界民族文化的真金——史诗《格萨尔》。同时，他们又构成了一个人类财富的珍宝库，通过他们，先人们世代智慧的结晶至今仍被保存在这部伟大史诗之中。从这一意义上讲，史诗艺人研究是史诗研究中不容忽视的重要组成部分。本文旨在对我国《格萨尔》艺人的流布、类型以及产生的社会文化背景进行尝试性研究，以就教于专家学者。

宛若群星的各民族艺人群

由于幅员广大、交通不便，加上社会的、政治的诸多因素，要想确切掌握目前尚健在的《格萨尔》艺人的数目，是困难的。尽管如此，经过几年的努力，我们仍然基本上掌握了这一情况。我国《格萨尔》艺人，目前尚健在的，共有 111 位，加上已去世的琶杰（蒙古族，1902~1950）、扎巴（藏族，1904~1986）、贡布（土族，1900~1974）等三位，总共114 人。其中藏族 99 人、蒙古族 9 人、土族 6 人。他们之中年龄最大的

81 岁，最小 18 岁，并有 2 位藏族女艺人。他们主要分布在内蒙古、新疆、青海、甘肃、西藏、四川、云南等七个省（区）各民族聚居区。现依民族分别介绍如下。

藏族艺人主要分布在甘肃、青海、西藏、四川、云南等省（区）连片的广大地区。而又以操安多方言和康方言的多康地区更为集中。

在 99 位藏族艺人中，西藏 45 人，青海 38 人，云南 6 人，甘南 4 人，四川 6 人。西藏自治区内则主要分布在阿里、那曲、昌都专区，其他专区目前尚未发现①。青海省的艺人主要分布在果洛、玉树、黄南、海南藏族自治州等境内，具体分布见下表：

西藏、青海艺人分布

单位：人

西藏			青海						
阿里	那曲	昌都	果洛	玉树	黄南	海南	唐古拉	海西	海北
9	21	15	11	8	9	7	1	1	1

蒙古族艺人主要分布在内蒙及新疆境内，目前已为数不多。目前尚在世的如巴林右旗的参布拉敖日布、苏鲁丰嘎以及察右中旗的洛布桑，都是受群众欢迎的优秀说唱艺人。新疆的艺人大都分布在卫拉特蒙古族人民聚居的地方，博乐、和布克赛尔、尼勒克、和静等县都有艺人活跃于民间。如 1984 年参加拉萨艺人汇演的鲁如甫、吴图克、道尔吉，都是从小受前辈艺人熏陶而成长的艺人。

土族艺人主要活动于青海省互助土族自治县一带。解放前这里曾有不少艺人在说唱，如曾给德国人多米尼克·施罗德说唱（记录成文并已于 1984 年在西德出版）的贡布。目前，由于多方面的原因，这里的艺人

---

① 艺人桑珠目前虽住在拉萨附近的墨竹工卡，但他出生在昌都与那曲交界的丁青县，只是后来他游吟至此才定居下来的。

已寥寥无几，且其中一些人已不大说唱了。现还健在的有李生全、黄金山、乌日玛、旦嘎等。

蒙古族、土族艺人大都是六七十岁的老人，其中，不少人已因年老多病不能说唱。只在个别地区尚有年轻艺人不断被发现，如西藏申扎县19岁的次仁占堆、青海果洛州21岁的格日坚参。尽管如此，整个艺人的情况仍渐趋老化，人数在逐年减少。

当然，上述数字仍是一个不完全的统计，可以肯定地说，实际艺人人数要多于此数。可以推想，解放前艺人的数目会比目前还多，而《格萨尔》流传的鼎盛时期艺人的数目更是相当可观的。可惜我们的前人并没有对此予以关注。

各民族艺人的异同

在众多的藏族、蒙古族、土族《格萨尔》艺人中，尽管他们的民族、语言、生活习惯和居住地域各不相同，然而，他们却存在着许多共同之处。这是人们把流传于三个民族中的史诗作品放在一起研究，将三个民族的说唱艺人一道进行探讨的主要原因之一。这些相同之处首先表现在艺人们说唱的主要情节内容的相似。他们都在说着同一个故事，故事均描述了天神之子为除妖降魔拯救人类而下凡人间所进行的一系列战争，以及完成这一使命后重归天界的历程。其主人公的名字均叫格萨尔（蒙古族因发音不同而称"格斯尔"）。其次，三个民族艺人的演唱形式也是相似的，他们都是采用散韵相间的形式来进行说唱，这也是史诗的一个重要的存在形式。在这一总的大同之下存在一些小异，即蒙古族的韵文部分所占比例较大，一些本子则呈一韵到底的形式；土族艺人则是土语、藏语交替使用进行说唱，其形式仍是散韵结合体。第三，也是最重要的一点，那就是这些民间艺人均具备超人的聪明才智，他们的记忆力超乎常人，可以整部地背诵史诗的篇章。同时，他们都有着丰富的阅历，有着与众不同的好口才、好嗓音。他们是传播、继承和发展民族文化的不可多得的人才。

此外，由于解放前各民族所处的发展阶段的不同，以及各自文化传统的制约，他们又有着明显的差异。首先表现在史诗的传承方面。蒙古族艺人及土族艺人都有较明确的师承关系，他们十分重视这种师承关系，他们尊崇老师（师傅），完全从老师那里接受史诗的内容及说唱风格，并以自己为名师之徒而自豪。特别是蒙古族艺人，他们在学习说唱时，都有固定的史诗唱本，并以此为依据进行说唱。藏族艺人在这方面就有很大的不同。他们大多没有文化，没有老师的指点和帮助，而是在史诗环境的熏陶下，通过潜移默化学会说唱的。他们将这一切归功于神的力量，认为这是神授，是神把史诗故事降于他们的头脑之中。

史诗传承的不同，进而带来了另一不同之处，那就是艺人所具有的神秘程度的不同。蒙古族、土族艺人因具有师承关系，史诗为老师所传授，他们学会说唱史诗自然是顺理成章的事。因此，艺人在群众之中只是以一个普通的民间艺人出现，没有什么神秘色彩，在群众的心目中，他们就是人民之一员，只是善于说唱的艺人而已。而在藏族群众中，对于说唱艺人却有一种既崇敬又神秘的感觉。当然，这神秘色彩的由来是有多种原因的，其中社会发展缓慢，人们笃信宗教、不明了其故事的来源，以及民间艺人说唱时的一些传统做法，如煨桑、敬神、祈诗等，都增加了他们的神秘色彩，加之一些艺人兼事巫师之职，他们既是民间说唱艺人，又是一个降神者、占卜者，致使这些艺人在群众中的威望更高，其神秘色彩也就不言而喻了。

第三，在史诗这一作品从口头文学向书面文学过渡的过程中，各民族所处的阶段相差较大。蒙古族、土族由于具有较为开放的社会机制，大量地接受了外来文化，整个民族的文化水准的不断提高，致使《格萨尔》这部史诗在民间的口头传唱已经越来越少，在蒙古族地区史诗的书面作品则大量涌现。在这种情况下，口头说唱遂逐渐让位于抄本、刻本的书面流传。目前，史诗的流传形式呈口头形式向书面形式过渡的最后阶段，基本趋于书面化。而藏族则不同，除文化较为发达的德格、玉树以及青海东部地区有书写艺人①外，目前仍有大量的民间艺人与各类抄本共同存在于民间，还处于口头形式向书面形式过渡的中级阶段，离完全的书面化尚有一定的距离。

由于以上的不同，藏族的民间艺人不但在数量上大大地超过了蒙古族和土族，而且在艺人类型方面也比较复杂多样。鉴于此，我们有必要把藏族艺人进行具体的分析和归类，从而使我们能更清楚地认识到他们产生的渊源及其对史诗的传承所做的贡献。

藏族艺人分类

藏族《格萨尔》说唱艺人如此众多，科学地进行分类确乎是件难事。在艺人说唱内容基本一致的情况下，依说唱内容分类显然没有意义，因其说唱形式的大致相同，故而依形式区别亦不可取。而吸收民间故有的称谓，以艺人说唱技艺来源为界线进行分类，我们认为这是比较实际、近乎科学的办法。当然，这样做，从名称上看似乎具有神秘色彩，但是它可以使人们一目了然地了解某一种艺人与他人不同的特点，达到分类的目的。

---

① 无论是国外还是国内，都存在着这样一些具有文字水平的史诗爱好者，他们善于把口头艺人的说唱变为文字的记录，以至有的人完全掌握了史诗脉络而自己从事史诗的写作。对于这样一些人，还不能称其为作家，因为他们的写作的题材仍然是史诗的故事情节，由此，在没有选择到更确切的名称时，只有暂且称他们为书写艺人，以与口头说唱艺人相区别。

《格萨尔》说唱艺人藏语一般称为仲堪（sgrung mkhan），意为故事家，或精通故事的人。其中大致可以分为五种类型，神授艺人（vbabs sgrung）、闻知艺人（thos sgrung）、掘藏艺人（gter sgrung）、吟诵艺人（sgrung dan）和圆光艺人（pra pa 或 pra mkhan）。

一、神授艺人。藏语称"巴仲"（vbabs sgrung），"仲"是故事传奇之意，在这里专指《格萨尔》史诗，"巴"是降落、降下之意，意为降下传奇故事。这一类艺人大多自称童年时曾做过奇特的梦，梦醒以后便开始了说唱史诗的生涯，说唱部数由少至多，逐渐成为一名艺人。梦的内容不外乎是史诗中的若干情节，或史诗中的一位神、一位英雄指示他们终生说唱《格萨尔》，使他们产生了一种使命感，于是醒来后便开始了宣扬格萨尔王丰功伟绩的说唱。由于他们大都没有文化，无法理解梦的产生这一复杂的生理现象，于是把梦中形成的故事归结为神赐予的，是神指示的，故称此类艺人为神授艺人。

据调查，神授艺人约有 26 位，大部分为西藏那曲、昌都地区人。其中，除扎巴老人（81 岁，1986 年去世）外，最年长的是 77 岁的那曲艺人阿达尔，最小的是那曲申扎县 1 岁的次仁占堆，此类艺人有如下几个特点。

1. 记忆力超群。这类艺人绝大多数目不识丁，然而与此形成鲜明对照的是他们超人的记忆力。他们往往可以流利地说唱史诗一二十部甚至几十部之多，若按每部 5000 诗行 15 万字计算，20 部即约 10 万诗行 300 万字。如此大量的诗行全部贮藏在他们的头脑之中，听众想听哪一部，艺人们便可像从数据库或电子计算机中自由提取信息一样，把所需部分说唱出来，这或许令人不易理解，但这却是个客观事实。如著名艺人扎巴不识藏文，可以说唱大、小宗 42 部，到他去世前已经录下 25 部半，计 500 余盒磁带。31 岁的女艺人玉梅不懂藏文，自报目录为 18 大宗、48 小宗，再加上史诗的首部、尾部等共计 74 部。目前她已经说唱了 3 个大宗、

16个小宗，录制磁带700多盘。桑珠在会说唱的几十部中，先录下未出版的一些部，迄今已录音23部，1260盘磁带。此外，那曲的阿达尔可以说唱18大宗13小宗共32部，巴青县的曲扎可以说唱42部，等等。以上数字足以说明了这些民间艺人真正无愧于鲁迅先生所冠予的"不识字的作家"的称号。除此以外，他们都具备非凡的口才，他们善于运用丰富的群众语汇将史诗形象地展现在听众的眼前，使人们受到教育、启迪、陶冶和美的享受。这些艺人是史诗的载体，是史诗得以保存至今活的宝库，没有他们的聪明才智和对于民族文化遗产的炽爱，就没有今天我们所能见到的史诗。

2. 均为少年做梦，梦后开始说唱生涯。但做梦的年龄各不相同：扎巴11岁、玉梅16岁、桑珠15岁、次旺俊美13岁、曲扎12岁。梦的内容虽都是与《格萨尔》史诗有关，但具体的内容却各不相同。有的梦见了《格萨尔》史诗中的若干场面，似乎自己已亲临其境，如次旺俊美；有的梦见史诗中的英雄或神亲来授命，命其宣扬格萨尔的生平事迹，说唱史诗，如扎巴、玉梅；有的是在梦中似乎在阅读大量抄本，由此而知道了史诗的内容，如桑珠；还有的是不断地做梦，每日做，或每年不断地做，会说唱的史诗部数随之增加，如曲扎。

3. 他们大多生活在祖传艺人家庭或《格萨尔》广泛流传地区。这类艺人，他们的父辈或祖辈大多是比较有名的史诗说唱艺人，他们在艺人的家庭中得到了潜移默化的影响而成为新一代艺人。其中玉梅、桑珠和昌都的阿觉班丹、安多县的格多等7人均出生于艺人世家。玉梅的父亲洛达曾是那曲索县一带有名的艺人，曾被当时索县的达官贵人请去说唱数月。桑珠在年轻时，就曾多次聆听洛达的演唱，他那魁梧的身材和精湛的说唱给桑珠留下了深刻的印象。昌都江达县51岁的阿觉班丹，其父扎西顿珠是当地有名的神授艺人；安多县33岁的格多是个会唱18大宗13小宗的神授艺人，他的父亲被人们称为"那曲仲堪多吉班单"，并传说他为史诗的第 13 代说唱艺人。此外，不少神授艺人都生活在史诗广泛流传地域，儿时的耳濡目染对他们成为一个出色的艺人是至关重要的环境条件。

4. 均具有较特殊的生活经历。这些艺人在旧社会地位十分低下，生活极端贫困。他们多被生活所迫以四处游吟史诗为生。为此，他们结交朝佛者和商人，与他们结伴而行，朝拜了高原的圣山神湖、名胜古迹，在浪迹高原中度过了自己的大半生，因此，他们的阅历十分丰富，见多识广，心胸坦荡。同时，他们说唱的史诗在流动中得到了充实、提炼，较之其他艺人，故事情节完整连贯，语言丰富、精练，引人入胜，这是他们成为史诗艺人中最杰出的一部分人的主要原因之一。西藏几位优秀的艺人扎巴、桑珠和那曲的玉珠就是典型的例子。由于他们在群众中有着广泛的影响，在"文革"中又首当其冲地倍受磨难，使他们本来就极为曲折的生活道路又增加了新的坎坷。由于这部分艺人较完整地保存了史诗，而目前又大多年逾古稀，所以，他们是史诗抢救工作的主要对象，我们应向他们宣传党的政策，使他们解除顾虑，把他们保存的史诗贡献出来。

二、闻知艺人。藏语称"退仲"（thos sgrung），意为闻而知之的艺人，即他们是听到别人说唱以后才学会的。这部分艺人比较多，约占艺人总数的一半。他们多者可以说上三四部，少者为一二部，甚至有的只是说一些章部中的精彩片段。他们生活在史诗流传地区，经常处于史诗的说唱环境之中，久而久之，便模仿着艺人说唱起来。"退仲"对自己学来的史诗毫不隐讳，如云南迪庆州的几位艺人纳古此称、和明远（藏名格桑顿珠）、阿旺群佩等，均称他们是听别人说唱后学会的，而那些艺人多来自昌都。青海的不少艺人也属于此类情况，如同仁县的盲艺人李加、尖扎县的丹正加、贵德县的堪布才让等。贵南县著名说唱艺人桑计扎西曾在四川德格地区出家为僧多年，并在那时学会了说唱史诗，回到家乡后便开始说唱，在青海五十年代末、六十年代初大规模抢救史诗工作中，他做出了很大的贡献。

这些艺人中有一些人具有一定的文化素养，他们懂藏文，除了默记，还可以阅读各类抄本、刻本，使自己更全面地掌握史诗。当然也有一些是不识字全凭记忆的。他们的生活比较贫困，但往往不以说唱史诗为生，他们都有自己赖以生存的生活手段。也有个别人被生活所迫以说唱史诗为乞讨手段的。青海果洛州的才旦加从小失去父母，四处流浪以打哈拉为生，被视为最卑贱的人。后来他学会了史诗唱段，到牧人的帐篷去说唱，得到一点食物充饥，由于他聪明伶俐，史诗唱得越来越好，受到群众的喜爱，从此便开始了以说唱《格萨尔》为谋生手段的生涯。

闻知艺人大多说唱群众最熟悉且喜爱的史诗开篇的几部，如《天岭卜筮》、《英雄诞生》、《赛马称王》、《北地降魔》、《霍岭之战》等，这些部也是史诗最主要最精彩的部分。由于其人众多，活动地域广，对于满足群众精神方面的需求起了很好的作用，他们同样为保存和传播史诗做出了重要贡献。

三、掘藏艺人。藏语称"德尔仲"（gter sgrung），意为发掘出来的伏藏故事。掘藏是藏传佛教宁玛教派的术语。宁玛派尊奉莲花生所传的旧秘咒，并将其经典称为是吐蕃时期传承下来的经藏，或发掘出来的前人埋藏的伏藏，于是产生了不少有名的掘藏师。据说凡是能够发掘宝藏（这里多指精神宝藏）的人都具有瑞根，他们的前世曾听过莲花生讲经或受过他的加持，因此他们便与众不同，可以感到别人感觉不到的东西，看别人看不到的物藏（物指的是经典）。宁玛派把格萨尔看作是莲花生和三宝的集中化身，认为可以通过史诗故事来教化调伏群众，因此，他们信仰并喜爱格萨尔，于是就出现了发掘史诗的掘藏师，而发掘出来的《格萨尔》称为伏藏故事。

这种艺人为数不多，主要居住在宁玛派广泛传播的地区。四川甘孜州色达县的根桑尼玛就是一个宁玛派世袭的大掘藏师，他所发掘并执笔写下的史诗抄本，在甘孜州、果洛州被群众广为传抄，倍受崇奉。目前搜集到的《贡太让山羊宗》①，据说就是他在玛沁雪山朝佛时，在一块石头里发现的。这是掘藏的一种，属于"物藏"（则德尔，rdzasgter）。还有一种称为"贡德尔"（dgongsgter），属于从人的思想意识里挖掘出来的意念，然后再把它写出来。格日坚参就属于这一类，他写出了一个120部的史诗目录，在短短的一年中，他就写完了三部。他认为由莲花生或其徒弟藏下的《格萨尔》故事，是藏在宇宙和灵魂世界中的，只有掘藏艺人才可以去发掘。

出于掘藏艺人之手的史诗写本有这样几个特点：首先他们与说唱艺人不同，他们是靠手中的笔来写史诗的，有的人写出来之后，才能照着本子唱。其次是书写形式与普通抄本有所不同，在每句的后边，均要写上伏藏经典所特有的符号"%"，写本结尾尚有"闭嘴"、"保密"等词。这种本子就目前所知尚有《红岩大鹏宗》（根桑尼玛写）、《花花岭国歌舞升平》（系白玛热哇多吉所写，现藏青海省《格萨尔》研究所）及格日坚参写的《米麦银子宗》等。这种本子的第三个特点是文字优美，书面语较多，其中有一些深奥的大圆满的宣讲，而作为故事，则情节较简单，有的本子故事趣味不大。造成这些特点的原因当然与作者的宗教信仰及文化水平有直接关系。

四、吟诵艺人。藏语称为"仲丹"（sgrung dan）。这类艺人都是有文化的人，他们可以拿着史诗的本子给群众诵读。他们诵读的依据多为群众中流传的各类抄本、刻本。解放后，由于铅印本的大量刊行，他们诵读的范围不断扩大。同时，因为他们是据书而读的，所以说唱的内容情节是千篇一律的，为了得到群众的欢迎，他们便在曲调上下功夫，因此，

---

① 此部已列入"七五"出版计划，目前正在整理中。

除了继承史诗传统曲调外，还吸收了藏族民歌曲调的精华，使史诗曲调更加丰富、更加系统。昌都江达县的塔新是一位出色的吟诵艺人，他可以用 48 种不同的曲调来说唱，加上他嗓音洪亮，曾被四川人民广播电台请去录音。

青海的玉树地区，流传着约 80 种曲调。有的艺人甚至为史诗中的每位主要人物都配备了固定的曲调，形成了自己所特有的套曲，表现了民间艺人极高音乐素质和艺术造诣。而群众在评价一个艺人的优劣时，除看其讲述故事的生动与否外，曲调的种类及变化的多寡是一个很重要的方面，他们最忌讳那种一曲套百歌的唱法。

甘孜州德格县 54 岁的女艺人卓玛拉措是当地一位有名气的吟诵艺人。她的嗓音及曲调当地人极为熟悉，难怪她的亲戚在出国二十多年后，在印度从广播中听到了她在四川电台播唱的《格萨尔》后，立即辨认出了她的声音并为之喜悦。

吟诵艺人主要居住在交通比较发达、文化教育条件较好的地区。随着藏族地区的兴旺发达和文化教育事业的普及，这类艺人还会不断增加，会有更多的懂藏文的年轻史诗爱好者加入到吟诵艺人的行列。

五、圆光艺人。藏语称"扎巴"（pra pa）。圆光本为巫师、降神者的一种占卜方法，即借助咒语通过铜镜或拇指看到被占卜者所想要知道的一切。据说圆光者的眼睛与众不同，可以借助铜镜看到别人看不到的图像或文字，有时也可以用一碗清水或拇指的指甲占卜。这种方法用于得到史诗，在藏区较为罕见。笔者仅见到昌都类乌齐县 75 岁的卡察扎巴·阿旺嘉措被群众称为圆光者，在群众中享有较高的声誉，这不仅因为他可以从铜镜中看到史诗，而且还可以用铜镜给人们算卦。目前他已抄下了九部《格萨尔》，其中的《底嘎尔》上、中两部，已由益西旺姆整理、西藏人民出版社出版。

圆光艺人具有浓厚的神秘色彩，而目前我们对圆光尚无研究，因此很难下结论。但是，抛开圆光的形式，看一看他抄写的史诗就不能不令人叹为观止。连昌都政协的知识分子白玛多吉也称赞其抄本的水平之高，因为即使造诣很高的人也很难如此快地编写、创作，所以他认为卡察扎巴是一个非凡的人。

除以上五类外，还有一些不是艺人的艺人，他们或根据史诗情节编写史诗抄本，在群众中流传转抄，如青海果洛的昂欲多杰；或记录整理艺人的说唱，抄成本子，以卖本为生，如青海玉树的抄本世家布特嘎，他们与民间艺人一样均为继承和发展史诗做出了重要的贡献。

（《民族文学研究》1988 年第 4 期）

评　介

20 世纪 50~60 年代，随着史诗搜集、记录、整理活动的展开，藏族的华甲、蒙古族的琶杰、柯尔克孜族的居素普·玛玛依等不少史诗歌手相继被发掘出来，他们对这一时期的史诗搜集做出了重要的贡献。1953年 3 月，中国学人在青海省文艺工作者参观汇演上偶然发现了《格萨尔》说唱艺人华甲，从而正式揭开了中国学界搜集整理《格萨（斯）尔》的序幕。琶杰是蒙古族杰出的说唱艺人，擅长说唱蒙古族英雄史诗《格斯尔》。他说唱的史诗得到了许多中国学人的关注，并且得到了相应的搜集整理和出版。居素普·玛玛依更是加入《玛纳斯》工作组，参与了当时《玛纳斯》的普查、搜集、记录、整理、翻译等工作。

随着史诗歌手与其他民间文学样式的讲述者不断地被发现，许多中国学人提出搜集民间文学时应该记录讲述者的相关情况。刘魁立曾强调要详细地描述讲述者的具体情况："何时、何地、从谁那里记录来的，讲述者（或演唱者）的年龄、职业、文化程度，讲述者在何时、何地、从谁那里听来的等等。任何一个故事、歌曲都不能缺少这些最起码的材料。如果我们从一个讲述者那里记了许多材料，就应该进一步了解他的个人经历，可能的话，最好对他讲述或演唱的技巧作些总的评述。一个人选择某个故事或某个民歌除掉是由于某些偶然的原因之外，在一定程度上还决定于他的心理状态、他所处的生活环境，而且在转述这些作品时，常要加上许多自己的（自己听到的、看到的、经受过的）东西。搜集者记录讲述者的个人经历，就是提供材料，让读者更深刻地理解作品。"① 显然，刘魁立对记录和研究民间文学讲述者已经具有了一种较为强烈的

---

① 刘魁立：《刘魁立民俗学论集》，上海文艺出版社，1998，第 165 页。

主体自觉意识了，即将民间文学的讲述者作为民间文学的研究对象，要求将讲述者的人生经历、学艺过程、演唱或讲述的心理状态以及伴随着演唱或讲述而出现的诸多要素一并记录下来，进行观察与分析。刘魁立持有的这种关注民间文学讲述者及其演唱的学术意识并没有成为当时学界的共识，而为当时强调的民间文学的集体性所遮蔽，仅为不多的中国学人所倡导。换句话说，当时中国学人的学术兴趣在于史诗歌手演唱的史诗内容，而不在于史诗歌手，无意于关注史诗歌手怎样学会演唱这首史诗、其相关技艺以及何时、何地、为何选择演唱这首史诗等诸多演唱信息。因此，20 世纪 50~60 年代搜集整理出版的史诗文本大多没有描述与歌手相关的情况。

20 世纪 80 年代以后，学界逐渐纠正了以往对民间文学集体性认识的偏颇，充分肯定了史诗歌手在史诗创作、演唱和流布中的地位和作用，史诗研究的侧重点出现了由集体性向个人才艺转换的学术转向。① 这种认识的转向直接促使史诗歌手在史诗的搜集与研究中越发得到重视，抢救和保护史诗歌手及其演唱的史诗成为 20 世纪 80 年代以来中国史诗学界的一个工作重心，一大批史诗歌手随之被相继发现，其数量已经远胜于 20 世纪 50~60 年代。据不完全统计，国内学界先后发现《格萨（斯）尔》说唱艺人 150 余位②、江格尔奇 100 余位③、玛纳斯奇 120 余位④。同时，赵安贤、朱小和、杨勾炎、曲莫伊诺等诸多南方少数民族的史诗歌手开始为学界所知晓。

当然，史诗歌手的发现与学者的努力、政府的重视以及新闻传媒的

① 朝戈金：《从荷马到冉皮勒：反思国际史诗学术的范式转换》，载《中国社会科学院文学研究所学刊》，中国社会科学出版社，2008，第 29 页。
② 杨恩洪：《史诗〈格萨尔〉说唱艺人的抢救与保护》，《西北民族研究》2005 年第 2 期。
③ 朝戈金：《口传史诗诗学：冉皮勒〈江格尔〉程式句法研究》，广西人民出版社，2000，第 47 页。
④ 阿地里·居玛吐尔地：《〈玛纳斯〉史诗歌手研究》，民族出版社，2006，第 203~216 页。

宣传等有着直接的关联，这在《格萨尔》说唱艺人的发现与确立上尤为突出。1984年在西藏拉萨召开的第一次《格萨尔》说唱艺人演唱会、1985年在内蒙古赤峰召开的第二次《格萨尔》艺人演唱会、1987年在青海湖畔召开的第三次《格萨尔》艺人演唱会、2007年在西宁召开的第四次《格萨（斯）尔》艺人演唱会等给杰出的说唱艺人提供了展示的舞台，为发现新的说唱艺人提供了一条重要的途径，拓宽了《格萨（斯）尔》搜集工作的思路。另外，国家民委、文化部、中国文联、中国社会科学院多次在京召开全国《格萨（斯）尔》工作及艺人表彰大会，它们推动了搜集工作的进一步展开，给搜集工作指明了方向。同时，报纸、电视、网络等大众传媒对《格萨尔》说唱艺人的宣传报道让扎巴、桑珠、才让旺堆等优秀的说唱艺人成为知名人士，使得学人对他们产生了更大的兴趣，也让他们得到了地方政府的高度重视。

随着史诗歌手的发现与确立，中国学人开始对史诗歌手进行专题研究，史诗歌手的成长过程首先得到了中国学人的关注。1985年，斯钦孟和的《芭杰传》[①] 简要介绍了芭杰的人生经历和演唱生涯，旺秋的《在漂泊的生活中——介绍〈格萨尔〉说唱艺人桑珠》[②] 较为详细地描述了桑珠的成长过程、说唱生涯、说唱的语言以及艺术特色等。1986年，杨恩洪与热嘎合作撰写的《浪迹高原的民间艺人——玉珠》[③]、岗日曲成和边烽合作撰写的《雪域国宝——记著名的〈格萨尔〉演唱家扎巴老人》[④] 分别描述了玉珠和扎巴的生活史和说唱史，高度评价了两位说唱艺人的

---

① 斯钦孟和：《芭杰传》，载《格萨尔研究集刊》（第一辑），中国民间文艺出版社，1985。
② 旺秋：《在漂泊的生活中——介绍〈格萨尔〉说唱艺人桑珠》，载《格萨尔研究集刊》（第一辑），中国民间文艺出版社，1985。
③ 杨恩洪、热嘎：《浪迹高原的民间艺人——玉珠》，载《格萨尔研究》（第二辑），中国民间文艺出版社，1986。
④ 岗日曲成、边烽：《雪域国宝——记著名的〈格萨尔〉演唱家扎巴老人》，载《格萨尔研究》（第二辑），中国民间文艺出版社，1986。

说唱技艺。1999 年，郎樱的《"当代荷马"的经历和自述》叙述了居素普·玛玛依的生活经历及其演唱的《玛纳斯》，肯定了他在保存《玛纳斯》与柯尔克孜族传统文化方面做出的卓越贡献。① 王国明的《著名土族〈格萨尔〉说唱艺人王永福》介绍了土族《格萨尔》说唱艺人王永福的说唱历程，分析了其说唱的艺术特点以及其他与之相关的概况。② 这些关注史诗歌手成长过程的文章在一定程度上引起了国内学界对史诗歌手的重视，对史诗歌手的研究产生了一定的学术影响。

1995 年，杨恩洪的《民间诗神——格萨尔艺人研究》对《格萨（斯）尔》的说唱艺人进行了详细的介绍和具体的研究。③ 自 1986 年起，杨恩洪开始对果洛、玉树、昌都、那曲、甘孜等地区的《格萨（斯）尔》说唱艺人进行调查，采访了说唱艺人 40 余位，搜集了大量有关《格萨（斯）尔》说唱艺人的第一手资料。她选择了扎巴、洛达、桑珠、玉梅、阿达尔、曲扎、贡却才旦、才让旺堆、玉珠、卡察·阿旺嘉措、格日坚参、昂日、桑多吉父子、次仁占堆、次旺俊美、才旦加、次登多吉、布特尕祖孙三代、卓玛拉措、昂辛多杰、贡布、琶杰等 20 余位具有代表性的藏族、蒙古族、土族的《格萨（斯）尔》说唱艺人，为他们立传，介绍他们的艺术生涯。对《格萨（斯）尔》说唱艺人的生活经历与说唱生涯进行较为全面系统的调查，必然会推动《格萨（斯）尔》说唱艺人研究的深入，有助于更好地了解《格萨（斯）尔》说唱艺人说唱的个人特色。进言之，这部著作撰写的艺人小传为《格萨（斯）尔》说唱艺人研究提供了珍贵的资料，是对《格萨（斯）尔》说唱艺人学术地位的充分肯定，推动了《格萨（斯）尔》说唱艺人研究的进程。同时，它对说唱艺人的地位与贡献、说唱内容与形式、艺人的分布与类型、梦幻与说唱

① 郎樱:《"当代荷马"的经历和自述》，《民间文化》1999 年第 4 期。
② 王国明:《著名土族〈格萨尔〉说唱艺人王永福》，《中国土族》2005 年第 2 期。
③ 杨恩洪:《民间诗神——格萨尔艺人研究》，中国藏学出版社，1995。

等方面也有较为详尽的阐述。

21 世纪初期，党和政府高度重视民族民间文学遗产，非物质文化遗产保护逐渐成为各级政府工作的重要内容。这对史诗歌手的抢救与保护产生了深远的意义，史诗歌手的保护工作时不我待、刻不容缓的自觉意识成为中国学界的共识。随着现代化的发展，书写和大众传媒的普及，史诗歌手的传承受到了严峻的挑战。21 世纪初期一批年老的史诗歌手相继去世，年轻的史诗歌手后继乏人，史诗歌手的传承已经出现了青黄不接的局面。这与史诗歌手身处的生活环境和生活方式的改变、外来文化的冲击、生活节奏的加快、标准化教育的普及以及旅游业的兴起等有着紧密的关联，它们直接促使史诗歌手的演唱失去了它的受众。因此，不仅要抢救和保护现有的史诗歌手，还要挖掘和培养年轻的史诗歌手，保证薪火相传，更要保护支撑着史诗创作、演唱和流布的口头传统。杨恩洪的《史诗〈格萨尔〉说唱艺人的抢救与保护》回顾了中国政府对《格萨尔》展开的抢救与保护，分析了 21 世纪《格萨尔》抢救与保护面临的挑战等。① 岗·坚赞才让的《格萨尔文化遗产的保护与发展思路》从拓宽文化空间、保护民间艺人、拓展研究领域、扶持民间团体、打造品牌文化、开发特色文化产业等方面对《格萨尔》文化遗产的传承、保护与开发提出了具有建设性的发展思路。② 王国明的《土族〈格萨尔〉的抢救与保护面临的问题及其对策研究》指出抢救与保护说唱艺人王永福说唱的《格萨尔》迫在眉睫，并提出了切实可行的保护对策以及展开整理和研究的相应步骤。③ 郎樱的《田野工作与非物质文化遗产保护——三十年田野工作回顾与思索》指出学界应该以科学的方法、现代化的手段保护

---

① 杨恩洪：《史诗〈格萨尔〉说唱艺人的抢救与保护》，《西北民族研究》2005 年第 2 期。
② 岗·坚赞才让：《格萨尔文化遗产的保护与发展思路》，《西藏研究》2009 年第 3 期。
③ 王国明：《土族〈格萨尔〉的抢救与保护面临的问题及其对策研究》，《西北民族大学学报》（哲学社会科学版）2006 年第 3 期。

史诗传承人，阐述了抢救口头史诗以及培养与培育史诗传承人的必要性。① 博特乐图和哈斯巴特尔的《蒙古族英雄史诗音乐研究》描述了呼伦贝尔地区、科尔沁地区、察哈尔-锡林郭勒地区、乌拉特地区、鄂尔多斯地区、阿拉善地区、肃北地区、青海蒙古族地区、新疆蒙古族地区以及东北蒙古族地区的蒙古族英雄史诗的音乐及其当代史诗歌手的生存状况，分析了蒙古族英雄史诗面临衰微的严峻挑战，探讨了蒙古族英雄史诗目前处于消亡、断流边缘的原因，检讨了蒙古族英雄史诗保护工作中的得失，对蒙古族英雄史诗抢救、保护、传承及重建提出了自己的观点和见解。② 这些论著在一定程度上提高了学界对抢救与保护史诗歌手的认识，为如何正确处理继承与发展之间的关系、如何加强多学科合作以及发挥学人的作用等诸多与史诗歌手保护相关问题的解答提供了具有启发意义的参考。

20 世纪 90 年代中期以后，更多的中国学人将更多的精力投入史诗歌手的专题研究，史诗歌手的研究被纳入史诗学学科体系，这对以往的民间文艺学的学科典律——民间叙事的"集体性""匿名性"无疑是一种补正。③ 出于纠正在彝族史诗研究中存在的过度重视口头传承的集体性而忽略了传承人个体的普遍倾向，巴莫曲布嫫提出对史诗歌手的发现与研究是考察与研究史诗传统的基本前提和主要环节，呼吁重视史诗歌手："史诗传承人问题成为考察诺苏彝族史诗传统的一个关键步骤，尤其是当我们从学理的角度，认识到史诗演述是口头叙事过程及其传承的重要部分时，就应当抛开文本概念的束缚，将田野研究的工作重心转移到表演者

---

① 郎樱：《田野工作与非物质文化遗产保护——三十年田野工作回顾与思索》，《江西社会科学》2008 年第 9 期。

② 博特乐图、哈斯巴特尔：《蒙古族英雄史诗音乐研究》，中国社会科学出版社，2012。

③ 朝戈金：《从荷马到冉皮勒：反思国际史诗学术的范式转换》，载《中国社会科学院文学研究所学刊》，中国社会科学出版社，2008，第 29 页。

即史诗传承人的问题上来。"① 它标志着史诗歌手的个人技能与知识贮备进入了史诗研究的学术视域，成为中国学人关注的一个学术焦点。

在检讨与反思"史诗歌手"和"史诗艺人"概念的基础上，巴莫曲布嫫根据诺苏彝族史诗的演唱特点及其传统性规定，创用了"史诗演述人"的概念，将它放在诺苏彝族史诗传承的文化语境中进行语义层面的界定。她认为，"演述"既指史诗在口头传播中的说/唱两种表演行为，同时包含了表演事件在发生环节上相应的仪式、仪礼语境，旨在强调史诗演述人是民间口头传统的重要传承人，以区别于有职业化倾向的"民间艺人"。② 其实，"史诗歌手""史诗艺人""史诗演述人"的概念都指向阐释史诗传统背后艺术创作的主体——史诗演唱的传承人，"史诗演述人"的概念更多考虑到本土传统的文化语境及民间对史诗传承人的基本观念和相关的表述，同时考虑到诺苏彝族史诗演唱中的说/唱表演轨范与叙事法则。它强调史诗传承人民俗主体和艺术主体的双重身份，深深地烙上了诺苏彝族史诗传统的特征，凸显了中国学人站在地方性知识的立场上思考某一特定学术问题的自觉意识。巴莫曲布嫫发现书写与口承在诺苏彝族史诗演述人的成长过程中相互关联，是史诗演述人技能习得与传统知识曲库形成的内驱力，强调了口头传承是史诗演述赖以存在的活力以及口头传统是史诗演述与传承的文化空间："'克智'（kenre，口头论辩）的兴起和传承，在客观上激活了'勒俄'的口头传播和动态接受，使史诗演述人脱离了各种书写文本的制约而走向面对面的社群，融入民俗生活的文化情境中，并在特定的竞争机制中不断提高自己的口头创编

---

① 巴莫曲布嫫：《在口头传统与书写文化之间的史诗演述人——基于个案研究的民族志写作》，《北京师范大学学报》（社会科学版）2008年第1期。

② 巴莫曲布嫫：《在口头传统与书写文化之间的史诗演述人——基于个案研究的民族志写作》，《北京师范大学学报》（社会科学版）2008年第1期。

能力与演述艺术，从而也促进了史诗传统的长期流布和动态发展。"① 巴莫曲布嫫对诺苏彝族史诗演述人做出的学理性总结和抽绎出的一些史诗传承规律对其后的史诗研究具有重要的启迪意义。

史诗歌手是史诗传统的传承者和创造者，是活形态的口头史诗赖以生存的保障。由于地域不同、传承方式各异，史诗歌手的类型呈现复杂多样的态势。《格萨尔》说唱艺人类型研究在史诗歌手的类型研究上尤为突出。根据藏族民间已有的称谓和说唱艺人获得说唱技艺的方式，杨恩洪将《格萨尔》说唱艺人划分为神授艺人、闻知艺人、掘藏艺人、吟诵艺人和圆光艺人五种类型。② 这五种类型的说唱艺人之间存在着不少差异，各具特点，杨恩洪对他们给予了详细的介绍和说明。降边嘉措将《格萨尔》说唱艺人分为托梦艺人、顿悟艺人、闻知艺人、吟诵艺人、藏宝艺人、圆光艺人、掘藏艺人七种类型，并且对它们的特点进行了解释。③ 随后，角巴东主又将《格萨尔》说唱艺人划分为神授说艺人、撰写艺人、圆光说艺人、吟诵艺人、闻知说艺人、传承说艺人、掘藏说艺人、艺人帽说和唐卡说艺人八种类型，对它们的说唱方式和传承方式进行了介绍。④ 这些论文较为全面地总结了《格萨尔》说唱艺人类型，对史诗歌手的类型研究有所助益，其间一些颇为独到的见解提高了学界对史诗歌手类型的认识。

"神授说"常见于《格萨尔》说唱艺人，扎巴、桑珠、玉梅、曲扎、玉珠、次仁占堆、才让旺堆等都自称在梦中得到了《格萨尔》史诗中的英雄或其他神灵传授说唱技艺，学会了说唱《格萨尔》。扎巴说菩萨在梦

---

① 巴莫曲布嫫：《在口头传统与书写文化之间的史诗演述人——基于个案研究的民族志写作》，《北京师范大学学报》（社会科学版）2008 年第 1 期。

② 杨恩洪：《民间诗神——格萨尔艺人研究》，中国藏学出版社，1995，第 67~83 页。

③ 降边嘉措：《〈格萨尔〉论》，内蒙古大学出版社，1999，第 517~537 页。

④ 角巴东主：《〈格萨尔〉说唱艺人研究》，《青海社会科学》2006 年第 1 期。

中将《格萨尔》传授给他，让他说唱格萨尔的故事。玉珠说自己在梦中梦见格萨尔征战的故事，随后得了一场重病，病愈后便能说唱《格萨尔》。才让旺堆说他在梦中学会了格萨尔南征北战的故事，醒来之后便能无师自通地说唱《格萨尔》。"神授说"赋予了《格萨尔》说唱艺人传奇色彩，让他们的说唱更为神圣。其实，这些在梦中被神授予说唱技艺的说唱艺人在说唱《格萨尔》之前都或多或少地与《格萨尔》说唱有着关联，如扎巴、玉珠、桑珠等都是聆听着《格萨尔》说唱长大的。法国学者石泰安对此曾做出过较为科学的解释："当说唱艺人进入兴奋狂舞状态并且有幻觉时，这些幻觉化现明显都是由其记忆的内容、由他于其不停的长途跋涉的生活中学习到和掌握到的一切而向他提供的。"① 藏族民众对那些说唱技艺来自神授的说唱艺人都非常尊重，而对那些说唱技艺来自学习的说唱艺人（退仲）不甚尊重。在说唱实践中，曲仲（佛传授的说唱艺人）和包仲（神传授的说唱艺人）说唱的《格萨尔》确实要比退仲更精彩。退仲说唱的《格萨尔》较为平淡，而且能够说唱的部本也较少。相反，曲仲和包仲说唱的部本较多，说唱更为丰富精妙，有着自己特有的说唱方式，更受藏族民众的欢迎。因此，藏族民众普遍认为被神灵授予说唱技艺的说唱艺人才是技艺精湛的艺人，才是能够精彩说唱的艺人。这也促使许多《格萨尔》说唱艺人自称在梦中被神灵授予技艺，以让他们的说唱得到受众的认同，并使他们说唱的渊源神圣化和合法化，进而抬高他们的说唱地位。

"神灵梦授"的观念也存在于《玛纳斯》演唱传统里。萨根拜·奥罗兹巴科夫、居素普阿洪、居素普·玛玛依等许多玛纳斯奇都自称他们的演唱技艺得自神灵的传授，如居素普阿洪梦见神秘的白胡子老人、居素普·玛玛依梦见额尔奇吾勒。梦见了神灵之后，玛纳斯奇都会得一场大

---

① 石泰安：《藏族史诗和说唱艺人》，耿昇译，中国藏学出版社，2005，第638页。

病,随后在演唱《玛纳斯》的过程中慢慢痊愈。当然,技艺神授的观念并非存在于所有的史诗传统中,与《格萨尔》说唱艺人和玛纳斯奇不同,江格尔奇身上经常没有神灵梦授的色彩,其自身也不具有那种治病占卜的萨满神力。①

一般而言,史诗歌手通常是通过家传或师承习得演唱技艺的。江格尔奇加·朱乃学唱于他的祖父额尔赫太,玛纳斯奇买买特约米尔·艾什玛特学唱于艾什玛特·玛木别特等,这些都属于家传的范畴。江格尔奇冉皮勒学唱于胡里巴尔·巴雅尔,玛纳斯奇木萨·牙库甫学唱于居素普阿洪等,这些都属于师承的范畴。在田野调查中,郎樱指出许多杰出的玛纳斯奇经常既得益于家传,又有拜师学艺的经历,如居素普·玛玛依、萨尔特阿洪等。② 家传与师承保证了许多史诗演唱传统流传至今,而传承的学术话题也成为史诗歌手研究的重要内容。郎樱一直坚持对新疆不同地区的《玛纳斯》演唱传统进行田野调查,她于 2008 年将对新疆乌恰县、帕尔米地区、伊犁三地史诗传承展开的调查结果整理出来,撰写成《柯尔克孜史诗传承调查》。③ 在新疆乌恰县史诗传承调查报告里,郎樱描述了克普恰克部落的史诗歌手塔巴勒德、萨尔特阿洪、阿克汗别克·努拉洪、托略克的概况,梳理了艾什玛特家族史诗传承谱系,对艾什玛特的女儿祖拉和《考交加什》搜集整理者玉麦尔毛勒多进行了深度访谈。在新疆帕米尔地区柯尔克孜族史诗传承调查报告里,她描述了柯尔克孜族史诗的"帕米尔流派"及其史诗曲目的特征和科克亚尔的史诗传承,

---

① 朝戈金:《口传史诗诗学:冉皮勒〈江格尔〉程式句法研究》,广西人民出版社,2000,第 309 页。

② 郎樱:《〈玛纳斯〉论》,内蒙古大学出版社,1999,第 153~162 页。亦见朝戈金主编《中国西部的文化多样性与族群认同——沿丝绸之路的少数民族口头传统现状报告》,社会科学文献出版社,2008,第 1~64 页。

③ 朝戈金主编《中国西部的文化多样性与族群认同——沿丝绸之路的少数民族口头传统现状报告》,社会科学文献出版社,2008,第 1~64 页。

介绍了塔西坦·卡德尔巴依、阿依勒奇·艾米尔库力、萨吾特·买合苏提、阿不都·哈德尔库力等史诗歌手，阐述了现代化与口头史诗传承危机的关联等。在伊犁柯尔克孜族史诗传承调查报告里，她介绍了特克斯县阔克铁热克柯尔克孜乡和昭苏县夏特柯尔克孜乡史诗歌手的传承情况与传承方式。[①] 郎樱的这三个调查报告加深了学人对柯尔克孜族史诗传承的理解，让人们深刻地认识到口头史诗传承面临的危机以及柯尔克孜族史诗抢救与保护的必要性和紧迫性。阿地里·居玛吐尔地的《20世纪玛纳斯奇群体调查报告》介绍了阿合奇县的人文地理环境、口头文化传统、《玛纳斯》的流传情况以及20世纪玛纳斯奇与《玛纳斯》演唱传统的关系，从年龄、所演唱的内容、传统诗章、所属地区、学艺途径、性别以及民族等方面对阿合奇县44位玛纳斯奇进行较为全面的分析，总结《玛纳斯》的传承和发展规律。[②]

　　20世纪后期以来，在研究史诗歌手群体特征的同时，史诗歌手的个人技能与知识贮备受到了学人的高度重视，对个别优秀史诗歌手进行的专题研究不断问世。在已有的研究成果中，对居素普·玛玛依的个案研究较为丰富。他不仅创造出独具艺术魅力的史诗唱本，而且以其罕见的艺术才能和传奇经历征服了听众，成为一个划时代的神圣艺术符号，永

---

① 国内许多学者也对玛纳斯奇做出过不同程度的研究。胡振华的《国内外"玛纳斯奇"简介》（《民族文学研究》1986年第3期）分析了"玛纳斯"一词在柯尔克孜语中的意义，从广义和狭义上界定了"玛纳斯奇"的含义，介绍了居素普·玛玛依、萨额木拜·奥劳孜巴克、萨雅克拜·卡拉拉耶夫等诸多"玛纳斯奇"的相关情况。阿地里·居玛吐尔地的《20世纪中国新疆阿合奇县玛纳斯奇群体的田野调查分析报告》（《西北民族研究》2006年第4期）基于其对阿合奇县展开的全面田野调查，在大量第一手资料的基础上介绍了该县的人文地理环境、口头文化传统与《玛纳斯》的流传以及20世纪玛纳斯奇与《玛纳斯》的演唱传统，进而总结了《玛纳斯》的传承和发展规律，指出对玛纳斯奇保护的重要性。

② 朝戈金主编《中国西部的文化多样性与族群认同——沿丝绸之路的少数民族口头传统现状报告》，社会科学文献出版社，2008，第65~118页。

驻于人们心中。他的唱本成为《玛纳斯》史诗的经典，对柯尔克孜族民众产生了深远的影响，为保存和发展柯尔克孜族民间文化做出了巨大的贡献。① 阿地里·居玛吐尔地和托汗·依莎克一起撰写的《〈玛纳斯〉演唱大师——居素普·玛玛依评传》② 较为全面系统地描述了居素普·玛玛依成长的人文地理环境、婚姻、家庭、学艺的过程等，科学地剖析了居素普·玛玛依的演唱奥秘。他们还介绍了居素普·玛玛依演唱的《玛纳斯》《艾尔托什吐克》《巴额西》《托勒托依》《女英雄萨依卡丽》《库尔曼别克》等多部史诗的故事梗概，论述了居素普·玛玛依的《玛纳斯》唱本的形成和发展、结构与情节的特点、语言艺术特色及其记录和出版的相关情况，对居素普·玛玛依在国内外的影响做出了客观评价。这部著作是第一部系统介绍和研究居素普·玛玛依的著作，是史诗歌手专题研究的代表性著作，对国内外《玛纳斯》研究具有重要的资料价值和学术价值。

　　琶杰是杰出的《格斯尔》说唱艺人，他娴熟地掌握着各种史诗演唱技巧，曾经演唱过《英雄格斯尔汗》《镇降蟒古思的故事》《阿拉坦格日乐图汗的勇士》《英雄陶嘎尔》《大力士朝伦巴特尔》等多部史诗。20世纪80年代以来，中国学人对他一直保持着较高的学术兴趣，与其相关的研究成果也较多，以朝克图与陈岗龙的《琶杰研究》最为突出③。这部著作介绍了琶杰的生平和演唱生涯、演唱的作品及其发表出版的情况，对与琶杰及其作品相关的研究成果进行了评述，指出以往琶杰研究中存在的问题，分析了琶杰在近代、现代、当代三个时期呈现的政治思想和文艺思想。朝克图与陈岗龙介绍了琶杰演唱的《格斯尔》的整理出版情况，

---

① 阿地里·居玛吐尔地:《〈玛纳斯〉史诗歌手研究》，民族出版社，2006，第34页。

② 阿地力·朱玛吐尔地、托汗·依莎克:《〈玛纳斯〉演唱大师——居素普·玛玛依评传》，内蒙古大学出版社，2002。

③ 朝克图、陈岗龙:《琶杰研究》，内蒙古文化出版社，2002。

对《琶杰格斯尔》的演唱程式进行了诗学分析，将它与1716年北京木刻版蒙古文《十方圣主格斯尔可汗传》进行了比较，阐明了它的题材来源以及它与蒙古族英雄史诗叙事传统的关系。对此书的学术价值，满都呼给予了高度的评价：“此成果不仅在很多方面提出了新的问题，论述了新的观点，很有理论和实践价值，而且该成果填补了蒙古学学者对蒙古民间艺人的系统深入研究的空白。”[①]

显然，随着越来越多的史诗歌手被发现，以及对其个人才艺的发掘与强调，20世纪80年代以来的史诗歌手研究已经取得了许多学术价值较高的成果，对国内史诗研究产生了深刻的学术影响，推动中国学人对史诗歌手的研究由关注集体性转向关注个人才艺，对目标化的史诗歌手展开了有计划、有组织的跟踪调查和研究。[②]

---

① 满都呼：《序言》，载朝克图、陈岗龙《琶杰研究》，内蒙古文化出版社，2002。
② 朝戈金：《从荷马到冉皮勒：反思国际史诗学术的范式转换》，载《中国社会科学院文学研究所学刊》，中国社会科学出版社，2008，第29页。

藏、土、裕固族《格萨尔》比较研究

王兴先

近年来，我们多次深入到土族、裕固族地区实地考察，发现土族、裕固族群众也口传《格萨尔》，经过查访找到一些"隐退"二十多年的老艺人，搜集了不少新篇章。土族、裕固族《格萨尔》的挖掘，不仅拓展了《格萨尔》研究领域，同时它们之间同中有异的独特内容及其形态变异也从比较角度上给我们提供了许多珍贵资料。我们谈藏族、土族、裕固族《格萨尔》比较研究，除注重其在题材方面的关系之外，还须兼顾作品具体描写的种种宗教色彩和民俗事象，甚至人名、氏族名、部落名，只要有比较价值也应纳入，对艺人及其说唱的作品的结构形态更不能置之不顾，即使从题材上检查作品之间是否有渊源关系时，也不能局限于主要故事情节和主要艺术形象，史诗描述的内容有时则往往与一个民族由氏族、部落、部族、民族形成过程中的重大历史事件紧密相关，哪怕它是对这个民族的社会历史现实生活的概括和虚构。前述，每一方面都是一个大题目，在这里，我们不可能详述，仅从比较研究的角度做一点粗略而肤浅的探讨。

题材渊源

研究史诗《格萨尔》不得不考察题材的来源，特别是当我们将流传于藏族、土族、裕固族等三个民族中的《格萨尔》放在一起进行比较研究时，题材的检查就显得尤为重要。史诗中故事情节的展开，人物形象的塑造，无不以史诗的题材为基本依据。

"西藏地区发现的古人类的考古资料、藏族民间传说和藏汉文献记载，都有力地证明：藏族先民自古以来就活动于青藏高原之上，长期与祖国西部各部族融合，发展形成了分布在今西藏和甘、青、川、滇等省境内的藏族。"① 藏族《格萨尔》史诗的创作者们正是将其"融合"、"发展形成"的原始材料作为基本素材，然后经过选择、取舍和剪裁，再采用在史诗里作为史诗内容的基本题材，从文学角度作了具体生动的描绘和反映。

史诗明确提到：在格萨尔称王之前"岭国已经历了十八代王室"，在此期间，岭国除有以东氏族（gdong）长、中、幼三支系组成的六个部落外，还有达戎（stag-rong）十八大部落、丹玛（vdan-ma）十二万户各部和戎巴（rong-pa）十八大部及珠（vbru）、噶（sga）、噶德（adav-bde）、夹罗（SKya-lo），高觉（go-vjo）、甲纳（lcags-nag）、嘎如（bKar-ru）、那如（nag-ru）等许多部落。其中岭国东氏族六部落，无疑是从一个氏族中派生的，史诗称为嫡系部落；将其他则称为甥舅部落和旁系部落。其中的东、珠二氏就是古代藏族六氏族中的"桐"（ldong）和"楚"（vd-ru）二氏族，② 只是其音同而字不同罢了。丹玛部落归服岭国后，与岭国王室结成甥舅外戚关系；又如《赛马登位》（四川版）、《赛马称王》（甘肃版）等版本在分述英雄们的王系、部落所属时，又分出一个达戎王系，与岭国原有的长、中、幼三王系并列，把原属长系的斯潘、超同等人划入达戎系，这与岭国东氏族长系的斯潘、超同等在征服达戎部落后而担

① 见《藏族简史》，西藏人民出版社，第14页。
② 见《藏族简史》，西藏人民出版社，第12页。

任该部落长或长官有关。由此可见，那时的所谓岭国，已由东氏族六个部落组成的岭国通过对其他外氏族部落的征服或联姻，组成了新的较小的部落联盟。史诗中塑造的岭国三十位英雄就是出自这个部落联盟。同时，这仍可从岭国历代王室成员与其他族部的联姻描述中得到引证，如：岭王却潘那布（chos-vphen-nag-po）娶姜萨（spyang-bzav）生子扎坚本美（dgra-rgyal-vbum-me）；却拉潘（chos-lha-vphen）娶容萨（rong-bzav）生子容擦叉根（rong-tsha-khra-rgan）。"姜"与"容"或"绒"分别是藏文"spyang"与"rong"的音译。这里的"spyang"（姜）与"rong"（容或绒）实应分别音译为"羌"和"戎"。"羌"与我们将在后文述及的《姜岭大战》中的姜（vjang）则是有别的。羌与戎，是我国的古族名，史籍则把居住于西北的古羌人和古戎人分别总称为西羌和西戎。就西戎而言，"殷周之际：居于黄河上游今青海东南部、甘肃西北部"。"东周时已移到今甘肃东南部及陕西西北部一带，与秦为邻。秦穆公称霸西戎，大部分为秦所并。"① 这在地理方位上与岭国东氏族六部落及其所属各部的住地基本相近或相邻。《诗经·小雅》中的"采薇"、"出车"、"六月"等篇，都是出自大臣史官的手笔，歌颂周宣王执政时代征伐猃狁西戎的功业。"出车"篇："赫赫南仲，猃狁于襄。……赫赫南仲，薄伐西戎。……赫赫南仲，猃狁于夷。"② 可能正是这一历史事实的具体描绘和反映。从史籍的记载到《格萨尔》史诗和《诗经》的反映：古代藏族先民之一即岭国东氏族部与我国古代西北戎族的联姻、联盟；"秦穆公称霸西戎，且大部分为秦所并"。这绝不是一个偶然巧合的史实。这一史实佐证了岭国东氏族部及其所属的其他族部早就繁衍生息、相互往来于青藏高原。当然这是一个很长的历史时期，取剪于这一历史时期的生活素材，无疑是

① 见《民族词典》"西戎"条，上海辞书出版社，第384页。
② 见《诗经·小雅》。

《格萨尔》史诗题材的重要组成部分，也是在考究《格萨尔》故事产生最早年代这一重大课题时不可或缺的珍贵史料。

从雅隆悉补野部落兴起到囊日论赞——征服各邻部而成盟主，从松赞干布诸赞普建立吐蕃王朝、发展吐蕃政权到进行武力扩张，这是藏族以古代藏族先民悉补野部落为核心融合各部族，进入发展、形成的又一重要历史时期。藏族《格萨尔》史诗中的《门岭大战》、《香雄珍珠宗》、《米努绸缎宗》、《松岭大战》、《阿柴甲宗》、《霍岭大战》、《突厥兵器宗》、《姜岭大战》、《木雅之战》、《察瓦戎箭宗》等数十部分部本，就是取材于这一时期吐蕃统一青藏高原诸多族部的一系列战争，以及吐蕃与祖国西南、西北地区诸多兄弟民族进行争雄称霸的一系列战争，基本上反映了该民族兴起、发展，进而形成共同体的全过程。其中的《察瓦戎箭宗》，其题材就源于吐蕃用兵于察瓦戎且兼并于己的历史事实。

"察瓦戎"族部住在今四川大小金川一带，他是今嘉戎哇（rgyal-rong-ba）的先祖，为古戎人的一支，据《后汉书·南蛮西南夷列传》记载，他们自称"偻让"。"偻让"是藏语"lho-rong"的音译，是"南戎"之意。

《后汉书·南蛮西南夷列传》载有"远夷乐德歌诗"、"远夷慕德歌诗"和"远夷怀德歌诗"三章，系白狼王唐菆等到后汉京师洛阳向汉朝皇帝"上其乐诗"、"称为臣仆"的表达心愿之作，亦称《白狼歌》。①"歌诗"中，有横线者是"夷人本语"，无横线者是"重译训诂为华言"。"夷人本语"中又有不少词、句与藏语有相同或相近之处。现摘释数例如下：

1. "所见奇异，知唐桑艾"："知唐桑艾"，对应为藏语是"vphrul-

---

① 见《后汉书·南蛮西南夷列传》第七十六，中华书局，第2855、2856、2857页。任乃强先生在《羌族源流探索》一文中将"白狼"部所在地考定为今四川源盐、木里一带，但这与"白狼"部自称"偻让"似不相符。

mthong-sing-nge"，其中 "vphrul-mthong"（知唐）是 "所见幻化" 之意；"sing-nge"（桑艾）是 "新奇、明亮" 之意。其语音与语义同 "所见奇异，知唐桑艾" 则基本相近。

2. "多赐（赠）〔缯〕布，邪毗缂缃"："邪毗缂缃"，对应为藏语是 "yas-phul-khebs-bu"，其中 "yas-phul"（邪毗）是 "多赠" 之意；"khebs-bu"（缂缃）是 "掩芘、遮盖物" 之意。其语音和语义同 "多赐（赠）〔缯〕布，邪毗缂缃" 则基本相近。

3. "蛮夷贫薄，偻让龙洞"："偻让龙洞"，对应为藏语是 "lho-rong-lung-stong"，其中 "lho-rong"（偻让）是 "南戎" 之意，汉语称 "南蛮"；"lung-stong"（龙洞）是 "旷野无人空地" 之意。其语音和语义同 "蛮夷贫薄，偻让龙洞" 相符。

4. "蛮夷所处，偻让皮尼"："偻让皮尼" 对应为藏语是 "lho-rong-phas-ni"，其中 "lho-rong"（偻让）其意同前条；"phas-ni"（皮尼）是 "彼处" 之意。其语音和语义同 "蛮夷所处，偻让皮尼" 相符。

5. "食肉衣皮，阻苏邪梨"："阻苏邪梨"，对应为藏语是 "rtsub-shav-g-yang-rlid"，其中 "rtsub-shav"（阻苏）是 "粗肉" 之意；"g-yang-rlid"（邪梨）是 "整剥的兽、畜皮" 之意。其语音和语义同 "食肉衣皮，阻苏邪梨" 则基本相符。

6. "不见盐谷，莫砀蠡沐"："莫砀蠡沐"〔"沐" 可能是 "沭"（shu）字之误〕，对应为藏语是 "mi-mthongs-tshav-vbru"，其中 "mi-mthongs"（莫砀）是 "不见" 之意；"tshav-vbru"（蠡沐）是 "盐、粮" 之意。其语音与语义同 "不见盐谷，莫砀蠡沐" 相符。

7. "多赐"、"同赐" 中的 "赐毗"："毗" 可对应为藏语之词 "phul"，是 "赠" 之意，其语音和语义同 "赐毗" 相同。

8. "不从"、"无所"、"不远"、"不见" 等词中的否定词 "莫"，对应为藏语之词是 "mi"，其语音和语义同 "不莫" 相符。

9. "深恩渡诺"："渡诺"，对应为藏语之词是"thugs-gnang"，是"赐恩"之意，其语音和语义同"深恩渡诺"基本相符。

10. "长寿阳雏"："阳雏"，对应为藏语之词是"g-yang-lo"，是"福寿"之意，其语音和语义同"长寿阳雏"相符。①

上列摘释若能立足，则《后汉书》"白狼歌"（夷人本语）与前举《诗经·小雅》"出车"等篇具有同样重要的史料价值，它将启迪我们在思考《格萨尔》故事产生最早年代及其取材时，把视野放得更开阔、追溯得更早一些。

由于特定的历史阶段和生活环境，《格萨尔》史诗取材于部分宗教问题则是不可避免的，加之藏、土、裕固等三个民族有着相近的宗教文化心理（历史上，土族、裕固族群众先信奉萨满教，后传入藏传佛教；藏族的原始本教与原始萨满教十分相似），这是藏族《格萨尔》能够流传于土族、裕固族群众中的重要因素之一，这个问题还要在后一节"宗教影响"中谈到。

综上所述，则可说明藏族《格萨尔》题材源于藏族本土，它既不是来自国外，也不是藏族本土题材与国外题材的结合。

关于土族、裕固族《格萨尔》题材，从已搜集的资料可明显地看出：它源于藏族《格萨尔》，又不同于藏族《格萨尔》。一是，在土、裕固族《格萨尔》中，许多故事篇名、地名和人名，或简化或语音上有变异〔如藏族《格萨尔》中的岭。总管王阿古戎擦叉根（gling-spyi-dpon-a-khu-rong-tsha-khra-rgan）一人之名，在土族、东部裕固族《格萨尔》中则称阿朗（将 gling 读为阿朗），或叉根，或阿朗叉根〕；二是，在说唱形式上，土族、东部裕固族《格萨尔》的韵文唱词部分则基本上用藏语，其演唱曲调也酷似于藏调，只比藏调显得单调；三是，描述

---

① 见《后汉书·南蛮西南夷列传》第七十六，中华书局，第2855、2856、2857页。

的种种宗教色彩也和藏族《格萨尔》基本相似，只比后者量少而淡薄（土族、裕固族先祖未接受佛教之前，都曾崇信原始萨满教，它和藏族的原始本教相似；回鹘在接受佛教前虽曾一度将摩尼教立为国教，但在裕固族群众中没有留下什么影响）；四是，土族、东部裕固族《格萨尔》中有不少母题与藏族《格萨尔》相比虽有许多变异，但故事的主要脉络则较为接近。另外，土族、裕固族《格萨尔》也各有本民族的特点。

土族《格萨尔》中的《霍郡本》"阿郎创世"一部和更登说唱的《二郎成亲》（即格萨尔成亲），一是，在号称的三十位英雄中，除阿朗叉根、焕·嘉色夏嘎尔、焕·贡盼玛兰、焕·桑斯达阿端和萨俊丹玛等五人的名姓与藏族《格萨尔》中有关英雄名姓相近外，其余十三位男英雄和十二位女英雄的名姓则同藏族史诗中的其余英雄名姓完全不同。二是，描述了阿朗叉根在荒无人烟的萨·札吾岭地方进行创业的全过程（从他一人到四员大将、三十位英雄、三百六十位大臣、一千多百姓；从龙王的三个公主分别留于上岭、中岭、下岭的三个石洞开始到以后盖房立户，有了许多家；从吃花果到畜养牛羊；从披挂草、树皮到做穿粗糙的衣服；从祭天祭地到打筑敖包祭山神，祈求人畜两旺，地方发达；等等），原始特征极为突出，其中虽融有佛教文化，但更多的是反映了萨满教文化。这种说唱本在藏族《格萨尔》中目前尚未见到。三是，格萨尔在梅朵大滩和桑夏鲁皇上的三个姑娘（桑珊珠毛、雷吾毛拉措玛和德吉措）相遇求婚后，描写格萨尔与桑珊珠毛定亲和婚娶的过程，完全是古老的土族婚礼习俗。

在西部裕固族《盖赛尔》、《盖赛尔与乔同》和东部裕固族《辛丹和好》等口传本中，一是，写盖赛尔有母无父，盖赛尔与乔同斗争的故事情节，是由连缀许多有趣的小故事而展开的，最后乔同变成九头妖魔，盖赛尔奋起反抗，由智斗变成武斗，连战数次，直至彻底消灭；二是，结合裕固族民间文学，把历史传说中的西至哈至（裕固族先祖的故乡）和马蹄城（霍尔国雅则红城）融进了《盖赛尔》，使其具有了一定的历史事实因素；三是，在《辛丹和好》中，通过甲擦夏嘎尔复活作证，重新塑造了霍尔王辛巴梅乳孜的形象（在马蹄石窟有甲擦和辛巴的塑像，过去每逢节日，藏、裕固族群众还去朝拜），反映了裕固族人民的文化心理。

结构、文体

史诗的结构形式，归根结底则取决于内容表达的需要。藏族《格萨尔》其内容尽管丰富多彩，但中心还是描述战斗。上百部分部本，除《天岭》、《诞生》、《赛马》、《世界公桑》之外，其余多是说唱大小战争的。即使前四部虽未直接陈述战争，但也为后面绘制大大小小的战争画卷作了铺垫。创作者们结构《格萨尔》，就好像在穿制一串颗颗相连的念珠。他们先在前四部分部本中通过神子格萨尔下凡投生，诞生成人，赛马称王、纳妃，聚众煨桑等故事的叙述，描绘出主要人物形象的蓝图，提出以降伏妖魔、抑强扶弱、镇压残暴和强梁、令当权者低头、为受辱者撑腰等为使命，绾冠《格萨尔》全书，并采取现实主义和浪漫主义相结合的艺术手法，在读者未窥战争全豹的情况下，先给《格萨尔》全书勾出一幅脉络结构的缩影，然后沿着岭王格萨尔制敌降魔这根主线，或单枪匹马，或统率大军，天上地下，变幻莫测，将几十个大小不同各具特色的战争绘画如同穿制几十颗五光十色大小不同的念珠一般，串在这根主线上，其中的《降伏妖魔》、《霍岭大战》、《姜岭大战》、《门岭大战》等分部本，犹如穿上的珍珠、玛瑙、珊瑚、松耳石念珠显得格外夺目。正是这种独特的结构方式，为《格萨尔》史诗的多部头创作创造了条件。当然作者在结构每部分部本时，虽然都采用了以人物为中心和以事件为中心相结合的方式，但由于侧重点各有所异，所以又显得灵活多姿，加之内容丰富，使整个《格萨尔》在读者面前展示出一幅古老的藏民族由产生到发展，由分散到统一，并逐渐形成一个民族共同体的丰富多彩的历史画卷。

土族《格萨尔》，说唱艺人对其并无什么"分章"、"分部"之称。从我们目前调查资料得知有两类口传本，按其传承和结构方式可暂分为两种，第一种含有《阿朗创世》、《乔同毁业》、《格萨尔诞生》、《堆岭大战》、《霍岭大战》、《姜岭大战》、《阆岭大战》、《安定三界》等八个部分；第二种含有天界篇、诞生篇、成婚篇、霍岭大战篇等五个部分。第一种系分部本，它与藏族的分部本相比，虽尚未形成那样长的系列本，但有头有尾，结构完整。它流传于霍尔郡，可称为《霍尔郡本》。第二种系分章本，它与藏族的《贵德分章本》相比，其结构同样不完整。它流传于朱岔，可称为《朱岔本》。土族《格萨尔》分部本比藏族《格萨尔》分部本，不仅部数少了许多部，结构也有差异。《霍尔郡本》以写人物为中心，其中第一部《阿朗创业》重点是写阿朗叉根创业称王，兴旺岭国的业绩，那苦学《嘎夏》经、筑建沙买钦匡尔、飞赴萨·札吾岭地方向禽兽讲经、收龙王三个公主为徒、祭敖包繁衍人丁、缝衣造箭和学练武艺等一切大小事件都是围绕阿朗叉根这个人物，使他始终处于舞台的中心，以他的活动作为故事情节发展的主线。在这里虽也描述了其他十七位男英雄和十二位女英雄的由来和成长，但都处于从属地位，是为阿朗叉根这个中心人物服务的。到章末才点出喝马、牛、猪、狗等动物奶的玛余贡保（即指乔同），并以占卜的方式预示："以后，他说好就好，说坏就坏，但他只会往坏里说！"为第二部《乔同毁业》作了艺术铺垫。《乔同毁业》这一幕又把乔同推到舞台中心，是以写他为主、写其他人物为副而编制故事、发展情节的；由于乔同的非为、岭国的衰败、百姓的不满等原因，又把因年老而隐退的叉根推到了舞台前沿，与乔同展开了斗争，但这时的叉根和乔同都不是舞台的中心人物了，而由第三部《格萨尔诞生》开始到《安定三界》结束，都是以塑造格萨尔这个典型人物为中心，各部之间衔接紧密、自然，浑成一体，似一气呵成。

裕固族《格萨尔》，在东部和西部分别形成不同的文体格局，结构迥异。东部裕固语讲的《格萨尔》又有两种口传本，一种是《恰沟本》，可称为分章本，它是以人物为中心，把格萨尔投生人间智斗乔同、火化九头妖魔、分别消灭霍尔三王、遣辛巴诱俘姜王子等重要事件，通过格萨尔这个主要英雄人物的种种活动有机地衔接起来，其中许多小事件的展开都是紧紧围绕着格萨尔活动的大事件，很少横生枝蔓。另一种，可说是藏族《格萨尔》分部本的移植本，在传承过程中删去了许多调名、神名和一些作者认为不必要的诗文，在注重连缀故事时融进了本民族的文化机制，使其成为独特的裕固化了的《格萨尔》，但仍以人物为中心和以事件为中心相结合的方式进行结构。西部裕固语讲的《盖赛尔》，也有两种口传本，篇幅都很短，最长的也不过两万字。一种叫《盖赛尔与乔同》，另一种称《盖赛尔》。

藏族《格萨尔》是韵文为主、散文为副、韵散交错而成的说唱本。西部裕固族《盖赛尔》基本上是用西部裕固语讲说的散文体，间或出现几句唱词，而所占比例极小。东部裕固族和土族《格萨尔》也是韵散相间的结合体，只是唱词是藏语，解释唱词的本民族语是散体，且所占比例比韵文大。由此可见，土族、东部裕固族《格萨尔》的说唱体受藏族《格萨尔》的影响则是不言而喻的。我在第二次调查时（1988 年 7 月至12 月）发现土族和东部裕固族老艺人中也有全用散体讲说的《格萨尔》。这不仅为我们研究土族、裕固族《格萨尔》文体变异的演进过程提供了资料依据，而且为研究和推理蒙古族《格斯尔》文体的演变提供了思考模式。

从我们调查土族、裕固族《格萨尔》的第一手资料得知，其文体既有藏语唱、本民族语解释的韵散结合体，也有全用本民族语讲说的散文体，还有部分全用本民族语说唱的韵散结合体。由此可见，在藏族《格萨尔》流向蒙古族、土族和裕固族地区后，其文体格局的变化不是一下子就能完成的，从藏族的藏语说唱体到藏语唱、本民族语解释，再到用本民族语讲说，最后全用本民族语说唱，要有一个较长时期的演进过程。在这三个民族的《格萨尔》中，全部完成这一文体演变过程的只有蒙古族《格斯尔》。

北京木刻版《格斯尔》是我们目前见到的最早的蒙文版，系散文体。C.A.科津曾在研究这个版本时说："……还要注意另一面，《格斯尔传》是用散文形式写成的，不像其他史诗那样，以韵文形式出现。这就更加证明这是出自作者的个人兴趣和意图。"我们依据前述调查的资料，推测蒙古文《格斯尔》散文形式的出现，可能也不是"出自作者的个人兴趣和意图"①，而可能是作者依据当时艺人用蒙古语讲说的散文体《格萨尔》资料记录、整理成文的，这是蒙古族人民在接受、传播和改编藏文说唱体《格萨尔》并不断丰富、创作成自己的《格斯尔》的过程中，在文体上产生的变异，以后的韵文体可能是在散文体《格斯尔》基础上编唱而成的，如著名艺人巴杰演唱的韵文体《格斯尔》。当然，这种韵文体不一定都是依据了蒙文北京木刻版散文体《格斯尔》。土族、裕固族《格萨尔》，尽管在内容上已经融进了自己的文化机制，形成了本民族的特色，但由于他们没有本民族的文字，其形式还处在用藏语唱、本民族语解释的韵散体和用本民族语讲说的散文体，以及极少的用本民族语说唱的韵散结合体。瓦尔特·海西希教授在《多米尼克·施

---

① 转引自霍莫诺夫《布里亚特英雄史诗〈格斯尔〉》，见《民族文学译丛》第一集，第135页。

罗德和史诗〈格萨尔王传〉导论》中提到："……在他（多米尼克·施罗德）的遗稿中所找到的蒙古尔语史诗的头2330行诗句的打字稿暂未整理，因为几乎所有诗句都没有区别读音的符号。"① （重点号系笔者所加，下同。）据我们调查，当时给施罗德说唱土族《格萨尔》的艺人是贡布（官布甲），他是用藏语唱、土族语解释的，唱词中即使用土族语诗句，那也是极少的，而形成"2330行诗句"文体格局则是由当时担任翻译的朵先生所致，因为他的藏、汉文造诣都很高。为此我们还向恰黑龙江（也称林黑龙江，1875~1946年，系贡保的师傅）的外孙更登什加（土族）作了查对，更登说唱的土族《格萨尔》也是他舅爷教的。如果土族有本民族文字，朵先生翻译的土族《格萨尔》恐怕早就以韵文体问世了。

至此，我们可以说：藏族《格萨尔》流传到蒙古、土、裕固族地区，从用藏语唱、本民族语解释（韵散结合体）→用本民族语说讲（散体）→用本民族语说唱（韵散结合体），这是由藏族《格萨尔》文体向蒙古、土、裕固族《格萨尔》文体演进的一条规律。

至此还须提及，过去在研究《格萨尔》文体时，总是把它和变文的文体列在一起对比。我们说，藏族《格萨尔》的说唱文体与敦煌变文这种文体不一定就源于印度佛教文学。事实上"变文这种文体则来自土生土长的汉语文学"。"主要是由汉语特点所规定的四六文和七言诗所构成的。""它不仅与杂赋有继承关系，而且与屈赋也有密切的因缘；它不仅限于四言、六言和七言，还应包括五言、杂言以及散文休的句式，这些句式都可以从秦汉魏晋的赋里找到来源。"②

---

① 瓦·海西希：《多米尼克·施罗德和史诗〈格萨尔王传〉导论》，见《格萨尔研究》，第240页。
② 见程毅中《敦煌俗赋的渊源及其与变文的关系》，《文学遗产》1989年第1期。

宗教影响

《格萨尔》在我国的产生、流传和发掘，不仅否定了黑格尔关于"中国人却没有民族史诗"①的权威论断，而且它的创作者们在其艺术构思、情节安排、人物设计和语言描写等多角度、多方位所表现出的种种宗教色彩以及宗教与艺术的密切关系，证实《格萨尔》受到宗教影响的同时，也正说明了黑格尔关于"他们的宗教观点也不适应于艺术表现，这对史诗的发展也是一个大障碍"②的结论失于偏颇。

在《格萨尔》史诗里，整个自然界充满着神灵，四面八方都是崇拜的氛围。就以岭国为例，天有天神，地有地神，水有水神，山有山神，氏族有氏族神，部落有部落神，国有国神，人有生命之神，岭王格萨尔身上除凝聚着天、地、水、山、氏族、部落、国家等诸神的精灵外，还有密宗三救主、三根本的佛性，说格萨尔就是佛祖莲花生的化身。整个岭国可说是神、佛之王国。《格萨尔》史诗创作者们的不凡之处，就在将此一切巧妙地纳入了自己的艺术构思。

一是构思设计出许许多多的神、佛、仙人和龙女。如在藏族《格萨尔》中，如果没有莲花生佛祖、巩闷姐毛天母等的授记指引，整个史诗的情节就难以推进，格萨尔降妖伏魔、反对侵略、实现统一的伟大战争，在危难关头就难以化险为夷，以捷告终。在土族《格萨尔》中，如果没有仙人祖拜嘉错的下凡并收阿朗为徒，祭天祭地，筑垒俄博和龙王的三个公主——色卡喜尔、益卡喜尔和党卡喜尔等三姊妹到萨·札吾岭地方去摘花，那荒无人迹的土地就没有人类的繁衍，没有岭国诞生和兴旺。

---

① 见黑格尔《美学》第三卷（下），第170页。
② 见黑格尔《美学》第三卷（下），第170页。

在裕固族《盖赛尔》中，如果没有盖赛尔在天界的妹妹简·它日尔的及时呼唤、引导，盖赛尔就会死于妖变的乔同。

二是构思编述出难以计数的奇幻化身。如在藏族《格萨尔》中，格萨尔如果没有将赤兔千里马变成一只黑老鸦、宝弓变成一块大磨盘石、神箭变成一块像牦牛一样大的肥肉、套绳变成一条九十托长的黑蛇、箭筒变成一只黑野狼、头盔变成一把大铁伞等种种幻化神变之力，他在前往降霍尔的征途上就闯不过霍尔军设置的九道关卡，特别是前七道。在土族《格萨尔》中祖拜嘉错如果没有幻化神变之力，他究竟是仙、是人、是妖，都无从辨认，阿朗的创世就会夭折。在裕固族《格萨尔》中，格萨尔如果没有幻化神变之力，他便进不了白帐王的别墅，更不可能把杀霍尔三王的武器——九头宝刀、火皮袭和路玛宝箭以赠宝物为名分送到三王手中。

三是构思编述出种种寄魂物。在藏族《格萨尔》中，正因为魔王以海、树和野牛为寄魂物，霍尔三王分别以白、黄、黑三色野牛为寄魂物，门王以九头毒蝎为寄魂物，朱固王以黑熊、九头猫头鹰、野人、九尾灾鱼和独脚饿鬼树为寄魂物，从而使格萨尔制敌降魔的故事情节才显得那么跌宕起伏，曲折动人。在裕固族《格萨尔》中，格萨尔神变的一群叫花子，捕住霍尔三王的寄魂物——白色神鱼、黄色神鱼和黑色神鱼之后，摔死在珠毛胸口，迫使珠毛无地自容，返回王宫，在白帐王面前羞得难述真情，只好以谎言了之，为后来消灭霍尔王作了铺垫。

四是构思编述出许多独具特点颇有神性的飞禽走兽，传递各种信息。如在藏族《格萨尔》中，被霍尔军围困的珠毛先后派出仙鹤、喜鹊和狐狸去送信，和出外降魔的丈夫格萨尔接通信息。格萨尔……一听狐狸倾诉珠毛来的口信，便射出一箭，声如沉雷，吓得霍尔君臣官兵魂不附体，屁滚尿流。在土族《格萨尔》中，分别以孔雀、老虎为首的飞禽走兽，经常给祖拜嘉错和阿朗采送各种鲜花、瓜果，长期护送龙王的三公主，一直协助她们将在岭地出生的二十多位英雄抚养成人。在裕固族《盖赛尔》中，央安许鲁（即盖赛尔）在汉地娶媳一住十三年，一天受到三只黑老鸹的责问；当他决定返回时，又飞来一只白头鹰，扔下他妹妹（在天界）简·它日尔的信，催他速返故乡。

五是构思设计出多种上供祈祷、杀牲祭祀的仪式。如在藏族《格萨尔》中，王臣将领和英雄勇士不论在出阵前还是当与敌手交战时，都首先向本国和自己的神灵献歌供食，进行祈祷，以求佑助。必要时还举行各种祭祀仪式。在格萨尔称王两年半后，举行了大型烟祭，"收复一切神灵，让他们给白岭国出力"！他们"都应承充当白岭的救护者和益友"。卡岭交战后，超同叛国投敌，他为解除敌国君臣的心，便亲自和敌国的大臣们面对解剖的野牛，吃红肉，喝红血，用牛肠把大家的手和头拴到一起，在湿牛皮上踏躁，以表示立了盟约，永不违背。在土族《格萨尔》中，阿朗出外，总在凌晨虎时熬菜祭天祭地，进行祈祷；在祭岗日岗嘎敖包时，把大家（人、禽兽）带去的哈达、弓箭、木刀、瓜果、花草、树叶和净水以及各种宝石放在敖包上，然后采集白、黄色康巴花以及柏枝和香草，煨起大桑，向天地、龙王、山神祈祷："愿萨·札吾岭地方发达兴旺！""愿人类繁衍英雄百出！"在裕固族《格萨尔》中，霍尔军割下岭国十八英雄和三十勇士的头颅带去挂在霍尔国九层山顶的敖包上，以示祭祀。

六是构思编制出五花八门、独具形式的占卜手段。如在藏族《格萨尔》中，僧伦、超同兄弟两人为争娶戎擦拉毛而掷骰占卜，超同败后，他又拿出三颗鸡蛋，以所孵鸟色来卜定胜负。霍尔岭两国起战前，霍尔国派出黑鸹去侦探，岭国以黑鸹飞来的时间、方位及其鸣声来预卜吉凶。岭国玛玉长官派人偷盗了大食国"青色风翅"千里马之后，对方用火烧肩胛骨、挥动花线绳、铺开三百六十种占卜图表等多种方法进行卜算。土族《格萨尔》中，龙女三姊妹做了"金轮放光"之梦，龙王梦卜说：

"萨·札吾岭地方要出好人"，"她们可能到那里去繁衍人类"！以后，龙女三姊妹到了萨·札吾岭地方，每逢怀孕、做梦之后，都请师傅阿朗梦卜，给孩子们算卦起名。在裕固族《格萨尔》中，格萨尔在未斩魔王之九头前，先按巴札班吉（原为格萨尔大祀，后被魔王抢去）之计，杀死了卦师女巫（魔王之母），后当魔王受到巴札的哄骗时，亲自解下靴带作卦线占卜，并强迫班吉取掉三角锅架石就地挖土。

文学是现实生活的反映。以上所举六个方面，今天看来荒诞不经，但它却反映了那一时代人们的认识，有其时代的真实。藏族、土族、裕固族等社会现实中确曾有过萨满教、本教和佛教的存在，这必然会反映到《格萨尔》史诗中来。佛教未传入前，藏族崇信的原始本教似于土族、裕固族先祖崇信的萨满教（裕固族先祖——回鹘虽曾立摩尼教为国教，但在群众中没有留下影响）；当佛教传入藏族地区形成藏民族特有的宗教——藏传佛教，并进而传入土族、裕固族地区，这就使藏、土、裕固等民族构建了一个基本相同的宗教文化心理。因此，置身于同一宗教文化氛围中的藏、土、裕固族《格萨尔》艺人，以基本相同的观念，对于自然和社会生活中种种现象的解释以及由此而引发的种种宗教幻想，出现上述多方面的类同则是非常自然的，但这并不能说明藏、土、裕固族《格萨尔》受宗教影响的程度是等同的。相比而言，藏族《格萨尔》受其影响较深，土族、裕固族《格萨尔》受其影响较浅。从古代岭国人民对自然和自然力的依附到思考，从"万物有灵"到"灵魂观念"，从原始信仰到原始本教，从本教到佛教的传入，从佛本二教的斗争、融合到藏传佛教（特别是宁玛派）的形成和发展，都可从藏族《格萨尔》中找到其产生、演变和发展的轨迹，而在土族、裕固族《格萨尔》中则不然，除萨满教色彩的描述显得较浓外，藏传佛教特别是藏密色彩描述则淡得多。这是因为从佛教正式传入藏地起，至形成藏传佛教并一直发展到今天已经历了1300多年，基本是全民信教，加之自然环境上高度封闭（尤其是

《格萨尔》广为传承的牧区），一般信徒和说唱艺人虔诚程度之高，神、佛形象之至高无上，神秘色彩之强烈，则是土族、裕固族地区人民及其《格萨尔》说唱艺人所不及的；在土族、裕固族地区，藏传佛教的传播较晚，加之所处地理位置上的特殊，在纳融藏传佛教文化的同时，也不断地受到其他民族文化特别是汉文化的影响。

就主要方面讲，宗教对藏、土、裕固族《格萨尔》影响的深或浅，对史诗的发展非但没有构成"一个大障碍"，且在一定程度上增强了艺术魅力，促进了传播和发展，藏族《格萨尔》尤为突出。这是因为：一是，在古代社会几个发展阶段的现实历史条件下，《格萨尔》在其产生、演变、传播和发展的传承过程中，它的作者在描绘人们对大自然的崇信、对灵魂的崇信等多种形态时，将其宗教内容和神话、传说有机地杂糅一起，巧妙地纳入了自己的艺术构思；除此，在藏族《格萨尔》中，作者还特别注重以藏传佛教宁玛派的教义为主并使之形象化，以此作为塑造人物的一种技艺的描写。这样的构思和描写，不能说和"神话与宗教源于一个统一体"的关系无关。① 在此须提及：宁玛派藏密修持者把所获藏密功象早已纳入了《格萨尔》史诗的艺术构思，这种构思有其一定的科学依据，不过尚未被研究者觉察和认识。二是，宗教的思维方式在实质上也是一种形象思维方式，只不过把歪曲的现实当作现实的形象思维。《格萨尔》史诗的作者在进行艺术构思、情节安排和人物塑造时，则是把现实的思维方式和宗教的思维方式结合起来，将宗教幻想中神、佛的形象和现实生活中人的形象相交织，借助文学，借助可见的形象来宣传了不可见的教义。就格萨尔这个典型来说，他既具有生活的人性，血肉丰满，感情浓烈，爱国爱民，痛父母思妻室，为岭国兴衰而征战终生，又具有宗教幻想的神性——受梵天诸神和宁玛佛祖莲花生的授意，神力无

---

① 见袁珂《中国神话传说》（上册），第18页，注①。

边，幻化无穷。但他形象的本质仍是人性而不是神性，其神性又多是遵循本教和佛教的教义构思幻想出来的，如格萨尔的形形色色的奇幻化身就是对《密乘道五次第》（Sngags-kyi-Lam-Pa-Lnga）中幻化教义的形象性解说。《格萨尔》史诗反映的佛教内容虽然繁杂，但仍以宁玛派的"大圆满法"为主要内容，这里只举一例：超同闭关修法，格萨尔伪造预言捉弄超同，超同便信以为真，急于以珠毛为彩注，以快速玉霞马参赛夺冠，霸占珠毛。其妻看穿了丈夫的贪色心理，指出："睡在床上未入定，怎能预言来梦中？起来没有修观想，本尊怎会现圣容？"但超同因热烈贪恋漂亮、气度不凡的珠毛，而又不能明言，只好用高唱"外有莲花刹土器世界，内有马头明王受用身，正知的生起次第我观修，无缘的圆满次第已入门。白昼寂静心不乱，夜晚内宁神不纷。亦无愚昧与贪执，明空二者能双运。此心清净如明镜，是已得最胜加持人"[①] 的藏密歌，来掩饰自己，欺哄众人和妻子。前后两首歌，言简意赅。从阐明教义方面讲，把修本尊、外修与内修的关系、生起次第与圆满次第的关系以及功效，概括得十分透彻。从描述艺术方面讲，在写超同争夺以珠毛为彩注的故事情节中，把超同的贪色心理和虚伪面孔揭露得深刻至极。前述两点足以说明宗教和艺术是互相为用、相互促进、相得益彰的。因此，若将史诗故事中的种种宗教色彩予以删除，那将使得整个史诗的艺术构思、情节安排和人物设计等都受到严重的破坏和损伤，章与章、部与部、情节与情节之间不能衔接。天上、地下，万事万物之间，顿失"灵性"，即使是史诗中的真人，也会被置于孤境，其形象也必将显得干瘪，失去艺术魅力，失去艺术真实。三是，《格萨尔》艺人和听众（特别是藏族艺人和听众），因代代受藏传佛教文化的熏陶，把说、听含有宗教色彩的《格萨尔》当作一种美的享受。

---

① 见王沂暖汉译本《赛马七宝之部》。

我们这样的提出问题和认识问题，并不是说《格萨尔》中的一切宗教色彩都是好的，都能起到积极的艺术效果。那些游离在故事情节、艺术形象和场面之外的宗教说教，则无疑是对《格萨尔》艺术的损伤和破坏，这在藏族《格萨尔》中较为多见。

说唱艺人

如果说代表藏族人民集体智慧的《格萨尔》艺人首先创造并传承了藏族《格萨尔》，那么，土族、裕固族《格萨尔》艺人则在接受、传播藏族《格萨尔》的历史进程中，逐步融进了本民族的文化机制，从而形成了各具本民族鲜明特色的《格萨尔》。因此，当我们将这三个民族的《格萨尔》放在一起研究时，就不能不将其当今的说唱艺人放在重要位置予以比较。

就相同之处而言：一是他们都酷爱《格萨尔》，在同说《格萨尔》时，都是从正面塑造格萨尔这个艺术形象，即使像土族艺人更登什加说唱的《二郎成亲》（二郎即指格萨尔），其情节与藏族的《纳妃称王》有较大差异，但中心还是在赞美格萨尔；像西部裕固族艺人安发福等人讲说的《盖赛尔》，其整个故事虽无描述盖赛尔参战的情节安排，但通过与乔同的斗争，盖赛尔敏捷、机智的人物形象仍跃然于纸。二是，他们都具有超群的聪明才智和出众的记忆力。别说众所周知的神秘的藏族《格萨尔》艺人，就是土族、裕固族艺人也可以将《格萨尔》整部或整章地用两种语言（藏语唱、本民族语言解释）唱、说给听众，令人叹为观止。三是，他们都程度不同的崇拜藏传佛教，其中有一部分则曾是僧人或阿巴（Sngags-pa），俗语称本本子，土族、裕固族艺人中尤为多见。

就相异之处而言：一是，在史诗传承方面，土族、裕固族艺人中除有一部分与藏族的"闻知艺人"、"吟诵艺人"相同外，而另一部分则有明确的师承关系，其中有的是师徒传承，有的是亲属传承（包括父子、岳婿、母子、母女等）。如已故土族著名艺人恰黑龙江（1875～1946）除将史诗传于杨增、贡保（曾于1948～1949年给德国传教士多米尼克·施罗德说唱过《格萨尔》）和旦嘎等人，其中杨增（1900～1957）是恰黑龙江的女婿，他又传于其子更登什加（1929～）。又如裕固族著名艺人孕力安（女，1895～1988）从其母穷达木错（1876～1955）处承习《格萨尔》之后又传于儿子和外甥女。二是，目前，藏族虽有大量《格萨尔》以口头形式和各类抄本流传于民间，但已有不少书面作品问世，并逐步地向完全的书面化过渡；而土族、裕固族《格萨尔》则不然，由于无本民族文字，鼎盛时期的口传未能及时转成抄本，近年来一些屈指可数的艺人传唱也受到现代文化的撞击，并日趋淡化和衰失。三是，《格萨尔》艺人中的"神授"、"掘藏"和"圆光"等三类艺人是藏族特有的，在群众中享有极高的威望，具有浓厚的神秘色彩，这与他们崇信宁玛派教义、说唱史诗部数之多以及所说内容之来源形式奇特等有极为密切的关系。

对"神授"艺人，法国的达卫·尼尔女士、石泰安教授和我国的降边嘉措、杨恩洪等同志都曾作过逼真的描述以及分析研究。近年来，降、杨二同志又对藏族《格萨尔》艺人进行了详细调查，发掘了"掘藏"、"圆光"艺人，[1] 并在此基础上杨又作出了符合实际的科学分类[2]，这是一个重要的贡献。笔者愿在此基础上提出一点不成熟的认识。

何谓"神授"艺人？藏语称"巴仲"（Vbabs-sgrung），为降下故事

---

[1]　见降边嘉措《〈格萨尔〉初探》，第59～62页；杨恩洪《〈格萨尔〉艺人论析》，《民族文学研究》1988年第4期。

[2]　见降边嘉措《〈格萨尔〉初探》，第59～62页；杨恩洪《〈格萨尔〉艺人论析》，《民族文学研究》1988年第4期。

之意。这故事（专指《格萨尔》史诗）均为艺人少年时做梦所得，内容是史诗中的情节、神、英雄等等，梦醒后开始说唱，由少至多。对此，他们无法理解，归为神授，故称神授传人。他们大多生活在祖传艺人家庭或《格萨尔》故事广泛流传的地区。① 在我看来，一个艺人，能说唱几十部、多至一百二十部《格萨尔》，若每部按十五万字计算，一百二十部共计达一千八百万字，谁能相信呢？但这又是客观事实。说它是神授的，这无疑具有浓厚的神秘性，又作何解释呢？为此，我们先看一条近期的科研报道：加拿大多伦多市医学教授皮捷尔·莱温发现古代陶制盘子上贮藏有古代人谈话的片断，甚至还贮藏下了古埃及人和罗马人的音乐声。② 由此证明：古代信息是以某种方式贮藏于宇宙而人们迄今尚未发现。我们由此可以推论：古代藏族《格萨尔》艺人及其传人说唱的《格萨尔》，作为一种信息贮藏在它广为流传的地区空间的物质内，则是有可能的。据研究，人体具有某种潜能，人的大脑是一台接收、汇聚、加工、处理信息的特殊装置。有的人当处在做梦或入定的高级气功态时，就会进入一种特异的状态，在这种状态下人的某种潜能就有可能被外界的某种信息激发出来，以此来接受外界信息。神授艺人所说的《格萨尔》是由少年做梦时所得，梦醒以后便开始说唱，这梦有可能是《格萨尔》艺人在处于上述特异状态下接受《格萨尔》信息的一种方式。所谓"神授"，实际上是贮存、遗留等信息的传递。当然这种信息的传递是有条件的：一是他们大多生活在《格萨尔》故事广泛流传的地区或祖传艺人家庭；二是他们本身就具有一定的特异功能或系高级藏密修持者（他们严守戒律，不告外人）。无疑，这里的"神"系指宇宙间的贮存信息或祖传遗留信息；"授"系指信息的传递和接收；"梦"则是接受信息的一种特

① 见杨恩洪《〈格萨尔〉艺人论析》，《民族文学研究》1988年第4期。
② 见《文摘周报》1989年3月17日《带录音的古陶》一文（据苏《知识就是力量》）。

殊方式。

何谓"掘藏"艺人？藏语称"德尔仲"（gter - sgrung），"德"（gter）为宝藏、伏藏之意，"仲"（sgrung）为故事之意。"德仲"为宝藏故事或伏藏故事之意。"掘藏"一词本是宁玛派的术语，因史诗《格萨尔》与宁玛派有极为密切的关系，故将这一术语也用于《格萨尔》，把能发掘《格萨尔》的艺人称掘藏艺人。掘藏艺人又有两种，一种叫"物藏"，藏语称"则德尔"（rdzas-gter），是指掘藏艺人把吐蕃时期或前人埋藏在地下的《格萨尔》史诗原本发掘编写出来成为抄本；另一种叫"贡德尔"（dgongs-gter），是指把从人的思想意识里挖掘出来的意念——《格萨尔》意念，再用文字写出来成为史诗抄本。[①] 笔者认为前一种掘藏艺人即"则德尔"艺人又有两种情况：一是他本人就具有特异功能，可以发掘埋在地下的《格萨尔》伏藏。甘孜里塘县具有特异功能的冯霞姑娘探明所藏物品的成功实验，则有助于我们的思考，其机理相同[②]。二是通过藏密功能锻炼获得高智能进而发掘埋在地下的《格萨尔》伏藏，这与气功新秀杜永诚通过信息感应探查矿产资源取得成功的道理是一样的[③]。发掘《格萨尔》伏藏即"物产"的艺人则多属后一种，因为他们多是修持藏密功的宁玛派。而后一种"贡德"艺人，是从他人思想意识里挖掘其《格萨尔》史诗的意念。笔者认为，意念是一种思维信息，人在思维时总会产生思维波，思维波根据思维信息的不同又会相应地产生不同的思维波型，思维波是思维信息的载体。掘藏艺人就是以他特异的高潜在功能将他人思想意识里的《格萨尔》史诗信息（即史诗意念）接收过来。当然，这只能在具备一定心灵感应的条件下才能完成。

何谓"圆光"艺人？"圆光"藏语称"扎巴"（Pra-pa），是降神者的

---

① 见杨恩洪《〈格萨尔〉艺人论析》，《民族文学研究》1988 年第 4 期。

② 见向国富《我所参加的人体场能实验》，《中华气功》1989 年第 3 期。

③ 见林沫《他的高智能来源于气功锻炼》，《中华气功》1987 年第 4 期。

一种占卜方法，他借助咒语，或通过铜镜，或拇指的指甲，或一碗清水，看到对方所想的一切，看到别人眼睛看不到的图像或文字，此后把用这种方法得到《格萨尔》史诗的人称为圆光艺人。① 笔者认为：圆光艺人可能是宁玛派高级藏密功的修持者。所谓的"咒语"实际上应看成是一种调动自身、调动对方、调动宇宙间信息的指令，也是一种脑电信息。当圆光艺人一旦要想得到《格萨尔》史诗时，他先用"咒语"使自己达到入定的高级气功状态，然后又用"咒语"这种脑电信息将外界有关《格萨尔》的信息调动吸收并显现在上述铜镜或拇指的指甲，或一碗清水等闪光物体上，然后以他那与众不同的视觉进行窥视，并抄录下来。这有可能是一种激光传真原理的不自觉应用。

不管我们思考、探索的方法正确与否，结论是否恰当，"神授"、"掘藏"、"圆光"等艺人用各自的难以令人相信的特异方法获得并奉献给人类那么多艺术珍品也是无法否认的客观事实，急需我们继续探索。其研究价值将会远远超越《格萨尔》艺人这个范畴，可给人体科学研究提供难得的资料。在这里，我们无需去为宗教迷信辩解，但也需有勇气去拨开笼罩在人体奥秘之上的宗教迷雾。

源与流

当从题材渊源、文体和结构、宗教影响、说唱艺人等几个重要方面对藏、土、裕固族《格萨尔》作了一定的比较分析而最后论定它们之间源与流的关系时，还得提及蒙古族《格斯尔》。我于 1984 年 4 月，曾在拙作《藏族、蒙族〈格萨尔王传〉的关系及所谓"同源分流"问题》一文中说过："蒙文《格斯尔》来源于藏文《格萨尔》"，"把蒙

---

① 见杨恩洪《〈格萨尔〉艺人论析》，《民族文学研究》1988 年第 4 期。

文《格斯尔》和藏文《格萨尔》说成是'同源分流'是不恰当的，也是不实事求是的。我们赞同'蒙古族《格斯尔可汗传》最早脱胎于藏族《格萨尔王传》，但是在蒙古地区长期流传中，经过演唱艺人和文人的改编、丰富和创作，最后终于形成了一部为蒙古族人民喜闻乐见的独特形式的民族史诗'① 的提法，但不能因藏族《格萨尔》的故事传入蒙古地区之后，由于'蒙古族人民依靠自己的智慧和集体创作的力量，发挥自己固有史诗创作的传统，为适应本民族的社会生活、风俗习惯，通过创造性的改编或移植，使蒙文《格斯尔》不断发展与丰富起来，逐渐演变成为具有自己民族特色的文学形式'②，而就提出蒙文《格斯尔》与藏文《格萨尔》是'同源分流'的观点，……"③ 当我们在近几年调查、发掘了土族、裕固族《格萨尔》并查明其题材源于藏族《格萨尔》而又形成本民族特色的《格萨尔》之后，则可这样说：蒙古族《格斯尔》、土族《格萨尔》、裕固族《格萨尔》等三者的关系是真正的"同源分流"的关系。藏族《格萨尔》是源，蒙古族、土族、裕固族《格萨尔》是流。在西部裕固族讲说的《盖赛尔》中也有与蒙古族《格斯尔》相同的母题，需进一步调查研究，但这并不影响"同源分流"这个总的结论。

藏族《格萨尔》流布到蒙古、土、裕固族地区，进而形成藏、蒙古、土、裕固族《格萨尔》源与流、同源分流的关系，这与自古以来中华各民族（这里主要指藏、蒙古、土、裕固等族）之间在政治（包括短期内的战争）、经济、文化等诸多方面的历史交往，与藏、蒙古、土、裕固族人民在藏传佛教文化心理这一深层结构上有着高度的一致性，与藏、蒙古、土、裕固族各自的民族文化特性等方面有着密不可分的关系。在这

---

① 见拙作《藏族、蒙族〈格萨尔王传〉的关系及所谓"同源分流"问题》一文引文。
② 见拙作《藏族、蒙族〈格萨尔王传〉的关系及所谓"同源分流"问题》一文引文。
③ 见拙作《藏族、蒙族〈格萨尔王传〉的关系及所谓"同源分流"问题》一文引文。

里，历史的交往是前提，藏传佛教文化心理的一致性是基础，本民族文化特质是土壤和融机，缺少其中一个方面，都不可能形成藏、蒙古、土、裕固族《格萨尔》源与流、同源分流这样一种关系和格局。

一九八九年六月于兰州

（《西北民族研究》1990 年第 1 期）

评 介

在学术研究中，比较方法的运用几乎随处可见。比较的方法在各种学术研究中具有较为强大的阐释功能，它能够开拓研究视野，有助于更深刻地认识文学间的相互关系。民间文学与比较方法有着密切关联，甚至可以说"没有民间文学，就不会有比较文学的概念"①。季羡林曾指出："没有比较文学，则民间文学的研究将流于表面，趋于片面。没有民间文学，则比较文学研究内容也将受到限制。如果把二者结合起来，再加上我们丰富的古典文学和少数民族文学，这两方面的研究成果必将光辉灿烂，开辟一个新天地。"②的确如此，在中国少数民族史诗搜集与研究的起步时期，中国学人便将比较方法引入史诗的研究实践中，研究不同传统中史诗的同源性、变异性等问题，这加深了学界对中国少数民族史诗多样性的理解，推动了中国少数民族史诗研究的发展。

蒙古族《格斯尔》、土族《格萨尔》、裕固族《格萨尔》与藏族《格萨尔》的关系研究是跨民族、跨传统的起源-比较研究。20 世纪 50 年代，《格萨尔》和《格斯尔》被大量发现和发掘，中国学人开始注意到蒙古族、藏族《格萨（斯）尔》的关系。1959 年，徐国琼简要地指出《格萨尔》与《格斯尔》的相同点与不同点，但是没有着意辨析它们的关系。③1960 年，桑杰扎布赞同先有藏族《格萨尔》，而后有蒙古族《格斯尔》的观点，但强烈驳斥了那种认为《格斯尔》是由《格萨尔》翻译过来的

---

① 季羡林：《比较文学与民间文学》，北京大学出版社，1991，第 1 页。
② 季羡林：《比较文学与民间文学》，北京大学出版社，1991，第 166 页。
③ 徐国琼：《藏族史诗〈格萨尔王传〉》，《文学评论》1959 年第 6 期。

说法。①

20世纪80年代，王沂暖在《藏族史诗〈格萨尔王传〉》中率先重提藏、蒙《格萨（斯）尔》关系的话题。② 他认为，蒙文本《格斯尔》既有从藏文本《格萨尔》翻译过去的东西，也有根据藏文本《格萨尔》部分情节发展创作的。他对达木丁苏伦提出的《格萨尔》与《格斯尔》有着一个共同起源的观点持质疑态度。随后，这个话题在20世纪80年代得到了最热烈的讨论，1983年在西宁召开的全国第一次少数民族史诗学术讨论会和1985年在赤峰举行的首届国内《格萨尔》学术讨论会都把它作为主要的学术话题来讨论。在此前后，徐国琼、乌力吉、降边嘉措、王兴先、斯钦孟和、却日勒扎布、赵秉理等许多学人都对藏、蒙《格萨（斯）尔》的关系发表了各自的见解。徐国琼在《论〈格萨尔〉与〈格斯尔〉"同源分流"的关系》中分析了北京七章本《格斯尔传》与《格萨尔》的关系，指出北京七章本《格斯尔传》最初源于《格萨尔》。③ 乌力吉的《蒙藏〈格萨（斯）尔〉的关系》阐述了《格斯尔》源于《格萨尔》并继续发展的观点。④ 王兴先的《藏族、蒙族〈格萨尔王传〉的关系及所谓"同源分流"问题》对《格萨尔》与《格斯尔》的版本、主要人物的姓名进行了比较，推定《格斯尔》来源于《格萨尔》。⑤ 经过一系列的讨论，中国学人基本形成了一个共识，即《格萨尔》最早流传于藏族民众当中，后来在流传过程中逐渐形成了《格斯尔》等其他文本。蒙、藏《格萨（斯）尔》关系的讨论还延及对土族和裕固族的《格萨尔》源

① 桑杰扎布：《译者前言》，载《格斯尔传》，桑杰扎布译，人民文学出版社，1960，第4~7页。

② 王沂暖：《藏族史诗〈格萨尔王传〉》，《中央民族学院学报》1981年第3期。

③ 徐国琼：《论〈格萨尔〉与〈格斯尔〉"同源分流"的关系》，《青海社会科学》1986年第3期。

④ 赵秉理主编《格萨尔学集成》（第三卷），甘肃民族出版社，1990，第1926~1940页。

⑤ 赵秉理主编《格萨尔学集成》（第三卷），甘肃民族出版社，1990，第1941~1947页。

流的探讨。王兴先的《藏、土、裕固族〈格萨尔〉比较研究》从题材渊源、文体结构、宗教影响、说唱艺人等几个方面对藏、土、裕固族的《格萨尔》进行了比较分析，推定藏族《格萨尔》是源，而土族和裕固族的《格萨尔》是流。①

20 世纪 90 年代中期以后，中国学人开始不再纠缠于这个问题，而是专注于从比较研究的角度对藏族、蒙古族、土族、裕固族《格萨（斯）尔》的产生时代、流传过程、情节内容、艺术特点等进行多方面的研究，论述了它们各自的文化内涵以及承载的独立价值和各具特色的民族精神与审美理想，进而揭示了多民族文化的相互关系及其内在规律，这些对于正确理解中华民族多元一体文化格局下多民族文学文化的互动具有重要的学术价值和现实意义。

比较文学视域下的蒙古英雄史诗起源研究展开较为充分。从影响方式的角度，仁钦道尔吉认为"影响说"不能科学合理地解释蒙古英雄史诗普遍存在的共同特征，推断蒙古英雄史诗有着一个共同的渊源。他认为 11 世纪至 12 世纪的森林部落居住区及其相毗邻的草原部落居住区存在着一个相当辽阔的"史诗带"，蒙古英雄史诗便以此为中心和生发点，逐渐传播和发展开来，形成了现有蒙古英雄史诗的七个中心和三大系统。②仁钦道尔吉的这个观点受到了日尔蒙斯基、涅克留多夫等俄苏学人的历史-比较文艺学的理论与方法的启发。仁钦道尔吉说道："研究斯拉夫史诗的学者们，把在各个斯拉夫民族史诗中所共有的因素都看作为斯拉夫各民族形成以前各个斯拉夫部落在一起居住时期。同样，我们也认为蒙古英雄史诗产生于蒙古民族形成以前的历史阶段。"③日尔蒙斯基指出斯拉夫民族史诗的共性源自在起源、语言和文化方面有亲属关系的塞尔维

① 赵秉理主编《格萨尔学集成》（第三卷），甘肃民族出版社，1990，第 1972~1984 页。
② 仁钦道尔吉：《蒙古英雄史诗源流》，内蒙古大学出版社，2000，第 46~47 页。
③ 仁钦道尔吉：《蒙古英雄史诗源流》，内蒙古大学出版社，2000，第 45 页。

亚、克罗地亚、门的内哥罗、达尔马齐雅、波斯尼亚、黑塞哥维那、马其顿以及保加利亚等斯拉夫民族共同参与创作。① 涅克留多夫推断蒙古英雄史诗之间存在一种亲缘关系，具有一个共同的源头，存在着一个史诗共同体："流传至今的所有蒙古语史诗作品都是极其相近的，这使人有可能做出这样的判断，即在中央亚细亚曾经有过蒙古史诗的共同体，后来分离出一系列'分支'。布里亚特南部和喀尔喀北部，喀尔喀东部、巴尔虎、乌珠穆沁、阿巴嘎和科尔沁、扎鲁特史诗的接近使人们有可能推测口头文学存在着一直未曾中断过的相互联系，而且还存在着同源关系。"② 仁钦道尔吉在《〈江格尔〉论》《蒙古英雄史诗源流》等论著里对这些观点进行了反复讨论和阐发，强调它们的合理性，使得它们成为国内学界的学术共识。

陈岗龙进一步指出长期居住在相邻的、共同的地域或一直未曾间断历史联系的部落保留了原始蒙古英雄史诗的共性，而且这些共性成为许多晚期蒙古英雄史诗的共性。③ 他阐述了鄂尔多斯史诗、喀尔喀和巴尔虎史诗的共性，检视了它们共有的史诗作品及其保有的蒙古英雄史诗的古老形态，还从史诗对英雄唤马、英雄备马的描述等方面分析了鄂尔多斯史诗、喀尔喀史诗、巴尔虎史诗在艺术手法上的共性及其形成的社会历史背景。④

仁钦道尔吉、陈岗龙等中国学人对蒙古英雄史诗源流的历史-比较研究不是将研究对象孤立起来比较，而是主张将比较对象放在宏观的、有

---

① 详细论述参见符·M.瑞尔蒙斯基：《斯拉夫各民族的史诗创作和史诗的比较研究问题》，草天译，中国民间文艺研究会研究部编《民间文学参考资料 第九辑》（内部资料），1964，第72页。

② 谢·尤·涅克留多夫：《蒙古人民的英雄史诗》，徐昌汉、高文风、张积智译，内蒙古大学出版社，1991，第21页。

③ 陈岗龙：《蒙古民间文学比较研究》，北京大学出版社，2001，第184~195页。

④ 陈岗龙：《蒙古民间文学比较研究》，北京大学出版社，2001，第184~195页。

机整体的视野中加以历史的、系统的考察。无疑，这在一定程度上纠正了形式主义与比较语言学那种忽视文学发展规律的偏颇，避免了将比较对象从历史的联系中孤立出来进行纯粹经验主义比较的学术做法。通过比较研究，陈岗龙发现了蟒古思故事的最初形态与《锡林嘎拉珠巴图尔》《巴彦宝鲁德老人的三个儿子》有着密切关联。他从社会形态、主题内容、叙事模式、人物功能等方面入手，探究史诗《锡林嘎拉珠巴图尔》中孕育的蟒古思故事的最初形态。① 他较为详细地研究了《格斯尔》对蟒古思故事的影响，按照母题内容将 1716 年蒙古文木刻版《十方圣主格斯尔可汗传》与蟒古思故事进行比较，分析了蟒古思故事中借自《格斯尔》的情节母题，阐述了蟒古思故事说唱艺人将《格斯尔》的口头传承纳入蟒古思故事的体系以及丰富蟒古思故事内容的方式。② 陈岗龙的历史-比较研究阐明了蟒古思故事的来龙去脉及其与蒙古英雄史诗传统的关联，推进了蒙古英雄史诗的源流及其内在规律的研究。

对同一首史诗的不同文本展开比较研究是国内学界史诗研究的重要组成部分，能够较好地揭示其具有的叙事法则，发现不同文本所遵循的固定的叙事范式和共同的故事内容以及创新与发展的地方。郎樱将艾什玛特的《玛纳斯》唱本与居素普·玛玛依的《玛纳斯》唱本并置，从人物、情节、叙事模式、艺术风格等方面对它们进行比较分析，阐述了它们的异同。③ 这种比较研究让学人对艾什玛特唱本与居素普·玛玛依唱本的各自特点、风格以及美学价值有了更多的理解，加深了学人对《玛纳斯》演唱变异规律的认识。张彦平从叙事文体、叙事的时间流程、祈子母题、宝物神授母题、英雄死亡母题等方面阐述了《玛纳斯》各种演唱变体所显示出来的变异特征，从叙事层面上共同的时空线、传记化的叙

---

① 陈岗龙：《蟒古思故事论》，北京师范大学出版社，2003，第 125～206 页。
② 陈岗龙：《蟒古思故事论》，北京师范大学出版社，2003，第 286～311 页。
③ 郎樱：《〈玛纳斯〉论》，内蒙古大学出版社，1999，第 133～148 页。

事结构对原始宗教仪式的依赖等方面分析了《玛纳斯》诸多演唱变体之间的统一性。① 斯钦孟和的《蒙文〈格斯尔〉版本比较研究》对北京木刻本、策旺本、鄂尔多斯本、乌素图召本、诺木其哈敦本等《格斯尔》文本的内容及章节进行了比较，探讨了它们之间的关系。② 李连荣的《〈格萨尔〉拉达克本与贵德分章本情节结构之比较》描述了拉达克本、贵德分章本的情节结构及其呈现的"大同小异"的特点，指出不同的方言文化、生产文化以及传承形态都影响着《格萨尔》的传承和变异。③ 需要指出的是，对同一首史诗的不同文本的比较研究应该着重阐述史诗传统与歌手个性叙事的关系，剖析史诗传统在演唱与传承过程中哪些要素被继承下来了，哪些要素发生了变异，以及呈现的特点及其内在规律。

一些中国学人立足中华民族文化多元一体的立场，以多民族文学的眼光比较中国少数民族史诗之间的异同。《玛纳斯》与《江格尔》属于阿尔泰语系英雄史诗传统，具有阿尔泰语系英雄史诗的一些共性。仁钦道尔吉从结构、题材、人物塑造、萨满信仰、原始母题、细节描写等方面探讨了《玛纳斯》与《江格尔》的共性。④ 郎樱对《江格尔》与《玛纳斯》中会飞翔的仙女、使英雄死而复生的神女、具有预知能力的神女、善战的女英雄等进行了比较分析，指出她们都保留着鲜明的女性崇拜观念及女萨满神话的印迹，是史诗古老文化层的重要构成部分。⑤ 仁钦道尔吉和郎樱将研究对象置于多民族文学的背景下，揭示了中国少数民族史诗多样性中的共性，加深了人们对各具民族特色和个性的诸多少数民族

---

① 张彦平：《变异·统一——史诗〈玛纳斯〉著名演唱变体间的对比研究》，《民族文学研究》1995 年第 4 期。

② 赵秉理主编《格萨尔学集成》（第三卷），甘肃民族出版社，1990，第 1947～1963 页。

③ 李连荣：《〈格萨尔〉拉达克本与贵德分章本情节结构之比较》，《中国藏学》2010 年第 1 期。

④ 仁钦道尔吉：《略论〈玛纳斯〉与〈江格尔〉的共性》，《民族文学研究》1995 年第 1 期。

⑤ 郎樱：《〈江格尔〉与〈玛纳斯〉中的神女、仙女形象》，《民族艺术》1997 年第 1 期。

史诗中某些共同性的理解。他们的研究在一定程度上引发了中国学人对《江格尔》与《玛纳斯》某些共性根源的追索，进而辨析哪些共性属于共同起源的范畴，哪些共性属于类型范畴，哪些共性属于互相影响的范畴，并且寻找出其间的基本规律。

　　一些中国学人还以比较的眼光考察域外史诗对中国少数民族史诗的影响。季羡林的《〈罗摩衍那〉在中国》①、高登智和尚仲豪的《〈兰嘎西贺〉与〈罗摩衍那〉之异同》、②潜明兹的《试论傣族英雄史诗〈兰戛西贺〉》③等对《兰嘎西贺》与《罗摩衍那》的主题思想、人物形象、故事内容等进行了比较，推定《兰嘎西贺》源自《罗摩衍那》。但是《罗摩衍那》的故事已经被傣族化了，经过傣族人民的加工和再创作，《兰嘎西贺》已经完全是属于傣族的《兰嘎西贺》了。陈岗龙在《蟒古思故事论》中比较了《罗摩衍那》与蟒古思故事的人物形象，分析了它们在主题和题材上的共性及《罗摩衍那》对蟒古思故事影响的途径。④这些研究丰富了中国少数民族史诗的源流研究，拓宽了比较文学的研究视野。

　　除了将不同史诗传统放在一个有机的整体里考察它们之间的互相联系之外，对那些在起源上互无联系的史诗展开比较研究也是史诗研究的重要方向。日尔蒙斯基对普遍存在于英雄史诗中的英雄求婚、英雄入狱、打猎时的谋杀等题材进行了类型比较研究，强调类型比较的方法在英雄史诗研究中的主导作用。卡尔·科隆（Kaarle Krohn）认为《卡勒瓦拉》的情节起源于斯堪的那维亚，日尔蒙斯基断然否定了他的观点，认为卡

---

① 季羡林：《比较文学与民间文学》，北京大学出版社，1991。

② 高登智、尚仲豪：《〈兰嘎西贺〉与〈罗摩衍那〉之异同》，《思想战线》1983年第5期。

③ 潜明兹：《试论傣族英雄史诗〈兰戛西贺〉》，《中南民族学院学报》1982年第1期。

④ 陈岗龙：《蟒古思故事论》，北京师范大学出版社，2003。

尔·科隆指出的相似之处主观臆断的成分居多，而且找出的相似之处并非真正的相似，而只是相似的影子。① 日尔蒙斯基也不同意法国斯拉夫学者安德莱·瓦依安和塞尔维亚－克罗地亚拉丁语学者 H. 巴纳谢维奇提出的南部斯拉夫史诗起源于法国与意大利史诗的观点，指出南部斯拉夫史诗不是借用其他国家或民族的文学情节创作出来的，不能用"借用"的理论解释史诗情节和题材的相似与广泛流传："很多史诗的主题、母题、情节作为历史发展一定阶段的反映，不是起源的意义上，而是在历史—类型的意义上具有国际性质。"② 他认为南部斯拉夫史诗是斯拉夫民族在自身的社会历史条件下用诗的形式表现人民对历史的理解和评价，英雄的业绩是人民对历史的理想化："史诗是在口头民间歌谣创作的传统中创作出来的，而不是在斗室的书桌旁边创作的。史诗是由人民对自己过去的怀念所激发出来的，而不是为外来的文学作品所激发出来的。"③ 一些中国学人曾着力于这方面的比较研究。李郊对《格萨尔王传》与《罗摩衍那》进行了比较研究，总结了东方史诗流变中的特点，指出东方史诗在其发展过程中表现出了由神话走向历史，由对个人命运的述说转向对社会生活描绘的趋势。④ 朝戈金与约翰·弗里（John M. Foley）合作撰写的《口头诗学五题：四大传统的比较研究》以世界的眼光和胸怀将"一首

---

① 符·M. 瑞尔蒙斯基：《斯拉夫各民族的史诗创作和史诗的比较研究问题》，草天译，中国民间文艺研究会研究部编《民间文学参考资料 第九辑》（内部资料），1964，第 59 页。

② 符·M. 瑞尔蒙斯基：《斯拉夫各民族的史诗创作和史诗的比较研究问题》，草天译，中国民间文艺研究会研究部编《民间文学参考资料 第九辑》（内部资料），1964，第 67 页。

③ 符·M. 瑞尔蒙斯基：《斯拉夫各民族的史诗创作和史诗的比较研究问题》，草天译，中国民间文艺研究会研究部编《民间文学参考资料 第九辑》（内部资料），1964，第 66 页。

④ 李郊：《从〈格萨尔王传〉与〈罗摩衍那〉的比较看东方史诗的发展》，《四川师范大学学报》（社会科学版）1994 年第 2 期。

诗""程式""典型场景""语域"等学术概念置于古希腊、古英语、蒙古、塞尔维亚－克罗地亚的史诗传统中进行界定，对这些概念进行了跨民族、跨语言、跨传统的阐述。[①] 但是，这种类型的史诗比较研究在国内还显得较为薄弱，尚未得到中国学界的普遍重视。

简而言之，在比较研究的视野下，中国学人探讨了国内一些民族史诗起源的问题，对它们的形成与发展进行了具体的把握，揭示了它们传承演化的内在规律，丰富了民族民间文学理论。同时，中国学人以跨传统的眼光比较国内史诗传统的异同以及同一首史诗不同文本的异同，逐渐突破20世纪80年代以前流于形式、表面及直观的比较，不再仅仅描述它们之间的异同，而是深入揭示这些异同的历史文化根源，探寻其中具有规律性的东西。中国少数民族史诗呈现多样化，处于中华民族多元一体的多民族文学格局中。因此，中国少数民族史诗的比较研究倾向于跨民族的研究范式，主要围绕着国内不同民族史诗展开比较研究，在20世纪90年代以后得到了较大的发展，史诗的母题比较研究较为突出，它极大地拓宽了史诗比较研究的学术边界。

---

① 朝戈金、约翰·弗里：《口头诗学五题：四大传统的比较研究》，《东方文学研究集刊（1）》，湖南文艺出版社，2003，第33～97页。

藏族史诗《格萨尔王传》

王沂暖

藏族长篇史诗《格萨尔王传》是藏族人民长期以来，集体创作的长篇巨著。这部史诗部数太多，数量太大，而且所有资料散在各处，并不是每一个资料都能接触到，我见到的还只是很少一部分，因此还谈不上研究，说作介绍，也只是一鳞半爪，有限得很，我想分以下几个方面来介绍。

一　《格萨尔王传》的流传和翻译研究简况

《格萨尔王传》这部长篇英雄史诗，有藏文流传的本子，有蒙古文流传的本子。藏文本流传在广大的藏族人民居住地区，也流传在土族、纳西族等地区和尼泊尔、不丹、拉达克几个国外地区。蒙文本流传在内蒙古、新疆、青海、甘肃等蒙古族人民居住地区，在国外也流传在蒙古人民共和国、苏联布里亚特自治共和国等地区。

国外对于这部伟大的英雄史诗，都很重视。因此，也有法文、英文、德文、俄文、印度文的部分翻译，国外介绍研究这部史诗，是比较早的。1776 年，俄国的旅行家帕拉莱斯，就曾在俄国出版过他的《格萨尔的故事》，以介绍《格萨尔王传》。1839 年，俄国的斯英迪特在彼得堡印行蒙文本《格萨尔王传》，并译成德文出版。二十世纪三十年代，俄国的郭增对于《格萨尔王传》的人民性、艺术性，曾进行评论，并译出七章蒙文本的《格萨尔故事》。还有苏联的哈马加诺夫和布哈依洛夫等人，也研究《格萨尔王传》。法国人搞《格萨尔王传》的翻译研究，很积极。1902年，法国的弗兰克从西藏搜集去藏文手抄本《格萨尔王传》，并于1905年在印度出版了《格萨尔王本事》的藏英对照本。二十年代，法国达维德尼尔女士，年十八岁到青海地区，拜藏民永格登为义父，记录了藏族艺人说唱的一部分《格萨尔王传》，回法国后译成法文，于1931年在巴黎出版。以后她又来中国，搜集去《霍岭大战》手抄本。她的法文译本，还转译成英文。另有法国的石泰安也曾亲自前来中国，在四川等地搜集《格萨尔王传》。他积极进行《格萨尔王传》的研究工作。1956年，他在巴黎出版了《林土司本西藏的格萨尔王传》，全书300多页。又写成了《格萨尔王传研究》一书，已于1969年在巴黎出版，全文长达600多页。现在，北京正组织人翻译他这个著作。另外，蒙古人民共和国的达木丁苏伦，还曾写研究《格萨尔王传》的论文，获得苏联的博士学位。

国内对于《格萨尔王传》的介绍研究，有任乃强先生的《"藏三国"的初步介绍》、《关于"藏三国"》等著作，写于四十年代。陈宗祥、彭公侯两先生都从外文译过拉达克本的《格萨尔王本事》，即法国弗兰克的《格萨尔王本事》。解放以后，在党的积极领导下，进行了大量搜集翻译。青海搜集到各种本子据说曾在100部以上，并且组织人力翻译了四十多部，成绩最大。中央民族学院也搜集了不少部，我记得是18部。西北民族学院也搜集了20多部。但经过"文革"，青海保存的据说尚存70多部，西北民院除少数几部油印本和铅印本而外，全部散失。在"文革"期间，这部史诗被打成大毒草，1978年11月才得平反。现在搜集工作又积极进行起来。西藏已发现一个名叫扎巴的老艺人，已七十八岁，一人能说31部《格萨尔王传》。去年4月在四川峨眉山，中央有关部门曾召开格萨尔工作会议，那时西藏已录出 10 部、420 万字。青海也一边搜集，一边进行翻译。四川还在木里藏族地区，发现新的《昌格萨尔》，可能是岭格萨尔的地方化。其中有些情节还是岭格萨尔王传的情节，有些有了改变。云南迪庆藏族自治州也发现了 2 部《格萨尔王传》，据说是以前目录中所未有的新的本子。新疆也发现了有诗体的蒙文《格斯尔可汗传》，有一位蒙古演唱家能唱 16 部。甘肃也搜集到口头的蒙文《格萨尔王传》两章，也是说唱体。蒙文本说唱体是以前很少见的。甘肃也进行了藏文《格萨尔王传》翻译工作和原文出版工作，已经出版 5 种。但我们研究工作暂时是落在外人的后边了。不过我们的资料是多的，只要把现有的资料流通开，积极进行翻译研究，是可以大有作为的。我们希望搜集、出版、翻译、研究这一系列工作都大量开展。对于这些珍宝，我们更应当重视它。

二 《格萨尔王传》的故事梗概与中心思想

现在再说这部长篇史诗的故事梗概和它的中心思想。这部史诗是以藏族地区一个号称为岭国的格萨尔王为中心人物而组织成书的。它一开头，就首先叙述格萨尔王是天上白梵天王三个儿子中最小一个儿子，名字叫作顿珠尕尔保。当时观世音菩萨，因为下界人间，妖魔鬼怪，到处横行，残害老百姓，老百姓没一天好日子过，就同白梵天王商量，派一位天神下界，降伏妖魔。白梵天王让三个儿子自己商议，谁能去投生下界。三个儿子商量结果，下界投生的事落到最小的儿子顿珠尕尔保身上。顿珠尕尔保于是就投生下界人间，降伏妖魔，抑强扶弱，作了黑头人的君长。他称王后的名字，称为格萨尔王，也叫作世界雄狮宝珠制敌王。这开宗明义降伏妖魔，抑强扶弱，让黑头人过上好日子，寥寥数语，便提示了格萨尔王投生下界的目的，这也就是《格萨尔王传》这部长篇史诗的中心思想。它的内容情节虽然复杂，但目的却是一个为民除害。他下界后，投生为一个弃妇的儿子。他父亲原是一个部落的小首领，但因他的叔父超同进谗言，格萨尔母亲在怀孕未生前，被驱逐出去，无衣无食，过着困难的生活。格萨尔生后，一直到十五岁，都过着贫困的生活，挖地老鼠，猎取野兽为食。十五岁时，他和珠毛结为夫妻，随着就借神力称王，有的本子说是赛马胜利称王。称王的第二年，他才十六岁，就开始北战南征。他进行战争的方式，有的是大军对阵，互相冲杀；有的是单身一人，深入敌国，用计谋降伏敌人。全部史诗内容主要是战争，从降伏妖魔一部起，降伏十八个大宗是战争，降伏七个中宗是战争，降伏四个小宗也是战争，只有最前边的几部，即在天国里，投生下界的幼年生活，以及结婚称王这些情节没有什么战争，中间地狱救妻，一般也叫作《阿达拉毛》，与末后地狱救母，格萨尔也同时归还天国，这两部中除与阎王有争论，而且也动过刀兵而外，基本上没有一般战争情节。它的内容，虽然复杂，实际简单，就是战争，就是为民除害。格萨尔本人有时能变化身形（他的敌人也有许多能变化身形），与孙悟空有些类似。

三 《格萨尔王传》的体裁和组织形式

藏文本《格萨尔王传》，我们接触到的，都是说唱体。即有叙述，有唱词，一般来说，唱词多于叙述。唱词是新的情节，是主要部分，不是叙述的重复。语句是整齐的七字句或八字句间杂成文，间或有九字句，不过很少。七字句是二、二、三三顿，和汉族的七言诗顿法一样，八字句是三、二、三三顿。但一般藏族诗歌不押韵脚，因此，《格萨尔王传》的唱词，也没有韵脚，也不押头韵腰韵，是无韵的诗歌。每一部的组织，有的分为若干章，每章有小标题。有的整部不分章，没有小标题。有的分章和小标题，都在后边。有的分章和小标题在每章之前，如汉人小说

《三国演义》和《水浒传》、《西游记》等书一样。分章和小标题在后者，是藏文书籍的旧例。分章和小标题在前者，我们怀疑这可能是受了汉人小说的影响，并且小标题在前的，有些是两句对举，这更与汉人的章回小说回目小标题是两句一样。如：史诗《降伏妖魔》之部八章，每章都有两句小标题。第一章：大王正修大力法，妖魔乘机抢梅萨。第二章：大王欲去救梅萨，珠毛暗进健忘酒。《霍岭大战》一部也是如此。如第一章：霍王派乌鸦寻找王妃，珠毛遣内琼禀报叉根。还有几部每章末后，还有"正是"字样，下边接着有两句结束语，如《霍尔入侵》之部，第一章末尾有"正是：只因一人起贪心，致使两国入火坑"。第二章末后，有"正是：瞻前顾后非多余，知难即退不宜迟"。《赛马称王》一部，也是如此。这种本子，也可与民族文化交流联系起来进行研究，并可以考虑这部的产生时间，因为汉人小说用这种形式组织，是在明代开始，藏族这种形式的运用，可能是受了汉人小说形式的影响，时代应更后些。

四　《格萨尔王传》的版本和部数

藏文本《格萨尔王传》，有流传在口头的说唱，这些说唱，大体是口耳相传的，有随兴的增减，不十分固定。当然它有一定的固定成分，不能全是即兴而谈。但大体说来，藏文《格萨尔王传》发展到现在，已多半形成固定的书面文学，互相传抄、传唱。各地方以前搜集到的多半是手抄本。即使是同名而内容不同的异本，也都成了书面的东西。也有一些梵夹式的木刻本，我见过 8 部，恐怕不止这些，不过木刻本究系少数。现在才逐渐有了铅印本和油印本，外国翻印的当然是外国装订形式。藏文的《格萨尔王传》，就见到的和听到的来看，可以说有两种本子。一种是分章本，一种是分部本。这是我们初步的看法，成立不成立，可以再研究。分章本是把格萨尔王的一生事迹，写在一本里，其中分为若干章。

这种分章本，可能是最初的本子，或者说是较原始的本子。原始的说唱，可能只是一本，以后才逐渐增多，我见到的一本，我们把它叫作贵德本的，一共有五章。第一章是天神章，第二章是降生章，第三章是结婚章，第四章是降伏妖魔章，第五章是降伏霍尔章。这个本子，最末后的一句不全。因此，使人怀疑下边还有一章或几章。这个本子与蒙文的两卷本《岭格萨尔》，据达木丁苏伦的介绍，有些相同，只是蒙文本多了最后一章《安定三界》的结尾，藏文本中也有一部名为《安定三界》，但是我见到的抄本是独立的一部，数量很少，只有 30 页左右，末尾有"格萨尔王传语流吉祥旋海螺音结尾章竟"字样，与蒙文本所说的《安定三界》的结尾一样。不知藏文本的《安定三界》是否是贵德五章本的最后一章？可以再研究。另外拉达克藏文格萨尔王传，也是分章本，我见到的两种由外文译成汉文的，是七章。

蒙文本《格萨尔传》，除上举的两卷本外，其余的据达木丁苏伦介绍的六本也似乎都是分章本。因此，分章本这一名称，是可能成立的吧！

分部本是怎样情形呢？似乎只有藏文《格萨尔王传》有分部本，蒙文本还不知道有没有分部本。分部本是只叙述格萨尔王的一个事迹，首尾完整，独立成为一部，但与别的部有前后顺序，是全部《格萨尔王传》的一个组成部分。分部本有一种是把原来的分章本中的一个情节，扩充成为一部。如《降生章》扩充为《英雄诞生》的一部，《结婚章》扩充为《迎娶珠毛》或《赛马》的一部，《降伏妖魔章》扩充为《降伏妖魔》一部，《降伏霍尔章》扩充为《霍岭大战》一部。有一种是创作新的一部，即原分章本所没有的情节，而是新的情节。如《大食财国》（国音译作宗）、《卡切玉国》、《朱孤兵器国》，如是等类，多到几十部。每一部有的也分章回，有的不分章回。有的分上、中、下篇。分部本最长的达到藏页 900 大页左右，如《朱孤兵器国》、《米努绸缎国》就是最长的两部。藏文本《格萨尔王传》的部数多少，尚未确知，但就已搜集到的来说，据青海的计算，全译出来可有 2400 万字。现在西藏老艺人扎巴能说31 部，已录出的 10 部，即达 420 万字，还有 21 部未录出。据说这 31部，可有 1500 万字，扎巴所说的，与原来同名的各部，数量都多出几倍，这 1500 万字与 2400 万字加起来，数量之大，真是达到惊人的程度。一部作品这样长，世界上是从未有过的。

五　《格萨尔王传》中的格萨尔是否为历史人物问题

《格萨尔王传》的格萨尔王，是历史人物或者是虚构的人物，有许多人进行研究过。任乃强先生早于 1945 年发表的《"藏三国"的初步介绍》认为，"格萨尔确有其人"，此人，"为林葱土司之先祖，即宋史吐蕃传之唃厮啰。唃厮啰王朝在宋代，其人、其地、其时、其事，是明确无疑的"。蒙古人民共和国达木丁苏伦与我国内蒙古自治区的白歌乐同志也均主格萨尔是唃厮啰之说。我于前年在《西北民族学院学报》上，曾发表一篇短文，也表示倾向于这种说法，以宋史吐蕃传说的唃厮啰名"欺南陵温篯逋"为主要依据，认为"陵"即是岭国之"岭"。是否成立，自己没把握。

任乃强先生所提到的林葱，在四川德格附近。"林"系"岭"的四川藏语方音。关于格萨尔统治之地在德格附近，十八世纪的藏史学者松巴益希班觉尔在他的《答问》一书中曾说：

> 格萨尔生地是康地上部黄河、金沙江和澜沧江三水环绕的地带，在德格的左边，是德格的属地，父母帐房所在地叫作吉尼玛滚奇，他生的部落是德格丹岭两大部落的岭部落。生后不久，曾被叔父超同驱逐到黄河发源地扎陵湖和鄂陵湖附近拉隆玉多地方。

又说：

以后格萨尔王到丹部落去，为该地的猛犬所追逐，马惊坠地致死。格萨尔的时代并不太远。据说昌都的洛玉铺的佛堂里，尚有格萨尔的几部《般若经》。格萨尔与他长辈和兄弟们所用的宝刀还保存着，比现在一般人用的大一些。另外，卫藏各地的庙里，也有些还保存着格萨尔的帽子和长矛。

十九世纪的藏族学者降巴饶杰，在他的《安木多佛教史》中也说：

黄河上游的一切地方，都是岭格萨尔王所统治的地方，他的生年有庚子和癸巳两说，无论如何是属于第一甲子。

他们两个人所说的格萨尔王统治的地方，都是在德格。最近上官剑璧同志写了一篇文章《林·格萨尔与四川》，其中说："格萨尔并不像某些学者所推测的那样，是宋代的藏族首领唃厮啰，而应为今四川甘孜自治州古代的一个小国——林国的首领。"并说："格萨尔的时代，也不可能早于元代之前。"

上官剑璧的说法，可能证据较充分一些。有人说格萨尔是凯撒大将，是成吉思汗，是关公，证据似乎都较为薄弱。格萨尔王的时代是十一世纪，或是不早于元朝，或者更早一些，也还未有定论，不过格萨尔这个人，已经神化为和齐天大圣孙行者一样，有了神通变化，即使他是历史人物，虚构的成分也大于历史事实。

六　《格萨尔王传》产生的时间和作者

这部史诗的创作年代，难于确定，有的说产生于十一世纪，有的说产生于十三世纪，也有说产生于十四世纪，当然也还有别的说法。至于史诗的作者，同样无法完全指定。下边介绍一下别人的说法，也提出我的初步的看法。

内蒙古的桑杰扎布先生在他译的蒙文《格萨尔传》的前言中曾说："据藏文《格萨尔传》（蒙文《领格斯传》）的结束语：斯钦王即格斯尔王死后，亲信诗人敖尔布·却博伯喇嘛，将斯钦王的传记，详尽无遗地写下来。"

白歌乐同志在他的《格斯尔传介绍》里也说："格斯尔传是人民的创作，但这部作品，最初并非纯粹由民间形成。它的初稿有两章是有作者的。在一部蒙文本《领格斯尔传》的结束语中写道：领班第（诗人或祝福者）敖尔布·却博伯喇嘛，详尽无遗地写下斯勒毛或大狮子王格斯尔可汗的传记，并且他自己曾召集领地所属黎民，在集会上演唱了自己的著作——格斯尔可汗传。他并希望领地内的人民能用幸福的祝词来充实他的著作之不足。"

达木丁苏伦也说：《领格斯尔》的末后尾声是《安定三界》，提出的作者的名字是敖尔布·却博伯。

藏文本也有《安定三国》一部，其中也说格萨尔将归还天上，说了自己的传记，岭国老百姓劝请敖尔布·却培尔（蒙文却博伯，是却培尔一名的异译）作吉祥结语。《岭格斯尔》的情节与贵德本情节很相像，但却无《安定三界》这样的结尾。据说《岭格斯尔》这部中屡次提到黄教，贵德本也屡次提到黄教。黄教的创立，在十五世纪初，提到黄教，使我们怀疑《格萨尔王传》最初可能产生于十五世纪或稍后，这当然是孤证。可以再寻找证据，进行研究。依据较原始的分章本，又继续产生了许多分部本。这些部本，有几部有说的人，抄的人，整理的人名字。如《英雄诞生》一部，整理人为阿阁黎牟尼夏洒，《松岭战争》一部题为咒师古黑耶所说，《地狱与岭国》一部，题为却吉汪楚用汉墨写在纸上，《索波马国》一部，写的人叫角本玛尼，《霍尔入侵》一部，题为德格夏仲根据康地德格说唱家才仁顿珠和昂谦说唱家拉旺才仁的说唱本整理，《征服霍尔》一部，整理者为咒师达香巴。这几部虽然有这些人名，但也不能断定产生的年代，因为没有年代的记载，只有德格夏仲一人，据说是与颇罗鼐同年代，颇罗鼐是十八世纪的人。

藏文《格萨尔王传》这部长篇史诗，分部本太多，不是一个世纪所能完成的。当然也不是几个人写作的，大概从十五世纪（我们暂定的时代）以后，逐渐创作，历几个世纪，乃至二十世纪解放以前。有人就说，解放以前藏族地区还有创作《格萨尔王传》的人，蒙古的爬杰不也曾在解放后还大写大唱格萨尔王传吗？并且藏文本某些部还可能受汉人小说的影响，时代不会太远。

七 藏文《格萨尔王传》与蒙文《格斯尔王传》的关系

藏族有藏文本《格萨尔王传》，蒙古族有蒙文《格斯尔传》，这两者间，究竟有没有关系？如有，是什么关系？这是人们常想到的问题。

蒙文《格斯尔传》，据达木丁苏伦介绍的七种本子中，两卷本的《领格斯尔》，他考证是从藏文本译过去的，因为这一蒙本有夹注，说明翻译时遇到的困难和处理情况。夹注这样说："原文不清楚，并有错字。"也常有这样的附注："此处原不应这样写，或者本来不应有这样的语句，但因原文是如此，或者原文字句不够清楚，所以不得不这样抄写，于是在附注后附录上一段藏文原文。"这很明显是从藏文本译过去的。而且这个两卷本，据他介绍，第一卷中的小标题有《讲天上的故事》、《伟大的雄狮格斯尔可汗的降生》、《与珠毛结婚》。这与藏文贵德本的前三章的第一章天神章，第二章降生章，第三章结婚章，几乎全同，顺序也相同。藏文贵德本第四章是《降伏妖魔章》，蒙文《领格斯尔》在《与珠毛结婚》章后只提了几句说："格斯尔十五岁是蓝龙年。这一年出发到亚尔康去，那是一个魔鬼的城市，位于四个峡谷的岔路口，周围有几座小山作屏障。到第三年红虎年，格斯尔还没有回来。"这与贵德本第四章情节相同，但很简单。这以后便接着第二卷霍尔白帐汗派四个鸟儿寻找王妃的下一情节，即霍尔抢王妃珠毛和格斯尔降伏霍尔的情节，这也与贵德本同，不过情节较多。最后还接着有《安定三界》尾声，贵德本有残缺无尾声。另外藏文本有一部题为《安定三界》，说是《格萨尔王传》的结尾章。这也与蒙文本《安定三界》结尾相同，并且在结尾章中提出了敖尔布·琼培尔的作者，如以前所举。这一部《领格斯尔》，达木丁苏伦认为是从藏文本翻译过去的。其余六本蒙文本，经过达木丁苏伦的比较研究，情节许多都与藏文本脱离不了关系。他认为只有布里亚特的爱黑里特本是独立创作的。我们看达木丁苏伦对爱黑里特本的介绍中也有格斯尔在天上的记载说，东方首领休尔玛司的儿子格斯尔，把西方的首领阿达乌朗抛下人间，在半空尸体腐烂，生出许多魔鬼，扰乱人间安宁，天上成千的白衣佛爷（观音）商量消灭妖魔，便派格斯尔降生到人间。按这段情节来看，也与藏文本《格萨尔王传》近似。只是以后情节很特殊。

我的一个不成熟看法，蒙文本《格斯尔传》，有的是从藏文本译过去的，有的根据藏文本的部分情节而有所发展创作。达木丁苏伦说："关于蒙古史诗格斯尔的完全独创性，这是一个悬而未决的问题。想必两个史诗——蒙古与西藏的——有一个共同的起源。"我们还无一点痕迹找到另外的共同的起源的材料。

上边所谈的是几个问题，谈出来希望得到指正，并愿继续研究这些问题。总的来说，这个长篇史诗，确实伟大，不但数量大，质量也是很高的，国外学者也把它列入世界文学宝库，并且誉之为东方的《伊里亚特》。我们觉得它有为民除害的主题思想，有生动逼真的人物形象，有奇特的情节，有优美的语言，正如王亚平同志所说的："这部英雄史诗多么感动人哪！它同《阿诗玛》、《桑并与娥落》以及俄国民族史诗《虎皮骑士》一样，或更多地感动着我，读起来，不忍释手，放下来，回味无穷。"但它比荷马的《伊里亚特》，能不能说"或更多地感动着我们"呢？我自己是有这种感觉的。当然，这部史诗如此之长，驳杂而有糟粕，也是难免的，这是可以理解的。

（《中央民族学院学报》1981年第3期）

评　介

　　《格萨尔》是享誉世界的英雄史诗，大卫·尼尔（David Neel）、石泰安（R. A. Stein）、策·达木丁苏伦等许多外国学者都参与了对它的介绍和研究。国内真正开始对《格萨尔》展开学术意义上的介绍与研究的汉族学者当推任乃强。根据说唱艺人演唱的《格萨尔》，他整理出"蛮三国"中的一段译文，这是国内最早的《格萨尔》片断的汉译本。① 除了任乃强之外，还有李安宅、庄学本、李鉴明、王光璧、刘立千等一批学者都曾在 20 世纪 50 年代以前留意于《格萨尔》的搜集和整理。正是他们自发的努力，《格萨尔》传播的区域、传播的方式、卷本数目等一些相关的情况在 20 世纪 30~40 年代得到了初步的认识。这些开拓性的搜集整理乃至翻译工作，为以后的《格萨尔》资料学工作的开展提供了一种可贵的参考和借鉴。

　　国内《格萨（斯）尔》的搜集始于 1953 年。这一年，说唱艺人华甲在青海省贵德县下排城发现了琅克加保存的《格萨尔王传》（贵德分章本）。1957 年，他与王沂暖一起将贵德分章本《格萨尔王传》译成汉文。1958 年他们将译文在《青海湖》杂志上连续刊发出来，该译文后于 1981 年由甘肃人民出版社出版。这些发现与翻译拉开了新中国成立后中国学人搜集《格萨（斯）尔》的序幕，对中国学界产生了一定的影响。1958 年 2 月，中共中央宣传部指示全国相关地区要推进《格萨（斯）尔》的

---

　　① 任乃强：《西康图经·民俗篇》，新亚细亚学会，1934，第 190~193 页。中国最早记录《格斯尔》的版本是康熙五十五年（1716 年）北京木刻版《格斯尔可汗传》。以现在的学术眼光来看，它不是科学的记录本，既没有记载何时何地何人演唱，也没有只言片语提及演唱的语境与记录者。但是，这个本子至少让现代学者看到了《格萨（斯）尔》在康熙时期的流传情况，具有一种珍贵的史料价值。

搜集，青海、内蒙古、甘肃、四川、北京等地区的中国学人以极大的热情投入到这项工作中，青海地区的成就尤为突出。至 20 世纪 60 年代，青海地区已经搜集了《格萨尔》19 部 74 个异文本①，由藏文汉译过来的《格萨尔》有 29 部 53 个异文本②。内蒙古自治区的《格斯尔》搜集工作也取得了较好的成绩，如录制了琶杰近 80 小时的《格斯尔》演唱。《格萨（斯）尔》的出版亦有了一定的进展，如藏文版的《霍岭大战》（上）、蒙文版的《十方圣主格斯尔可汗传》（上、下）等相继出版。

这一时期还有一些中国学人认识到民间文学异文的学术价值。刘魁立说道："一篇作品的每一种异文都会给我们提供许多可贵的材料。我们记录的异文越多，我们就越容易抓住作品的真精神。……只有根据准确记录的各种异文，才可能看出作品的演变过程和演变原因，看出时代留下的痕迹。只有通过各种异文的比较，我们才能掌握民间作品的地方特点，观察出传统作品是如何适应每一个新的社会条件和民俗条件的，确定每个作品的传播道路，认识民间文学作品的创作方法和艺术特点，正确估价讲述者或演唱个人在人民创作中的作用。"③ 一些少数民族史诗搜集者曾着力于史诗异文的搜集和记录，如仁钦道尔吉和祁连休于 1962 年6~8 月在陈巴尔虎和新巴尔虎右旗搜集了 11 部史诗的 24 种异文④，再如《格萨尔》搜集者在青海地区搜集了《格萨尔》19 部 74 个异文本⑤，由

---

① 李连荣：《中国〈格萨尔〉史诗学的形成与发展（1959~1996）》，中国社会科学院研究生院博士学位论文，2000。
② 李连荣：《中国〈格萨尔〉史诗学的形成与发展（1959~1996）》，中国社会科学院研究生院博士学位论文，2000。
③ 刘魁立：《刘魁立民俗学论集》，上海文艺出版社，1998，第 160~161 页。
④ 仁钦道尔吉：《蒙古英雄史诗源流》，内蒙古大学出版社，2001，第 17~18 页。
⑤ 李连荣：《中国〈格萨尔〉史诗学的形成与发展（1959~1996）》，中国社会科学院研究生院博士学位论文，2000。

藏文汉译过来的《格萨尔》有 29 部 53 个异文本①。对异文的搜集和记录体现了这一时期的中国学人对少数民族史诗创作、演唱和流布的认识已经有了学术自觉。

"文革"期间，中国少数民族史诗的搜集工作停滞了。但是，20 世纪 50~60 年代中国少数民族史诗的搜集成绩是不可忽视的，它是 20 世纪 80 年代以来中国少数民族史诗搜集工作继续开展的基础，20 世纪 80~90 年代中国少数民族史诗搜集的中坚力量大部分是 20 世纪 50~60 年代从事中国少数民族史诗搜集的中国学人。"文革"结束后，中国少数民族史诗的搜集工作得到了恢复和重视，中国少数民族史诗的搜集与整理迎来了新的契机，呈现良好的发展势头，取得了许多可喜成绩。

1978 年 11 月，中共青海省委宣传部为《格萨尔》平反，恢复名誉。1979 年 8 月，中国社会科学院少数民族文学研究所筹备组与中国民间文艺研究会联合向上级有关部门呈送了《关于抢救藏族史诗〈格萨尔〉的报告》，呼吁对《格萨尔》展开抢救、搜集、整理、翻译和出版工作。党和国家领导人以及中国社会科学院、国家民族事务委员会、中共中央宣传部等有关部门非常重视这个报告，给予支持和批准。随后，全国《格萨（斯）尔》工作会议多次召开，制订了相应的切实可行的《格萨（斯）尔》搜集、记录、整理、翻译、出版工作计划。与此同时，青海、西藏、四川、甘肃、云南、内蒙古、新疆等地区都成立了《格萨（斯）尔》工作领导小组及其办事机构，全国《格萨（斯）尔》工作领导小组专门负责组织和指导全国各地的《格萨（斯）尔》搜集工作。这些学术活动不仅标志着全国性的《格萨（斯）尔》统一搜集工作已经展开，而且切实推进了《格萨（斯）尔》的搜集工作。

---

① 李连荣：《中国〈格萨尔〉史诗学的形成与发展（1959~1996）》，中国社会科学院研究生院博士学位论文，2000。

截至 20 世纪 90 年代中期，西藏、青海、四川、甘肃、云南等地区共搜集到了《格萨尔》手抄本、木刻本 289 部，录音 5000 多小时。到 2008 年为止，国内出版藏文《格萨尔》105 部，主要由西藏人民出版社、青海民族出版社、甘肃民族出版社、四川民族出版社出版。① 2011 年，由《丹玛青稞宗》《辛丹内讧》《大食财宝宗》《卡切玉宗》《象雄珍珠宗》《歇日珊瑚宗》《雪山水晶宗》《阿达拉姆》等组成的《格萨尔王传》汉译本系列丛书由高等教育出版社出版。需要着重指出的是《格萨尔精选本》丛书的出版，它由《英雄诞生》《赛马称王》《魔岭大战》《霍岭大战》等 40 卷组成②。这些丛书具有较高的学术价值，对《格萨尔》的传承、保护有着重要的实践意义，对《格萨尔》的研究也有推进作用。

中国学人在内蒙古、青海、甘肃、新疆、辽宁、吉林、黑龙江等地展开《格斯尔》调查搜集工作，出版了不同版本的《格斯尔》③，编辑了许多《格斯尔》内部资料④。《格斯尔全书》具有较高的文献价

---

① 详细情况可参见李连荣《格萨尔学刍议》，中国藏学出版社，2008；赵秉理主编《格萨尔学集成》（第一卷），甘肃民族出版社，1990。

② 《格萨尔精选本》，民族出版社，2002~2013。

③ 内蒙古人民出版社出版了《阿拜·格斯尔》（1982 年）、《格斯尔可汗传》（1985 年）、《隆福寺格斯尔传》（1988 年）、《格斯尔的故事》（1988 年）、《宝格德格斯尔可汗传》（2000 年）、《圣主格斯尔可汗》（2003 年）、《格斯尔全书》（第二、四卷，2003~2005 年）等，新疆人民出版社出版了托忒文资料本《伊犁卫拉特格斯尔》（1988 年）、《塔城卫拉特格斯尔》（1989 年）、《新疆卫拉特格斯尔》（1989 年）等，北京的民族出版社出版了《芭杰格斯尔传》（1989 年）、《格斯尔全书》（第一卷，2002 年）等，内蒙古科技出版社出版了《瞻部洲雄狮王传》（1988 年），内蒙古文化出版社出版了《卫拉特格斯尔传》（1984 年）、《诺木其哈敦格斯尔传》（1988 年）等，内蒙古教育出版社出版了《布里亚特格斯尔传》（1989 年）等。

④ 内蒙古自治区《格斯尔》工作办公室编印的《布里亚特格斯尔》（一、二、三、四）、《巴林格斯尔》（一、二、三）、《青海格斯尔》、《新疆格斯尔传》、《卫拉特格斯尔传》（一、二、三）、《乌兰察布〈格斯尔传〉》等。

值和学术水准，涉及《格斯尔》的诸多版本和文学、历史、宗教等学科。①

中国对《格萨尔》的谈论始于青海高僧松巴堪布·益喜班觉（1704～1788），而较早对《格萨尔》展开研究的汉族学者是任乃强。20世纪30～40年代，中国学者或从历史角度，或从神学角度对《格萨尔》及其主人公格萨尔进行了一定的研究，发表了自己的看法。这一时期是中国《格萨尔》研究的萌芽阶段。20世纪50年代至60年代末，《格萨尔》迎来了一个搜集、记录和整理的黄金时期，而对《格萨尔》的研究却很少，只有一些搜集者写过一些具有一定学术水平的论文，具有代表性的是徐国琼的《藏族史诗〈格萨尔王传〉》，它对《格萨尔》的来源、产生年代、特色、部数等方面做了介绍、分析和评价。②

1978年以后，《格萨尔》的搜集、记录、整理和出版远胜于以前，有组织、有计划、大规模的工作一直到现在都在深入开展着，《格萨尔》的学术研究也日益活跃，王沂暖、佟锦华、杨恩洪等学者悉数登场。相关的学术讨论会定期举行，《格萨尔》研究的专业性刊物《格萨尔研究》集刊在1985年创刊，也正是在这个时候，中国《格萨尔》学科的地位得以奠定③。20世纪80年代中期以后，中国《格萨尔》研究得到了较大的拓展，由单一的文艺学研究转向多学科研究，《格萨

---

① 《格斯尔全书》于2002～2008年先后由民族出版社和内蒙古人民出版社出版。

② 徐国琼：《藏族史诗〈格萨尔王传〉》，《文学评论》1959年第6期。

③ 李连荣认为《格萨尔》学科奠定的时期是1978～1986年，参见李连荣《中国〈格萨尔〉史诗学的形成与发展（1959～1996）》，中国社会科学院研究生院博士学位论文，2000。笔者认为，至1985年，中国《格萨尔》学科已经奠定。一个学科的奠定有四个标志：一是丰富的资料；二是具有学术团队；三是具有代表性的学科带头人和见解独特、影响力持久的学者；四是具有发表学术论文的有效阵地和相关的专刊。从1978年至1985年，《格萨尔》学科的这些条件都具备了，故而把这一学科的奠定放在这个时间段上应该是较为合理的。

尔》涉及的政治、经济、文化、哲学、军事、地理环境、道德观念、宗教、语言及民族关系等问题都得到了不同程度的探讨；由单纯地通过文本研究《格萨尔》的主题思想转向通过《格萨尔》文本研究藏族传统文化，尤其是研究《格萨尔》中的神话和宗教信仰及其所反映出来的传统藏族社会制度文化。20世纪90年代中期以后，李连荣、王国明等一批青年学者开始登台，《格萨尔》田野作业的理论和方法也开始得到反思，学人们开始借鉴口头诗学理论阐释《格萨尔》赖以存在的口头传统。

对格萨尔其人的研究是中国《格萨尔学》研究的重要内容。依据藏汉文献典籍，结合其在康藏地区的田野调查，任乃强较早提出格萨尔是林葱土司的先祖即唃厮啰的观点。[①] 20世纪80年代后，一种观点是唃厮啰说。王沂暖在《西北民族学院学报》1979年第1期上发表的《〈格萨尔王传〉中的格萨尔》倾向于格萨尔是唃厮啰。[②] 1982年，开斗山和丹珠昂奔在《西藏研究》第3期上合作发表的《试论格萨尔其人》使用诗史互证的方法论证格萨尔即宋初的唃厮啰。[③] 另一种观点是林葱土司祖先说，它是任乃强对格萨尔其人论述的另一种延续。较早回应这种说法的是上官剑璧。她在《史诗〈格萨尔王传〉及其研究》中从地理位置、藏文典籍、族谱等多个角度证明四川历史上的林国与格萨尔的密切关系。[④] 受到上官剑璧的影响，王沂暖在《藏族史诗〈格萨尔王传〉》中改变了原来的观点，承认上官剑璧的说法所提供的证据更充分。[⑤] 1984年，吴均在《民族文学研究》上发表《岭·格萨尔论》，该文利用丰富的藏文资

---

① 任乃强：《任乃强民族研究文集》，民族出版社，1990，第187~189页。
② 王沂暖：《〈格萨尔王传〉中的格萨尔》，《西北民族学院学报》1979年第1期。
③ 开斗山、丹珠昂奔：《试论格萨尔其人》，《西藏研究》1982年第3期。
④ 上官剑璧：《史诗〈格萨尔王传〉及其研究》，《西藏研究》1982年第1期。
⑤ 王沂暖：《藏族史诗〈格萨尔王传〉》，《中央民族学院学报》1981年第3期。

料，论证岭·格萨尔是以林葱地方的头目为模特儿而逐步塑造出来的。① 此后一段时期内，唃厮啰说逐渐为林葱土司祖先说所取代，而以林葱土司祖先为原型的说法逐渐成为一种主流观点。

随后，佟锦华的《格萨尔王与历史人物的关系——格萨尔王艺术形象的形成》以地理位置和历史时间为导引，探索了有关历史人物和他们活动的时代，考察了有关历史事件及其发生的时期与演变过程，就人物、事件、时间和地点四个方面对格萨尔与唃厮啰、松赞干布、赤松德赞等历史人物的关系做出了考证，肯定了林葱土司祖先与格萨尔的关系，指出不应该把格萨尔与他们中的某一个历史人物联系在一起，更不能等同起来，而应该把格萨尔看成一个综合了这些英雄和其他藏族历史英雄的典型人物。② 20 世纪末至今，对这个话题的讨论还在继续。但是，他们大多是 20 世纪中期以前讨论的余绪，见解和观点也没有超越前人。其实，史诗是一种文学艺术创造，不是历史编年，对于格萨尔其人的探讨应该与史诗形成和发展的一般规律联系起来。从任乃强到吴均、王沂暖，再到佟锦华，中国学者逐渐摆脱了把史诗主人公格萨尔与藏族历史事件和历史人物相互印证的拘囿来探求格萨尔这一英雄形象原型的研究范式，而是从文学艺术创作本身所具有的规律认识这个问题，这不仅从根本上解决了格萨尔这一英雄形象的根源和形成问题，而且标识着对"格萨尔其人"的探讨已经由侧重历史的研究转向侧重文学性的分析和把握。

对于格萨尔与关羽的关系，韩儒林通过对历史文献的爬梳厘清了关羽和格萨尔的混同，认为二者混同是民众思想情感即英雄崇拜所致。③ 他

---

① 吴均：《岭·格萨尔论》，《民族文学研究》1984 年第 1 期。

② 佟锦华：《格萨尔王与历史人物的关系——格萨尔王艺术形象的形成》，载《藏族文学研究》，中国藏学出版社，1992，第 254~281 页。

③ 韩儒林：《韩儒林文集》，江苏古籍出版社，1985，第 665 页。

指出汉人以自身民间崇拜的关羽称呼格萨尔，正如同藏人以自身民间崇拜的格萨尔称呼汉族的关羽。[①] 任乃强在《"藏三国"的初步介绍》中辨析了格萨尔何以被称为"藏关公"，指出格萨尔的一生事迹与关羽没有任何共同点。[②] 加央平措的《关帝信仰与格萨尔崇拜——以拉萨帕玛日格萨尔拉康为中心的讨论》对两者关系的讨论观点新颖，见解独特。它以拉萨帕玛日格萨尔拉康即拉萨关帝庙为个案，结合藏汉文史料、佛教资料以及民间资料，详尽分析了关帝被高僧活佛吸纳为藏传佛教护法神的过程，指出关帝信仰传到藏族地区后转化为格萨尔崇拜现象不是关帝被误读为格萨尔，而是关帝信仰藏传佛教化与藏族化的结果，同时也是异质文化本土化的一个典型案例。[③]

20 世纪 50 年代以来，《格萨尔》的产生年代问题一直是《格萨尔》研究的主要话题之一，但是因为缺乏足够翔实而可靠的文字证据，要确切地说出《格萨尔》究竟产生在什么年代是一个非常困难的问题。虽然如此，许多学者还是从史诗《格萨尔》的内容入手，对这个问题进行了多方面的探讨。不过因为解读的角度和出发点不同，这个问题的答案也是众说纷纭。20 世纪 50~60 年代，徐国琼在《藏族史诗〈格萨尔王传〉》中依据藏族学者江巴若杰的《安木多勤久》和在青海黄南地区与甘肃甘南地区搜集到的《格萨尔王传》中的《霍岭大战》部，推测最初的格萨尔故事最有可能产生于 11 世纪末。[④] 1983 年毛星主编的《中国少数民族文学》即持这种观点，认为《格萨尔王传》约产生于 11 世纪前后。[⑤] 20 世纪 80 年代，许多学者根据史诗所反映的历史内容，将其产生

[①] 韩儒林：《韩儒林文集》，江苏古籍出版社，1985，第 666~667 页。

[②] 任乃强：《任乃强民族研究文集》，民族出版社，1990，第 192~193 页。

[③] 加央平措：《关帝信仰与格萨尔崇拜——以拉萨帕玛日格萨尔拉康为中心的讨论》，《中国社会科学》2010 年第 2 期。

[④] 徐国琼：《藏族史诗〈格萨尔王传〉》，《文学评论》1959 年第 6 期。

[⑤] 毛星主编《中国少数民族文学》（上），湖南人民出版社，1983，第 425 页。

时间又往后推到 13 世纪。由此，"宋元时期说"成为 20 世纪 80 年代讨论《格萨尔》产生时代的一种主要观点。关于《格萨尔》产生时代的第二种观点是"吐蕃时期说"。黄文焕的《关于〈格萨尔〉历史内涵的若干探讨》是支持这种观点的代表。他将《格萨尔》所载历次战争大多视为吐蕃历史上实际发生过的战争，指出"《格萨尔》基本上是吐蕃人按照吐蕃时期的基本史实创作来的长篇诗体作品。尽管有的部分已经查明是经后人修改补充或续全的。但因基础一经奠定，模式已经造就，也就无碍大局了。《格萨尔》仍然带着自己的固有的吐蕃时代的气息和色彩流通传播迄至今日"[1]。"吐蕃时期说"因为把史诗太过于比附史实，忽视了《格萨尔》作为一种民间文学样式所具有的生成规律，所以响应者不是很多，批评的声音却非常多。第三种观点是"明清时期说"。王沂暖在《藏族史诗〈格萨尔王传〉》中说道："藏文《格萨尔王传》这部长篇史诗，分部本太多，不是一个世纪所能完成的。当然也不是几个人写作的，大概从十五世纪（我们暂定的时代）以后，逐渐创作，历几个世纪，乃至二十世纪解放以前。"[2] 当然，王沂暖的观点也是一种孤证，但是，他没有静态地看《格萨尔》的产生年代，提出要动态地观察《格萨尔》的形成过程。"吐蕃时期说""宋元时期说""明清时期说"都有着各自的局限性和片面性，因为《格萨尔》是藏族口头传统的一种文学样式，它的产生、形成、发展和演变有着自身独特的规律，与其纠缠于对《格萨尔》产生年代的探讨，不如转向对《格萨尔》形成过程的探讨，由对它进行单纯的历史研究转向将它与史实、民间口头文学结合起来进行研究。

藏族《格萨尔》与蒙古族《格斯尔》的关系直接触及史诗《格萨

---

① 黄文焕：《关于〈格萨尔〉历史内涵的若干探讨》，《西藏研究》1981 年创刊号。
② 王沂暖：《藏族史诗〈格萨尔王传〉》，《中央民族学院学报》1981 年第 3 期。

尔》的族源和归属问题，因此它成为《格萨尔》研究中一个比较引人关注的话题。20世纪50年代，《格萨尔》和《格斯尔》被大量发现和发掘，蒙古学者策·达木丁苏伦、法国学者石泰安和一些苏联学者的论文和著作陆续被介绍到国内。国际学术界对《格萨尔》和《格斯尔》关系的热烈讨论主要有三种意见：第一，《格萨尔》先产生于西藏，而后在蒙古族民众中流传；第二，《格斯尔》对《格萨尔》既有翻译又有再创作；第三，《格萨尔》和《格斯尔》或许有一个共同的起源，即同源异流说。20世纪50~60年代，徐国琼在《藏族史诗〈格萨尔王传〉》中强调了二者的不同点，而没有刻意地去分辨二者到底谁是源、谁是流，也没有考虑谁先谁后的问题。① 1960年，桑杰扎布在《格斯尔传·译者前言》中提出《格萨尔王传》先在西藏产生，而后流传于蒙古族民众中的观点，驳斥那种认为蒙古族《格斯尔》是由藏族《格萨尔》翻译过来的说法。②

20世纪80年代，王沂暖在《藏族史诗〈格萨尔王传〉》中率先重提藏、蒙《格萨尔》关系的话题。③ 由此，这个话题成为《格萨尔》研究的一个重要组成部分，讨论一直延续到20世纪90年代，其中讨论较热烈的是1983年在西宁召开的全国第一次少数民族史诗学术讨论会和1985年在赤峰举行的首届国内《格萨尔》学术讨论会。两次会议都把这个问题作为主要的学术课题来讨论，而且许多学者都参加了讨论，如徐国琼、乌力吉、王兴先、斯钦孟和、却日勒扎布、赵秉理、降边嘉措等。经过讨论，学者们基本形成了一个共识，即《格萨尔》最早流传于藏族民众当中，后来在流传的过程中形成了《格斯尔》等其他文本。20世纪90年代中期以后，中国学者不再纠缠于这个问题，而是专注于从比较研究的

---

① 徐国琼：《藏族史诗〈格萨尔王传〉》，《文学评论》1959年第6期。

② 桑杰扎布：《格斯尔传·译者前言》，人民文学出版社，1960，第4~7页。

③ 王沂暖：《藏族史诗〈格萨尔王传〉》，《中央民族学院学报》1981年第3期。

角度对蒙、藏《格萨尔》的产生时代、地域、流传过程、情节内容、艺术特点等方面进行综合的比较分析研究。如呼斯勒的《藏族〈格萨尔〉与蒙古族〈格斯尔〉宗教内涵之比较》对藏族《格萨尔》和蒙古族《格斯尔》的宗教内涵进行比较研究，揭示了反映在这两部史诗中的两个民族的宗教文化和民族心理的异同。①

---

① 呼斯勒：《藏族〈格萨尔〉与蒙古族〈格斯尔〉宗教内涵之比较》，《内蒙古社会科学》 2001 年第 1 期。

原始性史诗整体形态的
空间形式和时间形式

刘亚湖

　　中国南方许多少数民族流传着原始性史诗。作为一个民族的"根谱"，原始性史诗是一个具有极其丰富的文化负载量的多层积淀结构体，并有多种口头流传的形态。可以说至今人们还远远没有充分认识它们所蕴含的不同时期人类各种复杂的经验。

　　作为一种科学的研究，往往是从对对象整体形态全面而深入的考察开始的，对原始性史诗的研究也应该从对它整体形态的审视起步，并在从空间和时间两种角度对这个整体形态所作的描述中逐渐达到理解和说明的目的。

一

　　原始性史诗的整体形态，应该包括原始性史诗这个多层积淀的结构体本身和它口头流传的形态，即不仅包括史诗内容本身，还包括它赖以存在的空间形式及物质手段——具体的场合、述者、吟诵或歌唱的声音、与吟唱相结合的舞蹈或巫术动作、摆设的场面、运用的物具等，以及听众，更远一点的当时当地人们的精神氛围、风俗民情等。

人们又将如何审视这个整体形态呢？康德有一个著名的观点：空间和时间是人类认识世界的基本形式。离开了空间和时间，人们就无法想象世界。我以为，面对着原始性史诗整体形态，这两种认识形式都具有重要的意义，而首先是前一种形式更具有特殊重要的意义。

人们很早就认识了并借助符号描述了客观物质世界的空间形式，因而出现了物理空间、地理空间、天体空间、几何空间等概念，但却没有运用这一套符号来处理自己的内在经验。弗洛伊德对人内在心理结构的描绘，应该说是一个转折点，他使空间形式"内化"，使人类第一次面对着一个具有空间多维性的"自我"（在这里，"空间"是一种哲学意义上的空间，是一种从各种具体的空间提炼出来的抽象形式）。确定人在意识之下有一种潜意识心理的存在，如同海岛（意识）之下有一大尊岛根（潜意识）一样，从而揭示了人的精神生活的"空间"结构。荣格发展了弗洛伊德的潜意识理论，他认为个人潜意识有赖于更深的一层——集体潜意识。发生认识论、格式塔心理学、结构人类学也都是用空间形式来解释人的内在经验的。

空间形式不仅体现在人类长期积淀的心理结构、精神世界上，也体现在人类精神产品上，尤其体现在一个族类共同的长期积淀的精神生产的结晶——原始性史诗整体形态上。

在原始性史诗的整体形态里，空间形式有几个层次的结构。内层的结构，是原始性史诗本文的内部结构。

在对原始性史诗的一些内容进行深入分析的时候，人们往往发现它们有一个突出的特点：由于原始人稚弱的心理能力，只能运用直觉进行认识，通过形象进行思维，使用具象的语言进行表达，因而在他们的表达成果中形成很多象征的意象，并且由于长期积淀出现不少同一形象同一情节表示不同的意味的情况。在原始性史诗里，很多概念、情节是模糊不清、含混多意的，它包含了原始人许多体验、想象、现实的实际情况，巫术的幻想效果，梦中的虚幻境界，等等，可以意会但很难用现在的语言穷尽。对于当世人来说，它们无异于水中月、雾中花。这样，在很多情节、类型里出现了所谓的表层叙述、深层隐喻等。其实，这正是一种情节、类型体现了原始人多种体验、想象的结果。

例如，许多民族原始性史诗都有射日型故事，它们的表层叙述都是：天上出现几个太阳暴晒大地，草木枯焦，作物枯萎，人们无法生活，于是出来一个或几个巨人，拉弓搭箭或采取其他方式射下或弄下多余的太阳。这些叙述，具有原始人幼稚思维和实际生活的影子，如每天出来的太阳随着时候的不同而颜色深浅、光线强弱不同，原始人不知道是云雾、空气、水分、灰尘等条件的原因，以为天上有几个不同的太阳，日晕现象造成天上多日的幻景，以及原始人制造使用弓箭和各种工具，利用各种方式抗旱等。这些叙述，表现了原始人征服自然的强烈愿望和奇特的想象。

然而，如果我们深入审视一下本文的内容及有关的仪式，就会发现它们还包含着另外一种意味。如，体现出巫术的迹象。

彝文典籍《古侯》（公史篇）："白天出六个太阳，夜晚出七个月亮，……支格阿龙，左手张银弓，右手抽金箭，站在东方，射六个太阳和七个月亮。……六个太阳和七个月亮，拿来又拿来，压在大地的上边，大石板底下。"在中国，石板一贯被认为是镇邪的。《继古丛编》记载："吴氏庐舍，遇街冲，必设石人，或植片石，镶'石敢当'，以镇之。"过去，房前屋后、街头街尾也常见片石竖立，上刻"石敢当"字样，"敢当"就是"所向无敌"的意思。可见，人们是把石头当作压禳不祥的镇物来看待的，把射下的太阳月亮压在"大石板底下"带巫术的性质。

如果在彝族那里巫术的性质还不够明显的话，在傈僳族那里巫术的性质就很突出了。怒江傈僳族《祭天神经》叙述：巨人哇忍波用蒿杆做箭杆、蓍草做箭羽的箭射下七个太阳，用颜色与太阳相同的盐水洗太阳的尸体，洗后埋地下。在傈僳族巫师那里，盐被认为是驱邪的。每次祭凶神的时候，巫师前面要烧一堆大火，巫师念完祭经，就把一把盐撒向火里以赶凶神。"哗"地一声，就表示凶神已被驱，邪恐已被除。

瑶族《密洛陀》叙述：密洛陀嘱咐射日的昌郎也和昌郎仪"金竹烧不死，用它来做箭，点上蛇蜂毒，叫太阳咽气。……狗血染麻布，拿去做红旗，能够赶邪气……"，蛇蜂毒既是实际的毒品，又是施行巫术的方子，"狗血染麻布"无疑带巫术意味。

……

据此及其他一些迹象可以认为，射日型故事深层很可能是原始人在抗旱时施行"作日月之象"以射之的模拟巫术或其他形式的巫术的写照或隐喻。

自然，射日型故事也许还有其他的涵义。本文不想展开探讨这个问题，只想借此展示一下它的空间形式，并说明，要穿透这个"空间"，要寻找到"破译"原始人叙事形式系统的"密码"，解释出这种叙事所表现的原始人的各种经验，将是一件多么不容易的事情。

原始性史诗整体形态外层的结构，是原始性史诗口头流传形态的外观现象，即吟唱的场合，述者的声音，跟吟唱相结合的动作、舞蹈、巫术，摆设的场面，运用的物具，听众等。

各民族原始性史诗，常常是由歌手或巫师在一定的场合以一定的形式为某种具体的目的而口头吟唱的，各种形态往往具有不同的"功能"，它的口头流传的空间存在形式和本文是一个不可分割的整体。这正如炒菜，油盐酱醋五香味精等各种配料搁在一起并不就是它们原来各自的滋味的简单相加，而是形成了一种新的美妙的滋味。史诗的本文和组成它的演唱场合以至文化氛围的各部分同样形成一个完整的体系，它具有在某种"空间"融为一体时所产生的新的"质"，新的功能，体现着不同时期人们各种深层的心理动机。

例如，苗族史诗《枫木歌》的在"鼓社祭"仪式上以"祭鼓词"形式出现的形态和在集体走客喝酒对歌场合里的形态就有着明显的"质"的区别。鼓社祭，是一种杀牛击鼓诵诗祭祖的仪式。据说，苗族认为，他们的始祖妹榜妹留（蝴蝶妈妈）是从枫树里生出来的，死后又回到枫树老家，所以祭祀时必须敲击枫木并吟唱歌颂祖先的史诗，才能唤起祖先的灵魂，后来发展成把枫木做成鼓来敲击（现在也有的地方因为枫木易破而改用楠木的）。在仪式上，要进行一系列项目，在"引鼓"时以"请祖下凡"的形式吟诵《枫木歌》。有的地方还要把传说中的洪水后结婚繁衍人类的始祖两兄妹央公、央婆的偶像背来"采鼓"，并以之表演交媾仪式；有的地方男男女女还要分别踏着鼓点跳反映原始先民采集狩猎等生活的爬树爬竹、跳崖跳壁、越山越岭、摘籽摘果、擒龙擒虎、采桑织锦、打柴割草等舞蹈。

我们看到，《枫木歌》的这种形态，笼罩着比较浓厚的神秘气氛，具有比较明显的实用性质。它的目的除了向祖先的灵魂致意、致敬、祈求祖灵的佑助以外，突出的一点就是弘扬《枫木歌》的幻想中的生育功能，追求族类的繁衍和壮大。史诗中所表现的枫木能够"结出千样种，开出百样花"，蝴蝶具有旺盛的繁殖能力，它们都成了苗族先民依附的对象。在仪式上敲击枫木鼓吟唱《枫木歌》，颂扬始祖蝴蝶妈妈，并背着祖先央公央婆的偶像象征性地表演交媾仪式，都是这种远古时期遗存下来的欲望的体现。

《枫木歌》的在集体走客喝酒对歌场合里的形态则具有另外一种性质。苗族集体走客喝酒对歌一般在农闲节庆时候进行。对歌时，堂屋里摆长形条桌，桌下放大酒罐子，桌上摆杯盘菜肴，歌手分坐两边，其余的人"八层人坐，十层人站"。歌手对歌，答得好得到喝彩，答不上就要罚酒，观众旁听，聚精会神。唱到祖先战胜自然等有趣处，笑声四起；唱到祖先流离颠沛等悲惨处，嘘吁可闻；精彩处，赞声不绝；罚酒时，大家又一齐喜笑颜开。

这种形态，已经更多地具有一种娱乐的性质，更多地呈现出以歌颂始祖神的形式出现的、对“人”的自我欣赏并在欣赏中交流“人”的感情的状况。酒神状态是“整个情绪系统激动亢奋”（尼采语），酒歌场面是双方歌手听众纵情抒怀。人们在酒香歌声中通过回味原始时代天真纯朴的人的本性状态来激发感情，释放能量，迷醉与放纵交织，痛苦与狂喜更替，生命意志激荡，生命力量焕发，解除一切身心束缚，复归原始自然。

原始性史诗整体形态的更大的外层空间，是原始性史诗口头流传形态赖以存活的大文化环境，包括此地此时一个民族的地理环境、社会经济状况，以及在此基础上形成的精神氛围、风俗民情等。

中国南方少数民族原始性史诗萌芽、生长、存活在一个非常独特的文化环境里，本文也不准备展开讨论，只择要谈谈几个比较突出的特点及其对原始性史诗产生和流传的影响，以显示一下这个整体的空间。

首先，一个民族所处的自然环境，铸就着民族的性格，孕育着民族的艺术。中国南方少数民族除部分以外，一般都聚居在山地或山水之间的河谷平坝。如独龙族居住在云贵高原的独龙河谷，东岸是海拔五千多米的高黎贡山，西岸是海拔四千多米的担当力卡山；一部分彝族、纳西族居住在乌蒙山、大凉山、云岭等高寒山区，山势高耸，气候寒冷；傣族居住在西双版纳等河谷平坝，但也是群山怀抱，密林环绕；其他大部分民族则一般聚居在峰峦重叠、山岭连绵、森林茂密、河流纵横的山区和丘陵地带，这些地区，大多属亚热带、热带，气候温和，雨量充沛。山高林密，云遮雾绕，阴霾能迷惑人畜；电闪夺目，雷鸣震耳，暴雨常袭击田园……这一切，带来了神秘的色彩，诡谲的气氛，启迪人们神思，激发人们幻想。另外，虽得天时，却无地利。山峦起伏，不似河川平原平坦；山岭闭塞，不似海洋草原宽敞。耕作条件恶劣，增加了与自然斗争的难度；交通来往不便，减少了氏族战争的机会……这一切，又铸成了这些民族与自然斗争的坚韧不拔的性格，造就了他们主要是顺应、征服自然的远古时代历史的主线，孕育了他们充满神奇色彩的主要表现与自然斗争而不是氏族战争的原始性史诗。

高山深谷，密林孤寨，再加上种种历史的原因，使我国南方少数民族不少地方呈现着特殊的社会、经济形态。新中国成立前夕，独龙族、基诺族、苦聪人还处于原始家庭公社解体阶段，土地多为氏族公有，村寨实行氏族制度，刀耕火种为主，兼以采集渔猎。如独龙族分为十五个有血缘关系的氏族集团"尼勒"，"尼勒"之下则是由父辈祖先的直系后代所组成的血缘集体"克恩"。佤族、怒族、景颇族、傈僳族、摩梭人大部分已进入阶级社会，但社会组织、经济状况、家庭形式、婚姻状态等还保留不少原始社会残余。尤其是，很多民族在由血缘向地缘过渡的时期，古代氏族血缘关系没有消失，被完好地保留下来，并取得对自己的肯定形式。共同的始祖、共同的姓氏、共同的历史、共同的传统，仍然在社会生活中发挥着极大的作用，血缘关系仍然在不同程度上联系着生产关系，民族内部的群体观念、向心观念仍然具有很强的生命力。同时，我国南方少数民族较早地进入农业社会，云南滇池、元谋、剑川、普洱以及贵州、广西等地均发现新石器时代的古稻谷。在农业社会里，一方面人们依附土地，希冀安定，人与自然的斗争是主要矛盾；另一方面部族之间互相渗透，自然融合，吞并战争很少发生。这一切，又从社会、经济基础上促成了这些民族的颂扬始祖、凝聚群体、表现祖先与自然斗争历史的原始性史诗的产生。

自然环境、社会经济状况影响着一个民族的精神氛围、风俗民情。由于独特的环境和政治经济形态，远古时代遗留下来的原始思维方式、图腾信仰、祖先崇拜、祭祀仪式、娱神活动等，在新中国成立前后还在中国南方一些少数民族生活中广泛存在着。黔东南一带苗族崇拜枫树，修建房屋常用枫木作中柱；哀牢山彝族信仰葫芦，家庭常供葫芦于供桌或壁龛；广西侗族以蜘蛛为始母，浙闽畲族视龙犬为祖先；云南永宁纳西族每年十月要祭祀神话里洪水后繁衍人类的始祖柴红吉吉美，广西布努瑶族在传说中始祖密洛陀生日的那一天要举行各种活动；云南拉祜族敬奉天神厄莎，佤族推崇通神之器木鼓……这些民族的原始宗教意识既未随时光流逝而湮灭，也未被外来宗教所取代，其原始宗教性质的活动亦源远流长，久盛不衰。再加上口头文化，对歌风俗……这一切，给原始性史诗的产生传播提供了精神、风俗上的土壤。

二

原始性史诗整体形态是一个多层积淀的结构体，它的空间形式里就积淀着时间形式，包含不断进化的原始人心理结构、思维形式的产物的积淀，不断发展的原始人欲望、情感的产物的积淀。

各民族原始性史诗作为形象性象征性的叙述初民"历史"的诗歌，从它与原始社会生活的关系来说，是原始社会（和一些后来社会）生活的象征反映；从它与人类意识的关系来说，又是原始人（和一些后来人）心灵的创造，是一种以形象的形式出现的，以创造主体的欲望、情感为中介，发挥创造主体对客观对象的感知、想象等多种心理机能创造出来的成品，是人类不同时期各种复杂的经验的积淀和表现。我们可以透过原始性史诗整体形态的空间形式的框架，寻找出积淀在里面的以原始人不同发展阶段的思维、情感为特征标志的时间形式层次。

原始人的心理结构和思维方式是随着他们社会实践活动的进程而产生和发展的。原始人在尚未充分展开社会实践的时候，或者在收获带有较多的偶然性的采集、狩猎时代，他们的思维方式也许带有较多的臆测性。例如，原始人找到一种果实，或者打得一只野兽，往往具有偶然的因素，他们无法知道这些东西的来源，往往以为是某种超自然力量的恩赐。因而在他们那里，常常出现把第一性和第二性、把原因和结果颠倒，把逻辑上毫无相关的事物联系起来的现象，这就是列维-布留尔所说的原始人"原逻辑思维"或"互渗"现象：这种思维"如果单从表象的内涵来看，应当把它叫作神秘的思维；如果主要从表象的关联来看，则应当叫它原逻辑的思维"。它"往往是以完全不关心的态度来对待矛盾的"。

然而，原始人的社会实践进行到一定程度，尤其是开始原始种植、原始饲养以后，他们的实践给他们的智力结构和思维方式带来新的"内化"，把时间形式和因果逻辑"内化"进他们的智力结构和思维模式里。在原始种植、原始饲养的生产中，人们通过劳动，把原料（种子或雏兽）创造为新的成果。种子或雏兽→劳动→成果的过程，以直观的物相，体现着完整连续的时间形式和因果逻辑，使之逐渐成为原始人的"内经验形式"，逐渐成为他们借以认识世界、进行思考、表述经验的主导形式。

如果我们按照原始人这种思维的发展规律去审视原始性史诗，就会比较容易地发现积淀在里面的时间层次。例如，在《苗族古歌》（《枫木歌》和《开天辟地歌》）里，枫香树种的神秘来历，蝴蝶妈妈的神秘出世、姜央、雷公、龙、虎等的神秘诞生……充满了虚幻的色彩，带较多较早时期原始人思维的特点，当是较早时期的产物；而蝴蝶妈妈出世之前的榜香犁地平地，播下树种，树苗长大，移栽枫香至鱼塘岸边，栖息的鹭鸶经常偷吃鱼塘里的鱼，养鱼人香俩气愤砍树……以及巨人运金运银，炼金炼银，铸日铸月，送日送月……表层叙述每一步都互为因果，按照常见的前因后果的逻辑形式进行，体现了较多的表层的逻辑思维，当是较后时期的产物。

从另一个坐标点来说，原始性史诗从胚胎到成型，可以说都是情感性的。它在原始人欲望和情感的推动下萌发，又随着他们欲望和情感的发展而发展。原始人各种不断发展的本能冲动、求同征服的欲望，属人的情感，一直在推动和影响着原始性史诗各部分内容的产生，形成了一条随时间方向而不断延伸的轨迹。

最早时期的原始人，表现为更多的求生存、求繁衍、趋利避害的本能倾向和某些求同求群的天赋感情，他们把这些欲求依附在有恩可求、有威可畏的动物，硕大多籽的植物等具有各种性质的动物植物上，从而推动产生了图腾及其仪式、祭词等。

原始农业、原始畜牧业的出现，不但使原始人的思维产生了一个飞跃，也使原始人的欲望和情感逐渐发生了质的变化。自然界的自然物逐渐为人们所认识，笼罩在一些对象上的神秘色彩逐渐消失。原始人已经依稀认识到自我的存在，但在精神领域还不能独立地立足于自然界，从而在自己和自然界之间虚构出一个非现实的中介——新的神秘力量，作为自己依赖和认同的对象。这个对象，就是幻想中的创造自己族类祖先以至人类和世界的天神，以及人类的始祖。这样的形象，有的由图腾形象进化改造而来，如侗族的带蜘蛛形象特点的女性创世造人大神萨天巴；有的明显地有族类首领和祖先神化的痕迹，如独龙族的嘎姆朋；但更普遍的是在原始人社会实践和自身品性的基础上，在族类求同求托欲望的驱使下，按照幼稚的思维方式所创造出来的神秘力量的象征。

具有重要意义的是人的主体意识和属人的感情的产生。它们主要是在人的实践中形成的。原始性史诗的各种胚胎，例如赞颂图腾、天神和以神的形式出现的祖先的创造功绩的祭祀活动和祭词等，它们的物态基础也是人的各种实践活动。人们在进行这种"精神产生"的时候，一面在迷狂状态中与图腾始祖交往，一面又在迷狂状态中共同交流、体验着（以图腾、创造神和始祖的名义进行的）幻觉中的无拘无束的自由创造的愉快（例如战胜自然、打败对手、捕获猎物、夺取丰收等），在效果上达到了"再现实际生活以激发、集中、凝聚情感"（科林伍德语）的境界。久而久之，当人们已经在更大的程度上顺应和征服了自然，已经比较充分地树立起自己的主体意识和自信心以后，原来的实用目的或消失了，或淡化了，但形式保留下来了，在进行这些交流活动时逐渐产生并渗透到每一个成员头脑里的早期人类共同的属人的情感（例如人类的爱、创造热情等）积淀了。这种属人的审美的情感推动着人们对以神的形式出现的祖先等从含功利目的依赖转向更富有人情味的歌颂。

在原始性史诗的整体形态里，我们可以发现这种由于原始人的欲望、感情的发展而形成的时间层次。例如拉祜族《牡帕密帕》里的厄莎，一方面，作为人们尊崇、依赖、认同的对象，充满神秘的色彩，威严、崇高。云南澜沧、孟连、勐海等县拉祜族都设有祭祀家神（"页尼"）的神位，以虔诚地供奉厄莎以及其他直系祖先，并设一篾桌或木桌作祭桌，上置祭品。另一方面，又凝聚着人们自己的品性，人们征服自然现象和自然物的理想和愿望。澜沧等县拉祜族在春节期间要摆设糯谷桃花李花等吟唱《牡帕密帕》，借功厄莎来驾驭自然，达到在农业社会与人们关系最密切的风调雨顺的气候条件，让稻谷水果在厄莎的保佑下得到丰收。再次，在史诗里厄莎又富有人的性格、人的感情，体现出人们开始欣赏美化神，赋予他们善与美的道德意义，如厄莎"忍痛抽出自己身上的骨头，手骨架在天上成天骨，脚骨架在地上成地骨"，"用左眼做太阳"，"用右眼做月亮"，"拔下头发当银针"，"呵出口气当金针"等。这些都是在原始性史诗整体形态空间形式里积淀时间形式的表现。

总之，空间和时间是人类认识世界的基本形式，也是认识原始性史诗整体形态的基本形式。首先对原始性史诗整体形态从空间和时间两种角度进行全面的深入的描述，将会使我们的研究工作建立在一个坚实的基础上。本文仅旨在说明这一点。

（《民族文学研究》1989年第5期）

评　介

　　西起藏北高原，东到台湾岛，北起青海，南到海南岛，纵横西北、西南、中南、华南地区，居住着羌、彝、纳西、普米、白、哈尼、傣、基诺、拉祜、佤、布朗、景颇、德昂、阿昌、傈僳、怒、独龙、苗、侗、布依、仡佬、水、土家、壮、仫佬、瑶、毛南、京、畲、高山、黎等30多个少数民族，他们大多拥有以口头形态流传在本民族或本支系的史诗，有的同时被记录在本民族或本支系的各种经籍和唱本里。虽然南方少数民族史诗蕴藏丰富，但是对南方少数民族史诗的搜集、记录、整理、翻译、出版却是20世纪50年代后的事情。中华人民共和国成立以后，国家有组织、有计划地展开了大规模的民族识别工作，中国少数民族文化和文学得到前所未有的重视。在这种良好的情势下，许多中国南方少数民族史诗被以本民族文字或汉文的形式印成内部资料或公开出版，如羌族的《羌戈大战》、彝族的《梅葛》《查姆》《勒俄特依》《阿细的先基》、纳西族的《创世纪》、哈尼族的《奥色密色》和《哈尼阿培聪坡坡》、傣族的《巴塔麻嘎尚罗》《厘俸》和《兰嘎西贺》、拉祜族的《牡帕密帕》、佤族的《司岗里》、景颇族的《勒包斋瓦》、德昂族的《达古达楞格莱标》、阿昌族的《遮帕麻和遮米麻》、苗族的《苗族史诗》、壮族的《布洛陀》、瑶族的《密洛陀》等。这些史诗大部分规模宏大，气势磅礴，其中创世史诗以创世的天神、巨人或其他形式的祖先英雄的具有神话色彩的创世和创业活动为主线，把开天辟地、铸日造月、造人造物、洪水滔天、兄妹成婚、文化发明、射日斗雷、迁徙异地等各种内容串联在一起构成一个完整的创世纪序列。英雄史诗则是随着生产力进步，特别是进入原始狩猎和农耕阶段后人类驾驭自然的愿望和审美观念的不断升华而出现的，它们歌颂那些以祖先身份出现的与自然灾难斗争的英雄，吟唱那些发明各种农作物、制造各种生产工具、建造房屋和制定各种礼仪规范的文化英雄，赞颂那些通过掠夺和战争展现自己祖先的威力、宣示自己族类地位的征战英雄，吟颂那些敢于与在社会结构中居于上层和强势的一方斗争的反抗英雄。这些创世史诗和英雄史诗展示了由神或巨人创世到人类社会发展的各个阶段，组成了一个人类进化和历史演变完整的体系，既有对各个民族及其支系所在地域的自然景物、风俗民情以及整个社会生活的描写，又展现了各自民族对自然和社会的独特理解以及各自的民族性格和精神。

随着中国南方少数民族史诗陆续被发现和挖掘，中国南方少数民族史诗的研究也逐步得以展开。但是，与搜集、记录、整理、翻译和出版相较，中国南方少数民族史诗的研究则起步相对较晚，较为系统的研究始于20世纪80年代中期。在此之前，虽有不少搜集者以论文、序言、介绍和评论等形式对中国南方少数民族史诗进行了不同程度的探讨，但是总的来说还比较零散，没有相关的专著问世。20世纪80年代中期至当下，中国南方少数民族史诗的研究队伍逐渐壮大，蓝鸿恩、陶阳、梁庭望、覃桂清、农学冠、段宝林、张公瑾、潜明兹、李子贤、王松、刘亚虎、巴莫曲布嫫、吴晓东等一大批老中青学者加入了这一行列，取得了相当显著的成绩。

20世纪80年代中期至90年代中期，学者们主要是针对某一部史诗的主题、内容、形象、艺术等方面进行介绍、分析和研究。这一时期具有代表性的学术力作有陶阳和钟秀合著的《中国创世神话》，该书对56个不同民族的文献典籍及其口头流传的创世神话和史诗进行了科学的归纳和分类。

自20世纪90年代中期起，中国南方少数民族史诗研究呈现更广阔的学术视野，许多学者从文艺学、历史学、哲学、语言学、宗教学、文化学、社会学、人类学、民俗学等角度研究南方少数民族史诗，内容涉及南方少数民族史诗的母题、类型、艺术、人物形象及其所反映的远古时代族源、迁徙历史、社会组织、经济形式、婚姻习俗、哲学信仰等。刘亚虎的《南方史诗论》是反映这一时期中国南方少数民族史诗研究水平和成就的学术论著。① 以前对南方少数民族史诗的研究主要是针对某一两部史诗，而刘亚虎的这部著作把南方彝、苗、壮、傣等 30 多个民族的原始性史诗、英雄史诗、迁徙史诗作为一个整体，论述了这三种类型的史诗的各种传播形态、源流、文本、类型、形象、艺术特点、文化根基、与其他民族史诗的比较，及其对后世文学的影响、多学科的价值等。刘亚虎从史诗本文和它赖以存在的空间形态及其物质手段——具体的演述场合、演述者、演述或演述的声音、与演述相结合的舞蹈或巫术动作、摆设的场面、运用的道具以及受众等多个方面把南方少数民族史诗整体上分为祭祀仪式、生产征战环节、人生礼仪、娱乐场合等演述传播形态，分别阐述了它们各自具有的功能。他认为早期的原始性史诗的胚胎是关于图腾、始祖的神话，祭祀图腾、始祖的祭词，萌生于原始先民征服、求同的欲望和"神秘互渗"的思维，随着形式对目的的不断超越而从祭词不断发展到史诗。英雄史诗则是奴隶制、封建领主制初期的产物，经历了从尊神到崇力，从圣境到人间的发展历程。史诗是一种动态的、开放的结构体，它的内容和形式会随着人类社会的发展和变化不断在原有的基础上吸纳新的要素和内容，通过对 60 多种南方少数民族史诗的分析，刘亚虎找出了那些普遍存在于南方少数民族史诗中特有的类型：奇孕型与盘瓠、洪水型与伏羲兄妹、化生型与盘古、射日型与斗雷型、考验型、离合型，并透过这些类型的各种表层叙述，挖掘出了隐藏在其中的各种深刻的文化内涵，归纳出它们的文化根基是南方民族山地农耕文

---

① 刘亚虎：《南方史诗论》，内蒙古大学出版社，1999。

化、群体文化、神巫文化、口传文化等，进而概括出由这些文化特质形成的集体祭祀、集体歌舞等传统群体性活动和与之相关联的传统的祭司、巫师和歌手群体以及他们独立的传承制度，是南方民族地区能够长期流传与楚地乐神歌舞一脉相承的以长诗体为主的神话形态的原因。这种整体性的宏观研究鲜有人尝试，因此刘亚虎的一些见解具有创新性和开拓性，对于探讨中国少数民族史诗，乃至世界史诗的发展脉络具有重要的学术意义。

刘亚虎专攻中国南方少数民族文学，尤其关注南方少数民族的神话、史诗和其他民间文学样式的研究。他反对从概念或前人的某一句话出发对史诗和叙事诗的关系进行分析，主张运用严格的逻辑思维和严肃的科学态度对史诗和叙事诗的关系进行实事求是的辨析，他把史诗作为叙事诗的一个大类，不赞成把史诗与叙事诗并列起来，认为并列会引导在逻辑上得出二者不是从属关系的结论。刘亚虎区分了史诗和民间故事诗，他指出民间故事诗也是一种叙事诗，却不同于史诗，"一般只 2000行，比史诗短得多"[1]。因此，刘亚虎反对一些民间文学教材把故事诗称为"叙事诗"，认为故事诗这一概念过泛、过大，且把史诗排除在叙事诗之外，不大符合科学精确性的要求。[2] 依据西方史诗理论，刘亚虎把史诗定义为民族形成和发展过程中的英雄传说或以重大历史事件为题材的长篇叙事诗，指出史诗结构宏伟、风格庄严，表现民族的事业与命运，展示民族历史生活的全景画面，蕴含民族传统文化的多层积淀，具有民族百科全书的重要价值。[3] 他把中国南方少数民族史诗划为神话史

---

[1] 段宝林主编《民间文学教程》，高等教育出版社，2006，第 263 页。其中"史诗"和"故事诗"两节由中国社会科学院少数民族文学研究所刘亚虎研究员执笔。

[2] 段宝林主编《民间文学教程》，高等教育出版社，2006，第 263 页。其中"史诗"和"故事诗"两节由中国社会科学院少数民族文学研究所刘亚虎研究员执笔。

[3] 段宝林主编《民间文学教程》，高等教育出版社，2006，第 291 页。

诗、迁徙史诗和英雄史诗三大类，其中以神话史诗为主体，其他两种史诗类型的数量比较少。神话史诗，即创世史诗或原发性史诗，主要描写了天地开辟、人类起源及其早期生活的广阔画面，塑造了许多创世的天神、巨人或其他形式的祖先英雄。刘亚虎把这种类型的史诗用"神话史诗"一词指称而不用"创世史诗"一词的原因在于这一类型的史诗的功用主要是神话的功能，即基本的目的是从某种意义上证明自己族类的神圣性以确立自身在自然界和人类社会中的地位。迁徙史诗也是讲述民族来源的一种史诗类型，它主要反映了各民族先民在古代艰难的迁徙、定居历程，一般是以神话叙事为开端，内容多是发生在天地形成、人类起源、文化发明等神话之后。英雄史诗是以民族英雄的斗争故事为主要题材的一种史诗类型，反映了部落、部落联盟之间相互掠夺的战争。刘亚虎把南方少数民族史诗的产生和发展的原因之一归结为初民发自深层的内在欲求，即"征服欲"和"求同欲"，详细分析了这种内驱力如何影响了史诗人物的塑造和故事情节，概括出这种欲望和追求在南方少数民族史诗的发展过程中依次沉淀为三个层次：第一个层次突出地表现为物欲、对某种自然力控制的权欲、性欲等；第二个层次是对类（族群以至人类）的利益的欲求，如类的地位（如阿昌族遮帕麻对气象的主宰权、纳西族对术族的胜势）、秩序（如基诺族铁匠的资格）、由来（如苗族的枫木）、归宿（如普米族的祖地）等；第三个层次是对个体发展的欲求。[①] 这种三层次发展论扣住南方少数民族史诗演述传统的核心——实用目的，符合南方少数民族史诗的发展规律和实际情况，言之成理。

刘亚虎以内在欲求为主轴线抽丝剥茧地分析了南方少数民族史诗的

---

① 刘亚虎：《神话与诗的"演述"——南方民族叙事艺术》，北京大学出版社，2006，第56~57页。

演述形态，对南方少数民族史诗在什么样的场合演述什么样的神话，有什么布置、什么仪式、什么歌舞、什么神秘的功能都一一做出了详细的阐述，延及对南方少数民族史诗的叙事形态如何萌生，或者需要什么条件才能形成的讨论。讨论史诗的形成是中国乃至国际史诗学术界一个重要的课题，也是一个很难回答的问题，因为现在已经不可能回到史诗产生的那个时代去实地考察史诗怎样萌生、怎样发展。因此，刘亚虎没有从历史的角度确切地推测南方少数民族史诗及其某一部史诗产生于哪个年代，而是从整体上寻求南方少数民族史诗的萌生和发展的基本要素。南方少数民族史诗至今仍以活性态的形式流传在人们的口耳之间，给学者们观察初民们创造这些史诗的深层心理动机、思维形式和表述方法等提供了便利，促使学者们竭力从语言、思维和意识等方面探寻一些可以解释史诗叙事形态萌生的基本要素。依凭这些"文化遗留物"，刘亚虎得出先民的物欲、权欲、对"群"的依附欲求和"万物有灵"的观念是其创造南方少数民族史诗这一叙事形态的原因的结论。为了使得自己的结论更具有说服力，刘亚虎参考和引用了大量的古代文献典籍、南方民族地区的考古发现以及数千年上万年以前的崖画、殉葬装饰品和死亡仪式的遗留，从而把地上的材料和地下的考古发现结合起来更加真确地阐释了南方少数民族史诗的原初形态。另外，由于自然环境、经济状况、社会文化等诸多原因，至20世纪50年代，许多南方少数民族仍然保留着氏族时代形成的群体文化特质，刘亚虎往往依据这种能够给探讨史诗产生时代提供蛛丝马迹的活化石旁证自己在讨论南方少数民族史诗的萌生和发展时得出的论断的正确性。正是依靠这些资料，刘亚虎找出了影响南方少数民族史诗形成和发展的种种因素，粗略地描绘出它的萌生和发展的脉络。

南方少数民族史诗的叙事结构一直是中国史诗学者关注的重要课题，刘亚虎把它与南方少数民族先民的思维特点和社会实践结合起来论述。

他认为南方少数民族史诗具有"表层的逻辑形式"和"深层的非逻辑因素"的特点①，前者是先民种植、饲养的社会实践把时间形式和因果逻辑"内化"进了原始人的智力结构和思维方式的结果，后者是先民在演述史诗中借助某种神秘的关系、神秘的力量来填补逻辑思维中停顿和空白的结果，进而概括出南方少数民族史诗具有的象征、隐喻、实与幻交替叠印等各种艺术表现特点。刘亚虎认为南方少数民族史诗中的人物都是围绕"欲求"而黏合在一起形成一定的关系结构的，因此，他借鉴了普罗普、格雷马斯的功能、母题、类型等理论方法对人物结构进行精密的分析，把欲求的发出者作为主体，把欲求的对象作为客体，把第三种因素根据介入角度的不同分别作为主体的对手、客体的保护者、主体的阻挠者等，从而把南方少数民族史诗归纳为两种结构模式：一种是单维二元结构，比较典型的是"客体（主体欲求的对象）－主体"结构；另一种是三元三维三角结构，比较典型的是"客体－主体－（主体的）对手""客体－主体－（客体的）保护者""客体－主体－（主体的）阻挠者"等结构。② 这种划分的依据是把南方少数民族史诗的叙事看成由人物结构引领，以主体对客体的追求以及在追求中与对手的斗争为主线而构成的一种自足的结构链，使用这种分析方法探求南方少数民族史诗的秩序和相同的结构系列基本是可行的。同时，刘亚虎还将把史诗的整个故事情节结构作为一个活的整体，依据与庄稼发芽、长叶、开花、结果等过程相仿的"起头、发展、转折、（再转折）、结局"的程序，亦即中国传统的"起、承、转、（再转）、合"的程序，来描绘故事主要情节发展脉络的情况。以他对傣族英雄史诗《厘俸》的叙事结构分析为例，在人物结构关系上，他把这一故事划入"客体－主体－（主体的）对手"三元三维三角

---

① 刘亚虎：《南方史诗论》，内蒙古大学出版社，1999，第85页。
② 刘亚虎：《神话与诗的"演述"——南方民族叙事艺术》，北京大学出版社，2006，第57页。

结构的范畴，主体是勐景哈国王海罕，客体是海罕的妻子楠崩，主体的对手是勐景罕国王俸改，以此为基础，刘亚虎运用"起、承、转、合"的中国传统叙事结构理论方法对《厘俸》的故事情节结构的组合构成机制做出了如下的分析。

主体的对手抢走客体（起）—主体采用各种手段争取客体回归或双方长期对峙（承）—主体第一次失败（转）—经过种种曲折主体终于夺回客体或最终战胜对手（再转）—主体客体团聚或主体建立霸权（合）。①

通过刘亚虎的分析可以看出，南方少数民族史诗的人物结构是以主体欲求对象即客体为中心组织起来的，而作为一种口头创编、演述、流布的叙事作品，南方少数民族史诗的故事情节结构大多比较单纯，较少枝蔓。当然，刘亚虎没有仅仅停留在对南方少数民族史诗的人物结构关系和故事情节结构的探究上，他也关注它们的社会、历史文化层面，以更深刻地揭示出它们的本质特征，以及它们随着时代的变迁而变化的过程。这些都对之后的南方少数民族史诗的研究具有启发意义。

从 20 世纪 50 年代起，中国南方少数民族史诗搜集、记录、整理、翻译、出版和研究才逐渐得到重视和展开，经过半个多世纪的努力，南方少数民族史诗这些方面的工作都取得了可喜的成绩，在研究的深度、广度和理论方法的多样性方面都有了一定的进展。其中，刘亚虎的《南方史诗论》和《神话与诗的"演述"——南方民族叙事艺术》是研究南方少数民族史诗的综合性著作，它们以神话为基点，综合了民间文学、文学、艺术、语言、思维、宗教、考古等多方面的知识建构了中国南方少数民族史诗结构系列，较为全面系统地讨论了南方少数民族史诗的形态、

---

① 刘亚虎：《神话与诗的"演述"——南方民族叙事艺术》，北京大学出版社，2006，第178 页。

源流、文本、类型、形象、艺术特点、文化根基等诸多问题。当然，还有许多学者为南方少数民族史诗的研究做出了不少的工作，他们一起开创了南方少数民族史诗研究的新局面。但是，南方少数民族史诗数量庞大，所囊括的内容和知识信息可称得上"百科全书"，因此，还有许多重要问题有待进一步的深入探讨，还有许多学术空白有待填补。

西南创世史诗的特点及其结构

陶 阳 钟 秀

以上所述，虽只是我国西南地区少数民族的一部分创世史诗，但就这一部分来说，已是很可观的了。原始初民张开求知欲的翅膀，企图探索宇宙与人类起源的奥秘，由于生产力低下与科学水平的限制，他们只有借助幻想来解释，把大自然拟人化，认为万物也像人一样，都有生命和灵性。创世大神开天辟地的威力，神巨人把日月送到天上的艰辛，天塌时舍己救人的牺牲精神，虎、牛化生万物的奥妙，天神与凡间来往的奇迹，洪水泛滥，兄妹结婚，葫芦生人，巫术斗梦，民族迁徙，以及大自然的无穷无尽的变化等等，先民们都以诗意的构思，用口头述说，描绘出了一幅幅原始社会绚丽多姿的人类进化历史的画卷。这些画卷虽只是人类童年时代历史的一个缩影，从中却可以清楚地看出我国各民族的祖先们有着多么丰富的艺术幻想才能。

一 西南创世史诗的几个特点

其一，它们大都是具有一定故事性和便于记忆的韵文体诗，是主持原始宗教的人在祭祀天神和祖先的节日时念诵或歌唱的，所以，无论有无手抄本或文字记载，大都在口头流传。

　　其二，创世史诗产生于原始氏族社会，但有明显的后世历史积淀的痕迹。同是讲述西南地区少数民族在过去长期的历史过程，其政治、经济、文化的发展是不平衡的。在解放前，有的民族同汉族的社会发展水平相近，有的民族处在奴隶社会中，有的甚至还处在原始社会末期。这就决定了他们的创世史诗，有的原始些，有的已受到阶级意识的熏染。再加上创世史诗大都在口头流传，不可避免地会发生变异，由于流传时间跨度较大，每个历史阶段都会或多或少地留下该时代的烙印。

　　其三，西南的创世史诗是多功能性的"百科全书"。从纵的方面说，创世史诗从开天辟地，万物起源、人类诞生及遭洪水灾难之后的人类再造，石器的运用，火与弓箭的发明，直到农、牧业的创建，反映了整个原始社会的人类生活，因而创世史诗是人类童年漫长的历史与生动的文化史的缩影。从横的方面看，创世史诗包括天文、地理、历史、哲学、文化、宗教、风俗、渔猎、农耕、科学、艺术等等，大至宇宙的起源，小至动物与昆虫的形体与习性的来历，都有想象绮丽的解释。因此，社会学家、历史学家、哲学家、民族学家、民俗学家、文学家都可以从中汲取本学科所需的资料。同时，从故事结构角度看，大都具有完整的体系，即从开天辟地、日月形成、造人造物、洪水故事及兄妹结婚、民族起源以至发明火与农耕等，形成一个较完整的创世纪序列。

　　其四，各民族的创世史诗，在结构上有类似的模式。西南广大地区的少数民族，或彼此杂居一地域，或其聚居区与几个民族为邻，民族相互之间必然不断进行贸易交往和文化交流，因此，各民族的创世神话固然各有本民族的特点，却也有不少相近的地方，比如洪水神话的结构、葫芦生人的模式，都使人感到它们之间有亲缘关系。同时，少数民族受汉族文化的影响，特别是儒、道的思想的影响也很明显。此外，西南地区与印度以及东南亚诸国是近邻，在文化上也受一定影响。有些原始的创世神话，后来在变异中，又出现了玉皇大帝与观音等神祇就是明证。

其五，各民族创世史诗，结构近似，故事类型大体一致。这种现象，是由一个民族创作然后传播到其他民族呢？还是各个民族不约而同地创作的呢？我们认为，这首先是因为各民族都经历过大体相同的社会发展阶段，所以各民族完全有可能创作出类型大体相近的神话；其次，各民族之间的相互影响，以及中华各族同源共祖的历史根源也不容忽视。

其六，大多数创世史诗表现了中华民族同源共祖的观念。人类起源往往和民族起源联系在一起，特别是在洪水神话中每逢讲到人类再造的时候，往往是许多民族在同一胞胎里诞生。像拉祜族的天神兼始祖神就同时生下了拉祜族、佤族、爱尼族、汉族、傣族等九个民族；纳西族始祖则同时生下了纳西族、藏族、白族。被研究家们称为葫芦文化的葫芦生人，往往也是从葫芦里同时走出几个民族。这是中华民族同源共祖的历史事实在创世史诗中的反映。

二 西南创世史诗结构系列的相似

由于西南地区的少数民族之间文化交流的关系密切，我们不难发现各族的创世神话有许多类型相同、结构类似之处。列维·斯特劳斯说："神话故事家也是，或者看起来是任意的、无意义的和荒谬的，然而，它们也一再在全世界重复发现。……我的问题是试图发现在这种表面的杂乱无章后面是否有某种秩序（order），仅此而已。"①

我们这里不妨采取故事情节展开顺序的分析方法，寻求一下西南创世史诗的"秩序"，或者说探索一下西南创世史诗相同的结构系列。

---

① 克劳德·列维·斯特劳斯：《神话和科学的汇合》，《文摘》1982年第2期，第9页。

一、宇宙起源

　　1. 开天辟地

　　　　①天地混沌，宇宙沉睡。唯天神未眠，思考创世。乃造柱子
　　　　　撑天支地。

　　　　②众神之王派遣属下之神开天辟地。

　　　　③一对善神夫妻，男神造天，女神造地。例如《遮帕麻与遮
　　　　　米麻》中，男神把自己的骨头做天骨，女神取自己的喉当
　　　　　梭织地。

　　2. 撑天缩地：天造得小了，地造得大了。缩地出现皱纹，凸者
　　　　为山岳，凹者为河川。

　　3. 稳固天地：天地相合了，但天地不稳。天神造四根大柱撑天
　　　　支地。

　　　　①用金、银、铜、铁四柱。

　　　　②用虎或牛的四根腿骨。

　　　　③用四座大山。

　　　　④用柱子支在大鱼或大象身上。

　　4. 创造日月：

　　　　①天神左眼变太阳，右眼变月亮。

　　　　②虎或牛眼变日月。

　　　　③金子铸日，银子铸月。

　　5. 日月害怕他类损伤，不敢发光，天神把金针插在太阳头上，
　　　　把银针插在月亮头上，于是，日月大放光明。

　　6. 补天治水。

　　7. 射太阳，天上十日并出，大地枯焦，英雄射日。

二、人类起源

1. 人的诞生：

①天神用泥土或汗垢造人，

②人从水出，

③蛋生人，

④树生人，

⑤葫芦生人，

⑥猴子变人，

⑦天神生人，

⑧女人生人。

2. 洪水与兄妹结婚：

①洪水原因：a. 人类犯罪天神报复；b. 人种不良，天神要换人种；c. 雷公与人争做老大未逞，实行报复；d. 雷公不雨被捉，逃后报复。

②雷公被捉：a. 首先放青苔于屋顶，准备滑倒雷公；b. 在屋檐下设笼子或下网网住雷公，关进谷仓或木笼。

③雷公逃走：a. 父或兄外出，或因买盐腌雷公肉，并嘱小兄妹看雷公；b. 雷公向小兄妹骗得几滴水喝；c. 雷公为报答小兄妹俩，或赠牙齿当葫芦籽种，或直接赠葫芦籽，并嘱结了葫芦，可避洪水。

④洪水滔天：兄妹躲进葫芦或牛皮囊、木箱中避难。

⑤寻人种：洪水后，天神关心人种——在葫芦中避水的小兄妹。

a. 或遇见昆虫及兽类，盘问是否见到葫芦。b. 或派昆虫、禽兽去寻。凡热心者，天神封之，凡冷淡者，天神罚之，并使其变形。

⑥啄开葫芦：寻到葫芦后，天神令鸟或鼠啄开葫芦。

⑦兄妹结婚：a. 兄妹从葫芦走出，四处寻人，不见踪影；b. 天神明谕兄妹成婚，留传人种；c. 兄妹害羞，不从；d. 通过占卜与验证：甲式占卜——卜龟、卜竹等，乙式占卜——滚磨盘、滚筛子、二山放烟等。

⑧兄妹婚后：a. 生小孩；b. 或生怪胎；c. 或生葫芦；d. 或生肉囊等。

⑨兄妹成为再造的人类始祖。

a. 生肉团者，兄妹将它剁碎后撒在野外，挂在李子树上的姓李，挂在山石上者姓石……此乃百家姓之由来。

b. 生葫芦者，从葫芦里走出汉族和几个少数民族，各族同为一个祖先，共为亲兄弟，只是语言不同而已。

⑩兄弟们愈繁衍愈多，分散四方谋生。

三、万物起源及人类的创造发明

1. 万物是化生的：

①天神肢体毛发化生宇宙万物；

②虎或牛化生万物。

2. 日月是兄妹或夫妻升天变的。

3. 人类的创造发明：

①石器的应用——有了生产工具；

②由采集到狩猎——从食植物果实到食肉；

③火的发现——人类熟食，智力发展；

④种植棉麻与养蚕——从穿兽皮到学会纺织，有了丝绸；

⑤弓箭的发明——进入游猎时代；

⑥饲养家畜——畜牧业由此开始；

⑦用泥造人——陶器制造的象征；

⑧谷物种植——进入农耕；

⑨盖房子——由穴居到室居；

⑩铸造日月——进入铜器时代；

⑪纸和笔——人类有了文字……

这是自然史的演变与人类文化发展史交织在一起的完整结构与序列体系。在世界其他民族文学史中，英雄史诗较多，散文形式的创世神话也不少，但创世史诗却很罕见。到目前为止，外国发现的有文字记录的创世史诗仅有古巴比伦的《埃努马·埃利斯》，且是个残篇。而我国西南地区却有一个巨大的创世史诗群。因此，从世界的范围看，我国西南地区的创世史诗群的地位十分显赫，这是中华民族的骄傲。

（节选自陶阳、钟秀《中国创世神话》第三章第九节，

上海人民出版社，1989）

评　介

　　陶阳和钟秀合著的《中国创世神话》是 20 世纪 80~90 年代中期一部具有代表性的学术著作，它对南方少数民族史诗的主题、内容、形象、艺术等诸多方面做了逐一的介绍、分析以及研究。该著作网罗了 56 个民族的文献典籍及其口头流传的创世神话和史诗，其中一些还是当时新发现的珍贵材料。他们对这些丰富的材料进行了科学的归纳和分类，这不仅给其后的研究者提供了较为翔实的资料，而且方便研究者进一步参考利用。他们首次提出了"西南创世史诗群"的观点，说道："西南地区的兄弟民族，不但有散文形式的创世神话，而且大多数民族都有创世史诗，甚至一个民族同时有几部创世史诗。众多的创世史诗，集中在西南地区流传，就形成了一个令人瞩目的创世史诗群。"① 他们认为西南地区至今还能够在口头上保存着这么多的创世史诗的原因一是有些民族尚处在口头文学占主导地位的奴隶社会或原始氏族社会末期；二是创世史诗借原始宗教得以保存，它们往往保存在巫师的头脑中或宗教的经书中，具有某种神圣性和固定的传承性。对创世史诗的性质、定义、产生及其价值，对创世史诗有关宇宙形成、人类诞生及万物起源的描述，以及创世史诗的特点及其结构，陶阳和钟秀都给予了简明扼要的论述。当然，正如杨堃在为这部著作撰写的序言中所说的，中国神话学还处在初创和探索阶段，当时研究的整体水平限制了这部著作在理论分析上的进一步深入。但是，该著作的第二章"创世神话概观"和第三章"西南史诗创作群"呈现了中华民族创世神话和创世史诗的概貌，可以使读者对中国文化史上的这一重要现象有一个初步的了解。

---

　　①　陶阳、钟秀：《中国创世神话》，上海人民出版社，1989，第 102 页。

20 世纪 50 年代以来，随着中国少数民族史诗不断得到挖掘和发现，中国学人开始有意识地摆脱西方史诗理论的框架，根据中国少数民族史诗的自身特点和文化传统提出了新的史诗类型。钟敬文主编的《民间文学概论》将中国少数民族史诗划分为创世史诗和英雄史诗，指出创世史诗描述天地日月的形成、人类的产生、家畜和各种农作物的来源[①]，英雄史诗则描述民族之间频繁的战争以及与之相联系的民族大迁徙等[②]。潜明兹赞同钟敬文的分类方法，从基本情节构成和形象思维特点两个方面对创世史诗和英雄史诗各自的特征进行了较为详尽的区分和分析。[③] 20 世纪90 年代以后，中国学人普遍认为应该将迁徙史诗从英雄史诗的类型中独立出来，钟敬文对此持肯定态度。[④]

2010 年，朝戈金、尹虎彬和巴莫曲布嫫合作撰写的《中国史诗传统：文化的多样性与民族精神的"博物馆"（代序）》描述了中国少数民族史诗的多样性，科学地界定了创世史诗和迁徙史诗的概念和范畴。[⑤] 沿袭以往学人的观点，朝戈金、尹虎彬和巴莫曲布嫫根据史诗传承和流布的地域、民族地理区域和经济文化类群的异同将中国少数民族史诗分为南北两大史诗传统，北方民族以长篇英雄史诗见长，南方民族以中小型的创世史诗和迁徙史诗为主。北方民族生活在东起黑龙江漠北、西至天山西麓、南抵青藏高原的广袤地区，他们的语言分别属于阿尔泰语系范畴

---

① 钟敬文主编《民间文学概论》，上海文艺出版社，1980，第 287 页。

② 钟敬文主编《民间文学概论》，上海文艺出版社，1980，第 290 页。

③ 潜明兹：《史诗探幽》，中国民间文艺出版社，1986，第 27~44 页。当然，"创世史诗"还可以进一步探讨，如怎样界定它与神话的关系，它是应划入神话的范畴还是应划入史诗的范畴，等等。

④ 钟敬文、巴莫曲布嫫：《南方史诗传统与中国史诗学建设——钟敬文先生访谈录（节选）》，《民族艺术》2002 年第 4 期。

⑤ 朝戈金、尹虎彬、巴莫曲布嫫：《中国史诗传统：文化的多样性与民族精神的"博物馆"（代序）》，《国际博物馆》全球中文版，译林出版社，2010 年第 1 期。

下的蒙古、突厥、满–通古斯三个语族以及汉藏语系范畴下的藏语语族。"北方英雄史诗带"中的"三大英雄史诗群"尤为突出。①

《格萨尔》是目前世界上最长的一部英雄史诗，是关于英雄格萨尔一生业绩的神圣而宏大的叙事，描述了格萨尔投身下界、赛马称王、降伏妖魔、抑强扶弱、安置三界以及完成人间使命返回天国的英雄故事。在漫长的流布和演化过程中，《格萨尔》消化了藏族古老的神话、传说、故事、歌谣、谚语等诸多其他口头文学样式，形成了规模宏大的史诗样式，约于11世纪基本定型。11世纪以后，《格萨尔》以口传和抄本及刻本的形式传承，但是以说唱艺人的口头传播为主。《格萨尔》传播的地域非常广阔，除了在藏族和蒙古族聚居地区广为传唱之外，《格萨尔》还在土族、裕固族、纳西族、普米族、白族等聚居地区流传。此外，《格萨尔》还以口头或书面的形式流传于不丹、尼泊尔、锡金、印度、巴基斯坦、蒙古、俄罗斯等国家的不同地区。

《江格尔》描述了以江格尔为首的六千又十二位勇士与凶残的敌人进行英勇而不屈不挠斗争的故事，塑造了江格尔、洪古尔、阿拉坦策吉、古恩拜、萨布尔、萨纳拉、明彦等英雄群像。《江格尔》的每个诗章都有一批共同的英雄人物形象，但情节相对独立，互不连贯，它们是整个《江格尔》史诗传统的有机部分，共同构成了《江格尔》史诗集群。国内学界已经习惯于将这种结构的史诗称作"并列复合型英雄史诗"②。在这种叙事结构中，江格尔并非每个诗章的核心人物，许多诗章的核心人物是江格尔手下的某位英雄，如洪古尔、阿拉坦策吉、古恩拜、萨布尔、萨纳拉、明彦等。虽然在许多诗章中江格尔不是核心人物，但是作为宝木巴汗国的灵魂人物，他会出现在每个诗章中，将各个诗章平行地连接

---

① 朝戈金、尹虎彬、巴莫曲布嫫：《中国史诗传统：文化的多样性与民族精神的"博物馆"（代序）》，《国际博物馆》全球中文版，译林出版社，2010年第1期。

② 仁钦道尔吉：《〈江格尔〉论》，内蒙古大学出版社，1999。

贯穿在一起。

《玛纳斯》描述了英雄玛纳斯及其子孙们抗击外来侵略者的英雄业绩，展示了柯尔克孜族人民尚武善战、抵御外侮、保家卫民、不畏强暴的英雄主义精神，涉及古代柯尔克孜族的政治、经济、文化、军事、宗教、历史、哲学以及社会生活的各个方面。《玛纳斯》的主人公并非玛纳斯一人，而是玛纳斯及其七代子孙，其由《玛纳斯》《赛麦台依》《赛依铁克》《凯耐尼木》《赛依特》《阿斯勒巴恰与别克巴恰》《索木碧莱克》《奇格台》八部构成，主要流传于新疆，以及吉尔吉斯斯坦、阿富汗、哈萨克斯坦等国家的柯尔克孜人聚居地区。目前，我国保存的《玛纳斯》最为完整，演唱《玛纳斯》的玛纳斯奇最多，数量超过 120 位。世界上最为优秀的玛纳斯奇居素普·玛玛依曾生活在新疆阿合奇县，他是世界上唯一能够完整演唱八部《玛纳斯》史诗的玛纳斯奇，被誉为"当代的荷马"。

除了"三大英雄史诗群"外，"北方英雄史诗带"还有许多源远流长、风格规模各异的英雄史诗。突厥语族英雄史诗群有柯尔克孜族的《艾尔托西图克》《库尔曼别克》《阔交加什》等，维吾尔族的《乌古斯可汗传》《先祖阔尔库特书》《艾米尔古尔乌古里》等，哈萨克族的《阿勒帕米斯》《阔布兰德》《阿尔卡勒克》等，乌孜别克族的《阿勒帕米西》《吕尔奥格里》等。蒙古语族英雄史诗群有《汗哈冉贵》《阿拉坦嘎鲁》《英雄锡林嘎拉珠》《阿拉坦沙盖》等。① 满-通古斯语族英雄史诗有赫哲族的《满都莫日根》《安徒莫日根》《希尔达日莫日根》等，鄂伦春

---

① 仁钦道尔吉曾按照基本情节结构类型将蒙古英雄史诗划分为"单篇史诗""串连复合型史诗""并列复合型史诗"三种类型，将国内蒙古族英雄史诗划分为巴尔虎、卫拉特、科尔沁-扎鲁特三个传承圈，可参见仁钦道尔吉的《〈江格尔〉论》（内蒙古大学出版社，1999）和《蒙古英雄史诗源流》（内蒙古大学出版社，2001），下文对此有详述，此处不赘述。

族的《英雄格帕欠》，达斡尔族的《少郎和岱夫》《阿勒坦嘎乐布尔特》《绰凯莫日根》等，满族的《乌布西奔妈妈》《恩切布库》等。

南方少数民族史诗蕴藏丰富，羌、彝、纳西、普米、白、哈尼、傣、基诺、拉祜、佤、布朗、景颇、德昂、阿昌、傈僳、怒、独龙、苗、侗、布依、仡佬、水、土家、壮、仫佬、瑶、毛南、京、畲、高山、黎等30多个少数民族大多拥有以口头形态流传的史诗，其中有的还被记录在本民族或本支系的各种经籍和唱本里。朝戈金、尹虎彬和巴莫曲布嫫将南方少数民族史诗称为"南方民族史诗群"，它的史诗类型比"北方英雄史诗带"更为丰富，既有英雄史诗，又有创世史诗与迁徙史诗，其中创世史诗与迁徙史诗是由"南方民族史诗群"生发出来的学术概念。朝戈金、尹虎彬和巴莫曲布嫫指出创世史诗是以创世神话为基本内容，以天地万物、人类社会文化的起源及发展为叙述程式的韵文体叙事①，彝族的《梅葛》、傈僳族的《创世纪》、纳西族的《崇般图》、白族的《创世纪》、阿昌族的《遮帕麻与遮米麻》、景颇族的《勒包斋娃》、独龙族的《创世纪》、佤族的《司岗里》、傣族的《巴塔麻嘎捧尚罗》、布朗族的《创世纪》、怒族的《创世歌》、土家族的《摆手歌》、布依族的《赛胡细妹造人烟》、哈尼族的《十二奴局》、拉祜族的《牡帕密帕》、畲族的《盘瓠歌》、毛南族的《创世歌》、黎族的《追念祖先歌》、普米族的《帕米查哩》、德昂族的《达古达楞格莱标》、基诺族的《大鼓和葫芦》、怒族的《创世歌》、壮族的《布洛陀》、侗族的《侗族祖先哪里来》、苗族的《洪水滔天歌》、瑶族的《密洛陀》等是创世史诗的代表作，它们一同构筑了具有南方民族地域文化特色的"创世史诗群"②。

---

① 朝戈金、尹虎彬、巴莫曲布嫫：《中国史诗传统：文化的多样性与民族精神的"博物馆"（代序）》，《国际博物馆》全球中文版，译林出版社，2010年第1期，第11页。
② 朝戈金、尹虎彬、巴莫曲布嫫：《中国史诗传统：文化的多样性与民族精神的"博物馆"（代序）》，《国际博物馆》全球中文版，译林出版社，2010年第1期，第12页。

对于迁徙史诗，朝戈金、尹虎彬和巴莫曲布嫫将它界定为"大多以本民族在历史上的迁徙事件为内容，展示族群或支系在漫长而艰难的迁徙道路上的社会生活和文化命运，塑造迁徙过程中发挥重大作用的民族英雄、部落首领等人物形象及描绘各民族迁徙业绩的壮阔画卷"的韵文体叙事[①]，哈尼族的《哈尼阿培聪坡坡》、拉祜族的《根古》、苗族的《溯河西迁》、瑶族的《寻根歌》、侗族的《天府侗迁徙歌》等是其代表作，它们构成的"迁徙史诗群"在"南方民族史诗群"里占有重要的位置。英雄史诗也是"南方民族史诗群"的重要史诗类型，如傣族的《兰嘎西贺》、壮族的《莫一大王》、侗族的《萨岁之歌》、纳西族的《黑白之战》、彝族的《铜鼓王》等。

当然，中国少数民族史诗并不是按照先创世史诗、次迁徙史诗、再英雄史诗的线性秩序演化的，史诗类型的发展是动态的、非线性的，具有多种发展的可能，其中一些史诗兼具创世史诗、迁徙史诗和英雄史诗的特征。朝戈金指出《亚鲁王》呈现混融性叙事特征，是一种"复合型史诗（跨亚文类）"："《亚鲁王》具有在中国境内流布的创世史诗、迁徙史诗和英雄史诗三个亚类型的特征，其中'创世纪'部分用大量篇幅讲述宇宙起源、日月星辰形成等内容，其后又生动叙述了亚鲁王为避免兄弟之间手足相残而率众远走他乡的筚路蓝缕，其间伴随着艰苦卓绝的战争杀伐，故而兼具迁徙史诗和英雄史诗的叙事特征。"[②]

中国少数民族史诗呈现的南北格局与自然地理、人文生态环境密切相关。北方少数民族史诗传唱在辽阔的草原高原地带，其气候寒冷干燥，交通便利。南方少数民族史诗传唱在高低悬殊、崎岖不平的山地，其气

---

① 朝戈金、尹虎彬、巴莫曲布嫫：《中国史诗传统：文化的多样性与民族精神的"博物馆"（代序）》，《国际博物馆》全球中文版，译林出版社，2010年第1期，第12页。

② 朝戈金：《〈亚鲁王〉："复合型史诗"的鲜活案例》，《中国社会科学报》2012年3月23日第283期。

候温暖湿润，交通不便。地理环境的差异导致了南北少数民族在生活方式、审美情趣上的差异。北方少数民族以游牧为生，随水草放牧，居无定所，性格豪放爽朗、勇猛剽悍，崇尚力量和勇气，具有尚武精神，精于骑射。南方少数民族以农耕为生，安土重迁，性格温和。为了争夺水草、牧场、畜群等，北方少数民族之间常有金戈铁马、纵横驰骋的大规模战争。在征战中，那些英勇善战、保护和壮大本氏族或本部落的英雄成为人们歌咏赞颂的对象，与之相应的英雄史诗应运而生。南方少数民族致力于耕种，建设家园，表现为适应与改造生态环境，以求生存和繁衍。这直接导致了南方少数民族史诗多为创世史诗，反映人类与自然的斗争和农业生产活动实践。南方一些少数民族曾经有过大规模的迁徙，于是他们以史诗记录和歌咏先民的迁徙活动。拉祜族的迁徙史诗《根古》真实地描述了拉祜族的迁徙路线，所涉及的地名与今天的地名及地理环境大致相合。苗族迁徙史诗《沿河西迁》描述了苗族的一个分支由湖南资水而上，经柳江和清水江，至黔东南一带的迁徙历程。当然，还有一些南方少数民族曾有过频繁的部落兼并战争，这为南方少数民族英雄史诗的产生提供了素材。南方少数民族英雄史诗主要存在于壮傣语族和藏缅语族的相关族群里，大致有雏形期英雄歌与成熟期英雄史诗两种类型。[①] 显然，中国南北少数民族的地域和文化差异使得"北方英雄史诗带"与"南方民族史诗群"显示出不同的特点。

　　还需要提及的是，南方少数民族史诗常在仪式上演唱，是祭祀仪式的重要组成部分。在纳西族祭祀天鬼的仪式上，祭司东巴要演唱《创世纪》。瑶族在祭祀密洛陀时，除了要摆上祭品和点香烧纸外，师公要敲打铜鼓和跳舞，并向着祭台演唱《密洛陀》。在生产时，一些南方少数民族

---

　　① 朝戈金、尹虎彬、巴莫曲布嫫：《中国史诗传统：文化的多样性与民族精神的"博物馆"（代序）》，《国际博物馆》全球中文版，译林出版社，2010年第1期，第13页。

也要举行相应的仪式，演唱史诗是其中一个重要内容。云南大姚的彝族在开荒种地、进山打猎、放牧牛羊时要举行仪式，仪式上祭师要相应演唱《梅葛》中的"农事"、"狩猎"和"畜牧"部分。云南西盟等地的佤族在春季播种前要举行仪式祭祀木依吉，其间要演唱史诗《司岗里》，它是以咒语的形式被念诵出来的。在人生仪礼上，一些南方少数民族要演唱史诗。广西巴马的壮族在接亲时要演唱《布洛陀》中的"造婚姻""造风俗""造仪礼"等部分内容，而且是男方接亲的人在女方家演唱。在楚雄彝族的送灵仪式上，祭司毕摩要演唱《查姆》。也就是说，南方少数民族史诗大多是整个仪式活动的一个组成部分，仪式功能非常强。相反，仪式则是北方少数民族史诗演唱的一个组成部分，《格萨（斯）尔》《江格尔》等都是在演唱前举行仪式，以保证史诗演唱的神圣性。这是中国南北少数民族史诗的文化生态差异。当然，随着岁月的流逝，北方少数民族史诗和南方少数民族史诗的仪式性、神圣性正在逐渐减弱，其世俗性、娱乐性正在逐渐增强。

图书在版编目（CIP）数据

　中国史诗研究学术档案．1949-1999 / 冯文开，云韬
编著．-- 北京：社会科学文献出版社，2024.1
　（内蒙古大学口头传统研究协同创新中心丛书）
　ISBN 978-7-5228-2707-0

　Ⅰ.①中… 　Ⅱ.①冯… ②云… 　Ⅲ.①史诗-诗歌研
究-中国-1949-1999-文集 　Ⅳ.①I207.2-53

　中国国家版本馆 CIP 数据核字（2023）第 205166 号

·内蒙古大学口头传统研究协同创新中心丛书·

中国史诗研究学术档案（1949~1999）

编　　著／冯文开　云　韬

出 版 人／冀祥德
责任编辑／赵　娜
责任印制／王京美

出　　版／社会科学文献出版社·群学出版分社（010）59367002
　　　　　地址：北京市北三环中路甲 29 号院华龙大厦　邮编：100029
　　　　　网址：www. ssap. com. cn
发　　行／社会科学文献出版社（010）59367028
印　　装／三河市龙林印务有限公司

规　　格／开　本：787mm×1092mm　1/16
　　　　　印　张：16.75　字　数：222 千字
版　　次／2024 年 1 月第 1 版　2024 年 1 月第 1 次印刷
书　　号／ISBN 978-7-5228-2707-0
定　　价／128.00 元

读者服务电话：4008918866